KB262335

이동일 퓨전 판타지 소설
FUSION FANTASTIC STORY

Record of
Ryusen Cride

류센
크라이드
전기

류셴 크라이드 전기 1

이동일 퓨전 판타지 장편 소설

초판 1쇄 찍은 날 § 2008년 7월 17일
초판 1쇄 펴낸 날 § 2008년 7월 22일

지은이 § 이동일
펴낸이 § 서경석

편집장 § 문혜영
편집책임 § 정서진
편집 § 유경화 · 최하나

펴낸곳 § 도서출판 청어람
등록번호 § 제1081-1-89호
등록일자 § 1999. 5. 31
어람번호 § 제1-0977호

주소 § 경기도 부천시 원미구 심곡1동 350-1 남성B/D 3F (우) 420-011
전화 § 032-656-4452 팩스 § 032-656-4453
http://www.chungeoram.com
E-mail § eoram99@chollian.net

ⓒ 이동일, 2008

ISBN 978-89-251-1402-6 04810
ISBN 978-89-251-1401-9 (세트)

Record of Ryusen Cride

류센 크라이드 전기

이동일 퓨전 판타지 소설
FUSION FANTASTIC STORY
1
환생(還生)
Record of Ryusen Cride

도서출판
청어람

Contents

Prologue

“시발, X 됐네.”

한수는 꽉 막힌 도로를 보며 인상을 구겼다. 오늘도 지각이다.

앙칼마녀로 유명한 노처녀 부장이 쪼아댈 걸 생각하니 머리가 지끈거렸다.

초조한 마음으로 어서 신호가 떨어지길 기다렸다.

곧 파란 불이 켜졌고, 앞에 있던 차들이 슬금슬금 움직이기 시작했다.

“제발, 제발…….”

신호가 좀 있으면 바뀔 때다. 하지만 앞차들이 아직 빠져나가지 않았다. 과연 자신까지 차례가 올지 걱정이었다.

차가 신호 정지선까지 도달한 순간 신호등이 노란색으로 바뀠다. 멈춰야 정상이지만 늦어버린 시간으로 인해 한수는 오히려 액셀을 세게 밟았다.

"좋아!"

다행히 아슬아슬하게 통과할 것 같기에 한수는 쾌재를 불렀다.

그 순간, 이상한 느낌에 고개를 돌렸다. 바로 눈앞에 보이는 커다란 트럭.

10톤에 이르는 그 트럭은 예측 출발을 했고, 늦게 들어온 한수의 차를 들이박고야 말았다.

콰앙!

"이런 시발!"

하늘이 노래지는 걸 본 한수는 그렇게 중얼거리며 정신을 잃었다.

다시 정신을 차렸을 땐 온몸이 물먹은 듯 무거웠다. 눈이라도 떠보려 했지만 그것마저 힘들어 포기했다.

'뭐, 병원이겠지.'

한수는 그렇게 생각했다. 정신을 차린 것만으로도 안 죽었다는 증거라고 판단했다.

그렇게 단정 지은 한수는 곧 엉뚱한 생각에 빠졌다.

'으흐흐, 얼마 받을 수 있을까?

이건 명백히 트럭 운전사의 잘못이었다. 비록 노란색이었지만 아직 신호 중이었기 때문이다.

'한… 이삼천? 아니야. 보험회사에서 뜯어내고 그 망할 트럭 운전사한테도 치료비와 정신적 물질적 손해까지 물어내라고 하면 꽤 뜯어먹을 수 있어. 후후, 한 오천만 원 정도는 거뜬하겠는데?'

죽을 뻔했지만 어쨌든 살았고, 치료하느라 한동안 고생은 하겠지만 보상금으로 조그마한 장사 정도는 할 수 있을 것이다. 그 쥐꼬리만 한 월급으로 사람을 소처럼 부려먹는 망할 회사 따위는 다닐 필요가 없었다.

이런 생각에 한수의 마음은 들떴다.

웅성웅성.

'아씨, 뭐야.'

한수의 귀에 사람들의 목소리가 시끄럽게 들렸다. 병실에서 시끄럽게 떠드는 몰염치한 인간이 누군가 싶어 억지로 눈을 떠서 살펴보았다.

"헉!"

눈을 뜬 순간 한수는 자신이 공중에 떠 있다는 걸 알아차렸다.

"이, 이게 뭐야?"

도저히 이해할 수 없는 현상에 허둥거리는 한수. 그러다 자신 아래에 사람들이 모여 있다는 걸 깨달았다.

왠지 모르게 불안해지는 마음을 추스르며 한수는 천천히 그곳으로 향했다.

사람들 사이를 스르륵 통과하는 모습에도 놀라지 않았다. 자꾸만 불안해지는 마음에 불길한 생각들이 한수의 머릿속을 헤집고 다녀 그런 걸 신경 쓸 틈이 없었다.

"허억……."

한수는 침음성을 흘리며 비틀거렸다. 사람들이 보고 있는 그것. 그건 바로 한수 자신이었다. 배가 갈라져 내장이 줄줄 흘러나오고 팔과 다리는 기괴한 각도로 꺾어져 있었다. 주변엔 피가 냇물처럼 흐르고 있었다.

죽었다.

자신은 죽은 것이다. 다쳐서 병원에 있는 것이 아니라 죽은 것이다. 완전히 이 세상과 끝이 난 것이었다.

"으아아악!!"

한수는 눈물을 흘리며 절규했다.

얼마나 지났을까?

병원 구급차, 경찰차, 소방차들이 왔다 갔고 이미 한수의 시체는 말끔히 치워졌다. 구경하던 사람들도 사라지고 방금 한 생명을 앗아간 자리에 차들이 쌩쌩 달린다.

그러고도 몇 시간이 지났다. 도시엔 어둠이 짙게 깔리기 시작했다.

그러나 한수는 여전히 멍한 표정으로 그 자리를 지키고 있었다.

차들이 자신의 몸을 뚫고 휙휙 지나가도 아무런 느낌도 나지 않았다.

"후후후……"

지나가는 차들을 보며 자조적인 웃음을 흘렸다. 꽤 오랫동안 침묵하며 고민에 고민을 더한 끝에 결국 현실을 인정한 한수.

자신의 죽음을 인정하고 씁쓸한 얼굴로 도시에 내려앉은 어둠을 지켜보았다.

이한수. 올해 나이 서른.

가난한 집안에서 이남 중 장남으로 태어났고, 가난한 살림에 대학을 포기하고 바로 취업 전선으로 뛰어들어 이날까지 죽어라 일만 했지만 여전히 가난한 집안의 장남.

그놈의 돈이 항상 한수의 인생을 붙잡았다.

"이젠 됐어. 이걸로 된 거야."

죽었다. 사람이 죽었다. 다친 것과는 비교도 안 되는 엄청난 보상금이 나올 터. 그걸로, 그걸로 남은 세 식구는 편안하게 살 수 있을 터.

장남으로서 어깨가 무거웠던 한수는 자신의 죽음으로 남은 가족들이 편안하게 살 수 있다는 생각에 죽음을 인정했다.

이젠 이 세상에 더 이상의 한(恨)도 원(怨)도 없었다.

우우웅!

한수가 자신의 죽음을 인정하고 삶의 집착을 버린 순간, 하늘을 꿰뚫은 빛이 그의 몸을 감쌌다. 그리고는 천천히 끌어당겼다.

"이제 데려가는 것인가!"

한수는 하늘을 우러러 탄성을 질렀다. 모든 원한을 잊고 욕심을 버리니 하늘이 데려가는 것이라 생각했다.

천천히 공중으로 떠오르는 한수. 복잡다단한 눈빛으로 이 세상을 바라보았다.

'그래, 억울하지 않아. 나로 인해 평생을 고생한 부모님과 하나뿐인 동생이 행복하게 살 수 있어. 억울하지 않아.'

모든 것을 포기한 한수는 편안한 마음으로 눈을 감고 이 세상과의 이별을 정리했다.

"아냐! 억울해!"

번쩍 떠진 눈. 한수는 힘껏 소리쳤다.

"억울해! 억울해! 이대로는 못 죽어! 으아악! 나, 억울해! 내려줘, 이 시팔 것들아!!"

억울하다. 너무나 억울하다. 이대로는 절대 못 죽는다. 한수는 몸을 허우적거리며 어떻게든 빠져나가려고 애를 썼다.

하지만 하늘은 무심히 한수를 끌어당겼다.

"아, 안 돼! 나, 이대로는 못 죽어! 나, 나 아직 총각이란 말이야, 이 개새끼들아!!"

올해 나이 서른. 한수는 연애 한 번 못해본 숫!총!각!이었다.

"이런, 시발! 으아아악! 이거 놔! 그 짓(?) 한 번 못해보고 죽다니! 말도 안 돼! 이 개새끼들아, 놓으라고! 나, 억울해! 으아악!!"

한수는 절규했다. 그리고 하늘은 여전히 무심했다.

Chapter 1
환생

“아아악!”

“황, 황후 마마, 조금만 더 힘을 주세요! 좀 더!”

유모는 소리를 질렀다. 그 소리에 황후는 하복부에 힘을 실었다. 그와 동시에 온몸을 강타하는 엄청난 고통에 또다시 비명을 질렀다.

“아악!”

고귀한 귀족 딸로 태어나 고생 한 번 안 해본 황후는 난생처음 겪는 고통에 도무지 적응할 수가 없었다.

아프다. 아프다란 말은 들었지만 이렇게 출산의 고통이 클

줄은 상상하지 못했다.

"거의 다 나왔습니다. 한 번만, 한 번만 더 힘을 주세요!"

땀범벅이 된 유모는 다시금 소리쳤다. 황후는 이게 마지막이다란 생각에 죽을힘을 다해 힘을 주었다.

"아아악!"

"응애! 응애!"

최후에 힘을 다 쓴 덕인지 아기가 쑥 빠져나왔고, 곧 우렁찬 울음소리를 터뜨렸다. 유모는 능숙한 솜씨로 아기의 탯줄을 자르고 수건으로 아기의 몸을 닦았다.

"황후 마마, 사내아이입니다. 왕자님이라구요."

"아아아······!"

유모의 기쁜 음성이 황후의 귓가에 들렸다. 황후는 감동 어린 눈빛으로 유모 품에 안긴 아기를 보았다. 그리고 떨리는 손을 흔들며 아기를 넘겨달라는 뜻을 보였다.

유모는 아기를 살며시 안겨주었고, 황후는 세상 모든 걸 가진 듯 행복한 표정이었다. 그동안의 고통이 모두 사라지는 듯했다.

하지만 그것도 잠시.

"아악!!"

또다시 느껴지는 하복부의 고통. 이건 도대체 무엇이란 말인가?

"싸, 쌍둥이?!"

유모의 경악에 찬 음성이 들렸다. 황후는 품에 안은 아기를 도저히 들고 있을 수가 없었다. 그 끔찍한 고통이 다시 시작됐기 때문이다.

"화, 황후 마마!"

유모는 어쩔 줄을 모르고 당황했다. 첫 번째 아기를 낳으며 체력을 거의 다 소진한 황후. 이대로 가다간 황후와 두 번째 아기의 생사를 장담할 수 없었기 때문이다.

답답하다. 숨을 제대로 쉴 수가 없었다. 눈도 뜰 수 없었고 몸도 마음대로 움직이지 못했다. 마치 몸에 꼭 맞는 항아리에 갇힌 것 같은 느낌이었다.

'도대체 여기가 어디야?'

온몸이 밧줄에 꽁꽁 묶인 듯한 느낌. 한 치 앞도 볼 수 없는 캄캄한 어둠.

한수는 덜컥 겁이 났다.

'내가 지옥에 왔나?'

그것이 아니고서야 지금 이 상황을 설명할 수가 없었다. 한수는 울분을 참지 못하고 몸을 발악적으로 움직였다.

'내가 왜, 내가 왜 지옥에 와야 하는데?! 여자 한 번 안 건드리고 순결하게 살아온 내가 왜 지옥에 떨어져야 하는 거야!'

이유가 조금 우습지만 아무튼 나름대로 착하게 살아왔다고 자부하는 한수는 억울하고 분한 심정을 감추지 못했다. 어떻게든 이곳을 빠져나가려고 마구 발버둥을 쳤다.

그 순간, 정수리 부근이 시원해짐을 느꼈다.

위쪽을 바라보니 자그마한 빛이 보였다. 정말 손톱만큼 작은 빛이었다.

하지만 한수는 본능적으로 그 빛을 향해 가야 한다는 것을 깨달았다.

몸을 아등바등, 조금씩 그 빛을 향해 가는 한수.

아득하게 먼 길처럼 느껴졌지만 살고자 하는 욕망에 이를 악물고 전진했다.

'이 망할 염라대왕, 내 나가기만 하면 수염을 몽땅 다 뽑아 버릴 테다.'

자신을 지옥으로 떨어뜨린 염라대왕을 곱씹으며 열심히 빛을 향해 가는 한수.

입구에 거의 다다른 듯 그 작았던 빛의 넓이가 커졌고, 한수는 주먹을 불끈 쥐었다.

'나가자마자 선빵이다!'

누구 하나 복날 개 잡듯이 패지 않고서야 이 울분을 삭일 길이 없었다. 전의를 불태우는 한수가 거의 입구에 다다른 순간 머리에서 억센 손아귀가 느껴졌다.

분명 손이었다. 다섯 개의 손가락이 머리를 꽉 움켜쥐고, 넓적한 손바닥이 확실히 느껴졌다.

'헉!'

한수는 경악했다. 성인 남자의 머리를 한 손에 움켜쥘 수 있다니, 엄청난 거인이 분명했다. 순간 분노고 전의고 모두 사라졌다. 오히려 겁이 덜컥 났다.

순식간에 소심하게 변한 한수는 발버둥을 치며 손을 뿌리치기 위해 애썼다. 그리고 다시 안으로 들어가려고 했다.

하지만 거인의 손은 한수를 놓치지 않았다. 오히려 더욱 굳게 붙잡으며 끌어당겼다.

'안 돼!'

크게 소리치고 싶었지만 음성은 목 근처에서만 맴돌 뿐 밖으로 나오지 않았다.

거대한 힘에 굴복한 한수가 이윽고 밖으로 나왔다. 찬 공기가 자신의 몸에 휩싸이자 추위와 두려움에 몸을 떨었다.

'도대체 얼마나 크기에 나를 번쩍 들 수가 있지?'

궁금증이 치솟은 한수는 눈을 뜨려 했지만 엄청난 빛 때문에 도저히 눈을 뜰 수가 없었다.

그사이 거인은 한수의 머리통을 놓고 그 손으로 한수의 다리를 붙잡았다. 즉, 거꾸로 매달은 것이다.

한수가 채 놀라기도 전에 엉덩이에서 엄청난 고통이 느껴졌다.

'크악!'

온몸이 찌르르 울릴 정도의 극통. 순간 눈이 번쩍 떠질 정도로의 아픔이었다.

'이게 무슨… 크허헉!'

한수는 생각을 이어갈 수가 없었다. 끝나기가 무섭게 또다시 엉덩이에서 불이 났다. 머리끝부터 발끝까지 전기가 통한 듯 몸 전체가 들썩였다.

철썩! 철썩!

계속되는 구타. 한수는 고통에 진저리를 쳤다. 그만 하라고 소리치고 싶었지만 목소리가 밖으로 나오지 않았고, 거인은 악마처럼 묵묵히 손을 움직였다.

'그만! 그만 하란 말이야! 그만… 컥!'

마음속으로만 비명을 지르던 한수는 순간 목이 탁 트이는 것을 느꼈다.

그것을 느낀 한수는 있는 힘껏 소리를 질렀다.

"으, 응애! 응애! 응애!"

'응? 이건 뭐지? 어디서 애기 우는 소리가 들리는데?'

한수는 갑자기 들려온 애기 우는 소리에 의아함을 느꼈다. 자신은 비명을 지르는데 아기 목소리가 계속 들려왔다.

"휴, 다행입니다. 황후 마마, 둘째 애기님은 무사하십니다.

그리고… 왕자님이시군요."

　지친 듯한 힘없는 여자의 목소리. 한수는 무슨 말인지 몰라
어리둥절했다.

　'이건 뭐여……'

Chapter 2
죽어도 좋아

태어난 지 삼 일이 지났다.

삼 일이 지나서야 겨우 아기가 되었다는 것을, 환생을 했다는 것을 알 수 있었다.

죽음, 그리고 환생. 이런 겪어보지 못한 신기한 현상에 삼 일 동안 정신을 차릴 수가 없었다. 저승사자도 못 봤고 염라대왕의 재판도 못 받았지만 환생을 했다.

한수는 찬찬히 눈동자를 돌렸다.

자그마한 손에 더 작은 손가락이 꼼지락거리고 있었다. 다른 신체 부위를 보고 싶지만 고개를 들 수가 없어 포기했다.

몸 살피는 것을 포기한 한수가 눈을 천장으로 가져갔다.

한눈에 봐도 고급스런 벽재, 비까번쩍한 가구들. 이곳에 사는 사람이 엄청난 부자라는 걸 알 수 있었다. 게다가 자신을 덮고 있는 이불만 보아도 금색 수실이 예쁘게 수놓아져 있었다.

'으흐흐, 이거 부잣집 아들로 태어났구먼.'

주변을 살피던 한수는 쾌재를 불렀다. 연신 웃음을 터뜨리며 자신의 행운을 자축했다. 전생에 한 고생을 이번 생에 보답받은 것만 같았다. 개고생을 하다가 죽었는데 이런 식으로라도 보상받지 못했다면 억울해 죽을 뻔했다.

달칵.

그때 문이 열리면서 한 여자가 들어왔다. 이목구비가 뚜렷한 여자는 웃고 있는 한수를 보며 살포시 미소를 지은 채 다가왔다.

"아이구, 류센 왕자님, 일어나셨어요?"

그러면서 한수를 살며시 안아 들었다. 그 여자를 본 한수의 입이 좌우로 쫙 찢어졌다. 그 모습이 귀여운지 여자는 더욱더 자애로운 미소를 지었다.

한수는 그 여자를 굉장히 좋아했다. 보기 드문 미모인 것도 한 가지 이유였지만 그것보다 더욱 굉장한 일로 좋아했다.

"헤헤, 왕자님, 식사하셔야죠."

여자는 한수의 이마에 뽀뽀를 한 뒤 천천히 자신의 상의를 벗었다. 그리고 드러나는 가슴. 크고 봉긋한 가슴. 하얀 가슴 위에 외롭게 달린 분홍빛 유실.

보통 남자들이 본다면 침을 질질 흘릴 정도로 아름다운 가슴이었다.

'으헤헤, 좋아, 좋아.'

한수 역시 남자인지라 침을 질질 흘리고 가슴을 바라보았다. 이미 지난 삼 일 동안 이 여자의 가슴을 보아왔다. 게슴츠레 뜬 눈에 입가엔 침을 흘리고 있지만 여자는 마냥 귀엽다는 표정으로 한수를 바라볼 따름이었다.

"그리 배고프셨어요? 카센 왕자님은 하루 종일 자는데 류센 왕자님은 낮에 이리 깨어나 있어서 얼마나 고마운지 몰라요."

여자는 웃으며 자신의 가슴을 한수의 얼굴에 가져다 댔다. 한수의 눈이 더욱 음충해졌다.

'음헤헤! 바보 같은 놈. 이 좋은 걸 못 보다니……'

한수는 여자의 가슴에 얼굴을 파묻으며 옆에서 곤히 자고 있는 카센을 욕했다. 그러나 카센이 정상적인 아기이지 욕먹을 사람은 오히려 자신인 줄 모르는 한수였다.

한수와 다르게 밤낮이 바뀐 생활을 하는 카센 때문에 밤에도 유모와 시녀들이 들락날락거려야만 했다. 그래서 그녀들은 피곤했다. 아무튼 카센 덕분에 한수는 귀여움을 독차지하게 되었다.

"잠깐만."

한참 젖꼭지를 만지며 희롱하고 있을 때, 문이 열리면서 한 여자가 들어왔다.

화려한 복장을 한 그녀는 젖을 빨리고 있는 여자보다 더욱 아름다웠고 또한 기품이 넘쳐 났다. 온몸에 품위가 넘쳐 나는 것이 한눈에 봐도 지체 높은 사람이란 걸 알 수 있었다.

"황후 마마, 여긴 어쩔 일로……?"

여자가 한수를 떼어내며 벌떡 일어났다. 한수는 아쉬워하며 황후를 원망 섞인 눈빛으로 바라보았다.

"유모, 나도 한번 젖을 물리고 싶어서 왔어요."

"화, 황후 마마, 아니 되옵니다. 어찌 그 같은 일을……. 유모인 제가 하겠습니다."

유모라고 불린 여자는 당황한 음성으로 황후를 말렸다. 하지만 황후는 자애로운 음성으로 다시금 부탁했다.

"내 아기에게 내가 젖 준다는데 무엇이 잘못입니까? 저도 한 번쯤은 젖을 물리고 싶어요."

아기에게 젖을 물리면 가슴 모양이 망가질 우려가 있다. 그래서 높으신 귀족 여인들은 보통 유모를 두어 아기의 젖을 물리곤 했다. 그랬기에 유모는 당황했다. 하지만 황후는 자신의 아기가 너무 사랑스러워 일반적인 형식을 깨고 젖을 물리고 싶었다. 첫 아이기도 하고 특히 황실에서 바라고 바라던 사내아이를 그것도 둘씩이나 낳았기 때문에 황후의 기쁨은 굉장히 컸다.

"자, 이리 주세요."

황후는 같이 따라온 시녀의 도움으로 천천히 상의를 벗었다.

'오예~ 이게 웬 떡이냐!'

무슨 말이 오간지는 모르겠지만 굉장히 아름다운 여자가 가슴을 드러내자 한수의 기쁨은 말로 할 수가 없었다. 게다가 황후의 가슴 역시 유모 못지않게 크고 아름다웠기에 더욱더 입가에 침이 흘러내렸다.

거듭된 부탁에 유모는 할 수 없이 한수를 넘겨줬고, 황후는 세상 모든 걸 가진 듯 행복한 표정으로 한수를 바라보았다.

"오, 예쁜 내 아기, 많이 먹고 건강하게 자라다오."

그러면서 한수를 자신의 가슴으로 가져갔고, 한수는 커다란 가슴 계곡 사이에 얼굴을 파묻곤 즐거운 비명을 질렀다.

쪽쪽쪽.

한수는 연신 황후의 젖꼭지를 빨며 배를 채우는 동시에 손으로는 가슴을 희롱했다. 황후는 그 모습이 마냥 귀여울 따름이었다.

"그만 하시옵소서. 가슴이 망가질까 심히 걱정되옵니다."

유모가 다가와 허리를 조아리며 말했다. 그러나 황후는 고개를 절레절레 흔들었다.

"아니에요. 괜찮습니다."

"아니 되옵니다, 황후 마마."

황후와 유모가 한수를 가운데 두고 실랑이를 벌였다. 그 모습에 한수의 눈은 휘둥그레졌다.

'가, 가슴이……'

한수의 두 눈이 시뻘겋게 충혈되었다. 전생의 세계에서 흔히 말하는 A컵을 능가하는 거대한 가슴이 눈앞에서 왔다 갔다 했다. 그것도 미모의 두 여자의 가슴이.

"이리 주십시오, 황후 마마. 행여나 몸이 망가질까 우려되옵니다."

"내 아기에게 내가 젖 먹인다는데 그깟 가슴이 무슨 대수요."

한수의 발칙한 상상도 모른 채 여전히 서로의 가슴으로 한수를 당기며 실랑이를 벌이는 두 여자.

한수는 눈물을 흘렸다. 전생에서 숫총각으로 죽은 일 따위는 이제 아무렇지도 않았다.

'이대로… 죽어도 좋아.'

한수는 그렇게 생각했다. 태어난 지 삼 일 만에.

메리는 고향이 황궁이다. 하지만 황족은 아니었다. 그녀의 신분은 시녀다.

이 말을 들은 사람은 고개를 갸우뚱거릴 것이다. 어찌 한낱 시녀의 고향이 황궁일 수 있을까. 고향이라 함은 자신이 태어나서 자란 곳을 이르는 말인데 황족도 아닌 그녀가 어떻게 황궁이 고향이 될 수 있을까 의문을 가질 것이다.

그러나 메리는 확실히 황궁에서 태어났기에 고향이 황궁이었다. 그리고 그녀의 부모 역시 황궁에서 태어났고, 그 부모의 부모 역시도 황궁에서 태어나 일평생을 살다 죽었다.

메리네 집안은 보통 집안이 아니라 바로 황궁 전속 시녀, 혹은 시종을 배출하는 집안이기에 가능한 일이었다.

일반적으로 황궁에서 일하는 시녀와 시종들은 크게 두 가지로 나뉜다.

첫 번째가 바로 메리네 집안처럼 황궁에서 태어나 평생 황족을 수발하는 것이고, 두 번째는 외부에서 데려오는 것이다.

첫 번째의 경우 황실, 즉 크라이드 가문이 제국을 세울 때 처음 받은 사람들에게 충성 맹세를 받고 대대로 크라이드 가문을 보필하도록 하는 경우이다.

이와 같은 경우에는 황족들이 기거하는 내성을 주로 담당하게 된다.

황족과 같이 태어나고 같이 죽는, 황족에게는 평생 친구이자 수하였다.

특별히 크게 죄를 짓지 않은 이상 내치는 일이 거의 없었다.

두 번째의 경우는 외성에서 머물며 일반 귀족들을 상대케 했다.

아무튼 메리는 첫 번째에 속한 시녀로서 황실에 대해 충성심이 남달랐고, 맡은 임무 역시 소홀함이 없었다.

그녀는 오 년 전쯤, 그러니깐 열다섯이 되던 해 시종장으로부터 둘째 왕자인 류센 왕자를 보필하라는 명을 받고 지난 오 년 동안 열심히 일했다.

당시 갓난아기였던 류센을 맡아 대소변은 물론이요, 목욕과 식사까지 일일이 챙겨주었고 함께 놀아주기도 하였다.

오늘도 그녀는 맡은바 임무를 충실히 하기 위해 동 트기 전에 일어나 준비를 하고 류센이 지내는 궁으로 들어갔다.

"왕자님."

조심스레 문을 열고 들어간 메리가 작은 목소리로 류센을 불렀다. 하지만 류센은 새근새근 잠만 자고 있었다. 이제 막 해가 뜨기 시작한 이른 아침이기에 아직도 꿈나라를 헤매고 있었다.

"후후."

메리는 살포시 웃으며 조용히 걸음을 옮겼다. 처음 류센을 맡았을 땐 어쩌나 당황했던지 지금도 그때 생각만 하면 절로 웃음이 나왔다. 아기 하나 돌보기가 이렇게 힘든 줄 처음 알았다. 나이 많은 시녀의 도움이 없었다면 아마 해내지 못했을 것이다.

하지만 오 년이 지난 지금 류센의 얼굴을 보니 행복감이 온몸에 가득했다.

자고 있는 모습이 마치 천사와도 같았기 때문이다.

지난 고생이 모두 씻겨가는 듯했다. 황족과 시녀라는 엄청난 신분의 벽이 있지만 자신이 일일이 신경 써서 돌본 탓에 마치 동생처럼 느껴졌다.

메리는 자신도 모르게 류센의 얼굴에 입술을 가져갔다. 너무 귀여워 볼에다가 뽀뽀를 해주고 싶은 충동이 일었기 때문이다.

막 입술이 류센의 볼에 닿은 순간, 자신의 목을 옥죄어오는 힘을 느꼈다.

"메리, 잘 잤어?"

어느새 잠에서 깨어난 류센이 팔로 메리의 목을 감싸 안으며 힘을 주고 있었다. 덕분에 메리는 입술을 떼지도 못하고 계속 뽀뽀를 할 수밖에 없었다.

"어휴, 왕자님, 짓궂어요."

억지로 팔을 풀며 일어난 메리가 새치름한 표정으로 눈을

흘겼다. 그러나 류센은 여전히 장난 가득한 눈빛으로 그녀를
바라볼 따름이었다.

"메리, 안아줘."

그러면서 벌떡 일어난 류센은 메리의 허리를 붙잡고 가슴
에 얼굴을 파묻었다.

그 모습에 메리는 짐짓 화난 어조로 나무랐다.

"류센 왕자님, 아직도 이러시면 어떡해요. 벌써 다섯 살이
나 되었으면서 이런 장난을 치시는 거예요?"

"아앙, 한 번만. 나는 메리가 너무 좋단 말이야."

류센은 애교 섞인 음성으로 투정을 부렸다. 메리는 살포시
한숨을 쉰 채 이번이 마지막이라는 약속을 단단히 받고 류센
을 끌어안아 줬다.

류센은 좋아라 하며 메리의 가슴에 더욱 얼굴을 파묻었다.
류센이 가슴에 마구 얼굴을 비볐지만, 메리는 오히려 귀엽다
는 듯 바라볼 따름이었다.

'으헤헤, 가슴이 더 커진 것 같구나. 아주 좋아. 말랑말랑
한 게 기분 한번 째지네.'

아기 천사 같은 모습과는 다르게 류센의 속마음은 음흉하
기 짝이 없었다. 겉모습은 착하디착한 류센이란 어린아이지
만, 속에는 '한수'라는 노총각이 자리 잡고 있었다. 귀여운 아
기처럼 투정 부리지만 그의 마음은 커다란 늑대 한 마리가 자

리를 잡고 있는 것이다.

'에구, 아쉬워라. 내가 십 년만 늙었어도 확 넘어뜨리는 건데, 쩝!'

류센은 자신의 젊은(?) 몸을 아쉬워하며 입맛을 다셨다.

"왕자님, 이제 씻고 식사하셔야죠? 얼른 하셔야 수업 시간을 맞출 수 있답니다."

한동안 인형처럼 류센을 껴안고 있던 메리가 그를 떼어내며 말했다. 정색하고 다부진 표정으로 말하는 모습에 류센은 입맛을 쩝쩝거리며 아쉬워했다.

"꼭 공부해야 돼? 그냥 메리랑 놀면 안 돼?"

"어머, 왕자님, 그게 무슨 말씀이세요, 황후 마마께서 그 말을 들으셨다면 크게 야단치셨을 거예요, 장차 이 나라를 이끌어갈 왕자님이신데 열심히 공부하셔야죠."

당장이라도 황후에게 달려가서 일러바칠 것 같은 기세였다. 어쩔 수 없이 류센은 한숨을 푹 쉬며 털레털레 걸음을 옮겼다.

'망할! 무슨 공부를 다섯 살 때부터 시키는 거야?! 이게 무슨 조기 영어 공부 하는 것도 아니고. 아 놔, 그나저나 그 꼬장꼬장한 영감탱이의 잔소리를 또 들어야 한단 말이야? 미치겠군. 왕자로 태어나면 편할 줄 알았건만……'

전생에서 삼류 대학도 못 가본 류센은 공부라는 단어에 벌써부터 뒷골이 당겨왔다.

유베리스 대륙.

가도 가도 끝이 안 보이는 광활한 땅의 이름이다.

이 땅에는 세 개의 제국과 열네 개의 왕국, 여섯 개의 공국이 존재한다.

이 많은 나라 중 대륙을 지배하는 가장 강한 세 개의 제국에 대해 살펴보자면,

북부의 크라이드 제국, 중부에 유실린 제국, 남부에 포세톤 제국이 존재한다.

이 제국들이 대륙을 좌지우지하고 있다.

그러면 이 세 개의 제국 중 누가 가장 강할까?

대륙에 사는 사람들은 크라이드 제국이라는 것에 엄지를 세울 것이다.

지금은 조용하지만 전대 황제인 카르센 칸 크라이드 황제 때만 해도 온 대륙이 벌벌 떨었다.

상급 익스퍼드 기사이자 뛰어난 전략가이며 정치가인 카르센 황제.

유능한 정치로 단번에 제국민들을 휘어잡은 그는 최초로 대륙을 통일해 통일 황제가 되겠다는 목표를 세웠다.

이 말을 들은 타 제국들은 모두 코웃음을 쳤지만, 막상 전

쟁이 시작되고 나자 경악을 금치 못했다.

상상을 뛰어넘는 전략전술로 전쟁은 연전연승(連戰連勝)! 기발한 작전으로 각 나라의 명장들을 차례차례 굴복시키며 점점 영토를 넓혀갔다.

카르센 황제는 영토를 크게 넓혔을 뿐만 아니라 정복 지역에 대한 포용 정책으로 아무런 문제 없이 복속시켰다.

가히 영웅왕이라고 불리어도 손색이 없을 희대의 황제였다.

장장 30년이 넘는 전쟁에서 단 한 번의 패배도 없었던 황제. 대륙 북부는 작은 왕국 몇 개만 빼놓고 거의 다 점령했다.

그 기세가 어찌나 무서운지 제국과 국경이 맞닿은 중부의 패자 유실린 제국도 극도의 두려움에 떨게 만들었던 카르센 황제.

대륙을 통일할 것만 같았던 패기 넘치는 황제. 제국민들에게는 우상이지만 타국에서는 공포의 대명사.

그러나 끝나지 않을 것만 같았던 전쟁은 끝났다.

대륙을 호령하던 영웅왕이지만, 세월의 흐름은 막을 수가 없었다.

고작 60세의 나이로 그만 세상을 뜨고 만 것이다.

카르센 황제가 죽은 곳은 전쟁터였다. 노령의 나이에도 불구하고 선봉에 서서 군대를 진두지휘하다가 그만 눈먼 화살에 맞은 것이다.

그의 죽음에 제국민들은 모두가 슬퍼했다. 하지만 유실린 제국을 비롯한 타국들은 깊은 안도의 한숨을 내쉬었다. 그만큼 무서웠던 것이다.

카르센 황제가 죽었지만, 그 어떤 나라도 크라이드 제국을 넘보지 못했다.

비록 죽었지만 그가 키워놓은 뛰어난 기사들이 두 눈 부릅뜨고 제국을 지켰기 때문이다.

유실린 제국이 자존심을 회복하기 위해 십만 대군을 일으켰다가 카셀리아 평원의 전투에서 크게 박살난 이후로는 다시는 군대를 일으키지 못했다.

비록 황제는 죽었지만, 그간 키워놓은 힘과 저력으로 대륙 제일의 제국이라 불리기에 손색이 없었다.

현 황제인 유베리스 황제—카르센 황제가 대륙 통일을 목표로 세운 후, 그 의지의 뜻으로 대륙 이름을 아들의 이름으로 정해 버렸다—는 정복한 영토의 안정을 위해 갖가지 정책을 내놓았다. 그 덕분에 카르센 황제 사후 정복한 모든 영토를 완벽하고 안전하게 복속시킬 수 있었다.

"…그렇게 전쟁이 끝나고 십 년이 지났습니다. 비록 대륙 통일은 하지 못했지만, 언젠가는 카르센 황제 폐하를 능가하는 황제가 탄생하여 못다 이룬 꿈을 이루어야 할 것입니다. 알겠습니까, 류센 왕자님!"

오벨리스크 백작의 목에 핏발이 한가득 섰다. 얼굴이 벌게진 게 자못 화를 누르지 못한 모습이었다.

'헉! 깜짝이야.'

류센이 고개를 들어보니 두 눈을 부릅뜨고 노려보는 오벨리스크 백작이 보였다. 백발이 성성한 그의 얼굴이 붉은 대춧빛으로 변한 모습이 우스꽝스럽지만 지은 죄가 있는지라 슬그머니 고개를 돌렸다.

옆에는 쌍둥이 형인 카센 왕자가 한심스럽다는 눈빛을 보내왔다. 그리고는 손으로 자신의 입가를 문지르는 제스처를 취했다.

"크흠! 크흐흠, 음음……."

류센이 슬쩍 손으로 입가를 훔치니 수매에 침이 덕지덕지 묻어나왔다. 민망한 마음에 헛기침으로 분위기를 바꿔보려 했지만 곧 노호성이 들려왔다.

"도대체 중요한 공부 시간에 조는 이유가 무엇입니까?! 카센 왕자님 반만이라도 해보세요!"

오벨리스크 백작의 모양을 보아하니 한두 번 있는 일이 아닌 듯했다. 풍부한 학식과 넉넉한 성품으로 귀족들 사이에서는 유명한 지식인이자 교양인으로 통하는 백작은 여간해서 화를 내는 성격이 아니었다.

"아, 음… 제가 잘못했습니다, 오벨리스크 백작. 다시는 이런 일이 없을 겁니다. 암요. 믿으세요."

"그 말, 지겹지도 않습니까?"

왕자만 아니었다면 흠씬 두들겨 팼을 것이다. 하지만 류센은 왕자였고, 자신은 힘없는 스승에 불과했다. 어차피 한두 번 있는 일이 아닌지라 자신의 관자놀이를 꾹꾹 누르며 화를 삭이는 오벨리스크 백작.

불현듯 스쳐 지나가는 생각. 백작은 혹시나 하는 마음에 물었다.

"설마… 아직 이름조차 못 외운 건 아니겠지요?"

"으하하하! 서, 설마요. 당연히 알지요."

식은땀을 찔끔 흘리는 류센을 보며 백작은 의심스런 표정이 되었다.

"어디 한번 말해보세요."

"에또, 그러니깐… 세인트스 바하라 류센 칸 크라이드… 페라? 펠라? 패라?"

백작의 미간이 팍 뭉개졌다. 몇 번이나 말해줬는데도 아직 자기 이름 하나 못 외우고 있다니!

"페라이니카스폰트라리아입니다."

"아하하! 맞아요. 세인트스 바하라 류센 칸 크라이드 페라이니카스폰트라리아가 제 이름입니다."

"어휴……."

다시 한 번 이마를 꾹꾹 누르며 화를 삭이는 백작. 그러나 류센 역시 억울했다. 무슨 이름이 이렇게 길단 말인가! 마치 이름 개그를 보는 듯한 느낌이었다.

제일 앞 자인 '세인트스' 는 성스럽다는 종교적 언어였다. 유베리스 대륙 여러 종파 중 하나인 검과 승리의 여신 실바렌을 모시는 실바렌 교에서 전쟁에서 연승하는 카르센 황제에게 바쳤다. 이에 카르센 황제는 이름 제일 앞에 갖다 놓음으로써 예를 표했다.

'바하라' 는 고대어로서 전사라는 뜻을 가졌다. 뛰어난 검사이기도 했던 카르센 황제가 역시 갖다 붙인 것이다. 그리고 자신이 쓸 이름을 넣고 왕을 뜻하는 '칸', 다음은 가문의 이름인 '크라이드' 를 넣었다.

마지막에 괴상망측하고 길기만 한 이름은 카르센 황제가 정복한 나라의 앞 글자를 순서대로 나열한 것이다.

즉, 이전만 해도 이름과 왕을 뜻하는 글자, 그리고 가문의 이름만 있었을 뿐인데 카르센 황제가 나타나면서 긴긴 이름이 탄생하게 되었다.

'망할 노친네, 멋있으면 혼자 쓸 것이지 왜 후손에게까지 떠넘겨 가지고 이 고생을 시키냐고!'

처음 이름을 들었을 때 얼마나 황당했던가. 기가 막혀 굳이 신경 쓰지 않았더니 결국 이런 식으로 뒤통수를 맞게 되었다.

"끄응, 내일까지 카르센 황제 일대기 10페이지부터 37페이
지까지 모두 베껴서 가져오도록 하세요. 만약 해오지 않을 시
황제 폐하께 지금 일을 그대로 고하도록 하겠습니다."

"네……."

우거지상을 하며 고개를 끄덕이는 류센. 패왕(覇王)이라 불
리는 카르센 황제와는 달리 성군으로 칭송받는 유베리스 황
제지만 그 피가 어디 가는 건 아닌지 화가 나면 무섭게 변했
다. 비록 다섯 살이지만 아직도 이름을 못 외웠다고 하면 크
게 경을 칠 터.

'에효, 오늘도 숙제구나. 공부는 역시 예나 지금이나 지겨
워. 차라리 나가서 검술 연습 하는 게 훨씬 낫지.'

류센은 속으로 투덜거리며 어서 시간이 가기를 바랐다. 오
셀리스크 백작은 그런 류센을 내버려 두고 수업을 진행했다.
공부 못하는 아이보다 공부 잘하는 아이가 더 예쁜 건 선생의
공통적인 마음. 진지한 자세로 열중하는 카센을 보며 흐뭇한
미소를 그렸다. 옆에서 몰래 하품하는 류센은 그냥 무시하기
로 했다.

짜증날 정도로 지루한 수업 시간이 지나고 그 고통의 시간
을 보상이라도 하듯 즐거운 시간이 기다리고 있었다.

"어서 드세요, 왕자님."

메리가 말했다. 류센은 입이 함지박만 하게 벌어졌다. 가로 3미터에 세로 8미터에 이르는 거대한 식탁. 그 식탁 위에 놓여진 음식들은 그야말로 진수성찬이었다.

갖은 양념으로 조리한 돼지고기부터 훈제치킨에다 상큼한 맛이 나는 야채들, 예쁘게 발라놓은 생선까지 절로 군침이 돌 정도였다. 전생에 가난하게 살아온 류센이 어디서 이런 음식을 맛볼 수 있겠는가. 류센은 마치 먹이를 노리는 맹수처럼 득달같이 음식을 향해 돌진했다.

와구와구!

한 손에 닭다리를 잡고 다른 손으로는 연신 생선살을 집어 먹었다. 참으로 맛있게 먹는 모습이지만 메리를 비롯한 시중을 드는 시녀들은 경악했다.

"꺄약! 그렇게 드시지 말라고 몇 번이나 말했어요!"

대경한 메리가 후다닥 달려가 류센의 손에 있는 음식들을 낚아챘다. 재빠른 동작이 한두 번 해본 솜씨가 아니었다.

메리는 짐짓 눈에 쌍심지를 켜고 말했다.

"자꾸 이러시면 저도 어쩔 수가 없습니다. 황후 마마께 고할 거예요."

"헤헤, 메리, 미안해."

고자질한다는 말에 류센이 귀여운 표정을 지었다. 하지만 속에서는 화를 삭이기에 여념이 없었다.

'빽하면 고자질한대. 오셀리스크 백작에 이어 메리까지. 에효, 내 팔자야. 포크와 나이프로 언제 다 먹나.'

뭐든 빨리 해치우는 급한 한국 사람답게 류센은 점잔을 떨며 식사 예절에 맞게 밥을 먹는 다른 귀족들을 도저히 이해할 수 없었다.

"이것 봐요, 기름이 다 묻었잖아요. 손에 양념도 묻고. 아앙, 어쩜 좋아. 곧 검술 수업 시간이라 목욕할 시간도 없는데."

"괜찮아. 어차피 검술 수업 시간이 끝나면 목욕해야 하는데 그때까지 참지, 뭐. 메리가 이따 씻겨줘."

"하여튼 정말 미워 죽겠어요, 왕자님은."

"헤헤헤."

류센은 득의양양한 얼굴이었다. 사실 격식에 맞게 식사를 하는 것이 몸에 맞지 않는 것도 있지만 목욕을 하게 되면 메리를 비롯한 시녀들이 시중을 든다. 즉, 아름다운 아가씨들의 몸매를 마음껏 감상할 수 있다는 소리다.

오늘은 오셀리스크 백작에게 한소리 듣느라 늦었지만 다른 날 같았으면 이미 목욕탕으로 달려갔을 것이다.

"빨리 식사하세요. 수업 늦겠어요."

"응!"

더 이상 지체할 시간이 없기에 류센은 장난을 중단하고 점잖게 식사를 했다. 하지만 눈동자는 점점 음흉스레 변해갔다.

카이로스 후작은 크라이드 근위기사단의 단장이다. 대제국의 기사단 단장답게 그는 최상급 소드 마스터였다. 게다가 이제 나이가 고작 40대 후반인 걸 감안하면 가히 검술 천재라고 해도 무방했다. 대륙 어느 나라를 뒤져도 그 나이에 이 정도 성취를 이른 기사는 없었다.

실력에 맞게 단단한 충성심으로 무장한 카이로스 후작. 바쁜 업무에도 불구하고 자청해서 왕자들의 검술 선생이 되었다.

검의 제국이라 칭하는 크라이드 제국을 이끌어가려면 어릴 적부터 확실히 교육시켜야만 했다.

지금의 황제 역시 어릴 적부터 수련을 해 소드 익스퍼트 상급의 실력을 지녔다. 이 역시 다른 나라의 왕들과 확연히 다른 점이었다.

카이로스 후작이 눈앞에 서 있는 어린 소년들을 바라보았다. 겨우 다섯 살 남짓한 아이들이지만 장차 이 나라를 이끌어갈 왕자의 신분을 가진 소년들이었다.

보송보송한 얼굴이 귀엽기도 하지만 카이로스 후작은 마음을 다잡았다.

지금부터 삼 개월 전, 막 다섯 살이 된 왕자들을 모아놓은 자리에서 황제가 말했다.

'굴리세요.'

충성심 강하기로 유명한 카이로스 후작은 그 한마디에 왕자들은 마구 굴렸다. 거의 근위기사단에 필적할 정도로 어린 소년들을 굴렸다.

어른들도 하기 힘든 훈련을 어린아이들이 해낼 리 만무할 터. 온몸이 흙 범벅이 되고 몸 곳곳에 상처가 생겼지만 황제는 까닥하지 않았다.

오히려 웃으며 신관과 치료사를 보내주기까지 했다.

그 모습에 가슴 한구석에 숨겨뒀던 불안까지 털어낸 카이로스 후작은 왕자들을 맹훈련시켰다.

"헉헉헉!"

거친 숨소리가 들려왔다. 하긴 5킬로나 되는 연습용 목검을 들고 상단치기 백 번을 시켰으니 숨이 찰 만도 했다.

힘들거나 말거나 무심한 표정으로 지켜보던 카이로스 후작이 일순 눈빛을 반짝였다.

'역시 류센 왕자님의 자질이 확실히 뛰어나.'

카센 왕자는 이미 얼굴이 샛노랗게 변했다. 혀를 길게 빼 문 채 힘들어하는 모습이 역력했다. 하지만 류센은 그렇지 않았다. 힘들어하는 표정은 비슷하지만 입을 앙다문 채 느리지만 검을 휘두르고 있었다.

탈진 직전의 카셀 왕자와 다르게 힘들지만 정신력으로 버티는 류센의 모습에 카이로스 후작은 절로 경탄을 마지않을 수 없었다.

"백!"

류센이 발악하듯 숫자를 세고 그대로 주저앉아 버렸다. 너무나 힘들었기 때문이다. 카셀 왕자는 이미 널브러진 상태. 근처의 신관들이 어쩔 줄 몰라 했다. 카이로스 후작의 허락이 없으면 다가갈 수 없었기 때문이다.

"더 하실 수 있겠습니까?"

카이로스 후작의 무뚝뚝한 음성. 카셀 왕자는 아직도 호흡을 가다듬지 못한 상태라 대답을 할 수가 없었다. 하기 싫다는 말이 목구멍까지 나왔지만 입 밖으로 낼 수 없는 상태였다. 아직 어린 소년에 불과한 카셀 왕자는 지금의 훈련이 너무나 고통스러웠다. 그리고 그것이 틀린 말이 아니었다. 고작해야 다섯 살이지 않는가.

헉헉거리는 카셀 왕자를 본 카이로스 후작은 가타부타 말도 없이 손짓으로 신관을 불렀다. 이미 지난 삼 개월 동안 보아왔기 때문에 굳이 대답이 필요치 않았다.

신관에 의해 치료를 받는 카셀 왕자에게 신경을 끊은 카이로스 후작은 곧 흐뭇한 시선으로 변했다. 어느새 호흡을 정돈하고 있는 류센을 보았기 때문이다.

"더 하실 수 있겠습니까?"

"후욱! 할 수 있습니다."

카이로스 후작이 원하는 대답. 어린 나이에도 불구하고 놀라운 끈기와 정신력에 더없이 자랑스러웠다. 자신도 그 나이 때는 하지 못한 일이었다.

부드러운 표정도 잠시, 곧 특유에 무뚝뚝한 음성으로 말했다.

"중단 찌르기 백 번입니다."

"예. 하나!"

쉬익.

잠시 쉰 탓에 안정된 자세로 검을 찌르는 류센. 카이로스 후작이 고개를 끄덕이며 지켜보았다.

류센이 이렇듯 열정적으로 훈련에 임하는 데에는 이유가 있었다. 카이로스 후작이 그 이유를 알면 기겁하겠지만 사실 류센 역시 훈련이 힘들기는 카센 왕자와 마찬가지였다.

하지만 어떤 이유 때문에 어금니를 꽉 깨물고 훈련에 임했다.

'몸짱만이 살길이다.'

몸짱. 해석하자면 몸매가 좋다는 말이다. 이걸 남자에게 대입하면 근육질 몸매의 소유자를 뜻한다.

류센이 이런 결심을 하게 된 이유는 다름 아닌 시녀들 때문이었다.

검술 훈련을 하기 전 어느 날, 아리따운 시녀들을 데리고 황궁을 산책하다 근위기사단의 훈련장까지 가게 되었다. 그곳에서 웃통을 벗고 수련에 열중하는 기사들을 보며 시녀들이 꺅꺅거리며 좋아했다.

그걸 본 류센은 질투심을 느꼈고, 때마침 검술을 배우라는 말에 만사를 제쳐 놓고 달려들었다. 반드시 몸짱이 되어 미녀들의 사랑을 독차지하고야 말겠다는 의지였다.

'지금 잠깐의 고통만 참는다면 나중에 몸짱이 될 수 있어. 우오오!'

그런 생각에 힘든 것도 참고 맹렬히 검을 휘두르는 류센. 몸에선 마치 오오라가 피어오르는 듯했다.

'지금 이대로만 간다면 나중에 훌륭한 기사가 되겠군.'

꿋꿋이 참고 훈련에 열중하는 모습은 카이로스 후작을 감동시키기 부족함이 없었다.

이것도 나름대로 동상이몽이 아닐까.

Chapter 3
황제? 줘도 안 해

가로 백 미터, 세로 오십 미터에 이르는 거대한 홀. 그 홀을 떠받치고 있는 기둥들 역기 장대한 굵기를 자랑했다. 게다가 기둥에 그려져 있는 조각들은 마치 살아 있는 듯한 착각을 불러일으킬 정도로 섬세했다. 화려한 꽃, 당장이라도 튀어나올 법한 드래곤과 각종 동물들. 보는 이로 하여금 절로 감동을 주기에 충분하다 못해 넘쳐 났다.

이런 조각을 할 수 있는 존재는 '드워프'라 불리는 이종족밖에 없었다. 신에게 선사받은 뛰어난 손기술로만 이런 웅장하고 아름다운 건축물을 만들 수가 있었다.

예술이라고 표현할 수밖에 없는 거대한 홀.

그 홀의 이름은 검의 홀(sword hall). 일찍이 카르센 황제가 정복자의 길을 걷기로 마음먹은 후 생겨난 곳이다. 드워프들을 대거 동원해 지은 이 건물은 한창 정복전쟁 당시 통합작전실로 유용하게 쓰이다가 지금에 와서는 제국의 문무백관들이 모여 회의를 하는 장소로 바뀌었다.

아무튼 검의 홀에 백여 명의 사람들이 모여 있었다.

왼쪽 편에는 문신(文臣)을 대표하는 온티마스 공작이 서 있었고, 그 옆으로 왕자들의 학문 스승인 오셀리스크 백작을 필두로 나머지 문관 귀족들이 주욱 늘어서 있었다.

반대로 오른쪽 편에는 무신(武臣)들을 대표하는 바라칸 공작을 비롯해 왕자들의 검술 스승이자 근위기사단장인 카이로스 후작과 그 밖의 무관들과 기사들이 시립해 있었다.

그리고 중앙에는 현 황제인 유베리스 황제가 즐거운 표정으로 황좌에 앉아 있었다. 황제 옆에는 시종장인 칸타가 훈훈한 미소를 그리며 공손히 서 있었다.

칸타 역시 내성 출신 시종으로서 유베리스 황제를 어릴 적부터 보필해 온 사람이다. 유베리스 황제가 황위에 오른 후 자동적으로 시종장 직을 맡아 여태껏 아무런 문제 없이 황제를 보필하고 시종들을 지휘했다.

"그게 지금 말이 되는 소리요?"

온티마스 공작의 음성에 노기가 충만해 있었다. 그는 유능한 정치가이며 타고난 달변가로서 외교 능력이 아주 출중했다. 외교에서 먼저 성질을 드러내는 쪽이 손해 보는 직업이다 보니 여간해서는 화를 내지 않는 온티마스 공작이 얼굴까지 벌게진 게 화가 이만저만 난 것이 아닌 듯했다.

"후후, 말이 안 될 것도 없지 않소?"

그와 대조적으로 바라칸 공작의 음성은 유들유들했다. 그 모습 때문에 온티마스 공작이 더욱 화가 나는 것이리라.

점점 잘 익은 사과처럼 변해가는 온티마스 공작의 얼굴을 보며 바라칸 공작은 득의만만한 미소를 지으며 말했다.

"무조건 첫째 왕자가 태자의 자리에 오르라는 법은 없지 않소? 능력만 있다면 다른 왕자 역시 태자의 자리에 오를 수 있지 않겠소?"

"무, 무어라?! 그럼 카센 왕자님이 능력이 없다는 말인가?!"

"뭐, 능력이 없다기보다는 검의 제국으로 유명한 우리 크라이드 제국에서 카센 왕자님보다 류센 왕자님이 더욱 낫다는 말을 드린 것뿐이오. 흠흠."

"허허, 카센 왕자님의 그 엄청난 학식을 자네가 본 적이 있는가? 지금은 칼보다 펜을 들고 제국을 다스려야 할 때야."

"거, 무슨 말씀이십니까? 대륙 통일의 기치를 내세운 카르센 선 황제 폐하께서 지금 하늘에서 내려다보고 계십니다. 아직 못다 이룬 대륙 통일을 위해서라도 류센 왕자님이 황태자 자리에 적합합니다.”

대경한 온티마스 공작이 반말로 소리쳤지만 바라칸 공작은 개의치 않았다. 같은 공작이지만 온티마스 공작이 연배로 보나 경험으로 보나 자신보다 앞섰기 때문이다. 하지만 그렇다고 해도 자신의 뜻을 굽히지는 않았다.

그 모습에 또다시 감정을 수습하지 못한 온티마스 공작은 입에서 침이 튀는 줄도 모르고 카센 왕자의 능력과 그가 황제가 됐을 시 볼 수 있는 제국의 이득에 대해 역설했다.

하지만 바라칸 공작 역시 류센을 적극 지지하며 그만이 제국의 황태자 감이라고 주장했다.

급기야 휘하의 문신과 무신들까지 설전에 참여해 검의 홀 안은 마치 시장 바닥이라도 된 양 시끄럽기만 했다.

경건해야 할 홀 안이 난장판이 되었지만, 유베리스 황제의 흡족해하는 표정은 사라지지 않았다. 그 표정을 보는 시종장 칸타 역시도 입가에 미소가 여전했다.

시종장 칸타야 모시는 황제의 기분이 좋은 것 같아서 덩달아 기쁜 것이지만, 유베리스 황제는 도대체 무엇이 즐거운 것일까?

카센과 류센 두 아들이 너무나 훌륭하게 자라난 덕분에 신하들끼리 싸움이 났다. 그것이 황제는 너무나 기뻤다. 자식

사랑 팔불출이라고 하지만 크라이드 가문은 대대로 손이 귀했다. 특히 사내아이는 한 대에서 한 명 내지는 두 명 정도밖에 나오지 않았다. 카센과 류센 이후 태어난 자식들은 모조리 공주였다.

안 그래도 적은 수의 사내가 태어나는 가문인데, 두 명의 사내가 동시에 태어났고 더욱이 신하들이 격론을 벌어야 할 정도 훌륭히 자라난 것에 대해 유베리스 황제는 신에게 무한한 감사를 전하고 싶을 정도였다.

하지만 계속되는 신하들의 싸움에 슬며시 걱정이 들었다.

쌍둥이 형제의 우애가 깊다는 걸 누구보다 잘 알지만 과연 권력 앞에서도 유지가 될지 의문이 들었기 때문이다.

원래내로라면 온티마스 공작의 의견이 옳았다. 법으로 정해진 건 아니지만 보통은 장자가 물려받는 것이 맞았다. 그러나 유베리스 황제는 그의 편을 들어줄 수가 없었다.

왜냐하면 자신 역시 장자가 아니었기 때문이다.

정확히 말하자면 선대 황제인 카르센 황제에겐 후사가 없었다. 전쟁광이었던 카르센 황제는 평생을 전쟁터에서 살다가 죽었다.

유베리스 황제는 카르센 황제 동생의 아들, 즉 조카였다.

그랬기 때문에 온티마스 공작의 편을 들어주질 못했다.

오히려 카센의 자질이 떨어졌다면 바라칸 공작의 편을 들었을 것이다.

바라칸 공작은 류센을 황위에 올려 다시금 카르센 황제의 시대를 재림해 보고 싶어했다. 그와 반대로 온티마스 공작은 카센 왕자를 황제로 올려 내실을 다지고 태평성국을 이루고 싶어했다.

'휴, 이걸 행복한 고민이라고 해야 하나. 카센과 류센이 훌륭하게 자라난 것은 제국의 홍복이지만, 그 둘 다 자질과 능력이 너무 출중하니……. 카센은 이미 제국제일의 학자인 오벨리스크 백작을 뛰어넘은 학식을 가졌고, 류센은 근위기사단장인 카이로스 후작이 인정할 정도로 검술이 뛰어나니…….'

조금 있으면 카센과 류센이 스무 살이 되어 성인식을 치를 것이다. 성인식에 맞춰 제국의 황태자를 정해야만 했다. 자신의 뒤를 이어 크라이드 제국의 황제가 되기 위한 길을 걸을 황태자를.

시종장 칸트는 유베리스 황제의 즐거운 표정에서 스쳐 지나가는 한줄기 고민을 발견했다.

"그만들 하시오."

장중하고 위엄이 넘치는 음성. 유베리스 황제는 두 집단을 말렸다.

충성심이 강한 신하들은 더는 소리치지 못하고 입을 다물었다. 하지만 여전히 앙금이 남아 서로를 노려보며 으르렁거렸다.

살포시 한숨을 쉰 유베리스 황제는 온티마스 공작을 보며 말했다.

"온티마스 공작, 카센의 학식이 그리 대단하오?"

온티마스 공작은 자신만만한 표정이었다. 이미 카센 왕자가 성장하면서 그의 풍부하고 뛰어난 학식을 여러 차례 보고한 바 있지만, 이렇듯 모든 귀족이 모인 자리에서 물어온 것은 처음이었다. 공작은 이미 황제의 마음이 카센 왕자에게 가 있다는 걸 깨달았다. 바라칸 공작의 콧대를 납작 눌러줄 속셈으로 목청을 돋우었다.

"그렇습니다, 폐하. 폐하께서도 아시다시피 오셀리스크 백작은 제국을 넘어 대륙 어느 학자보다 지식이 풍부하고 높습니다. 오죽하면 다른 나라에서 유학을 올 정도이지요. 그런 백작의 학식을 뛰어넘었다는 건 이미 대륙 최고의 학자라는 소리입니다. 그런 카센 왕자가 황태자에 자리에 오른 다면 제국의 명예는 대륙에 퍼질 것이옵니다, 폐하. 이 늙은 신의 목숨을 걸고 장담할 수 있습니다. 전란의 시대는 끝났사옵니다. 이젠 검보다 펜을 들어 내실을 다지고 제국을 안정시켜야 할 시기입니다. 부디 다시금 전쟁을 일으켜 제국민이 고통받는 일이 없도록 하옵소서."

"음……."

온티마스 공작의 구구절절한 음성에 유베리스 황제는 자신도 모르게 고개를 끄덕였다.

대륙 통일?

그 끝을 모르는 광활한 대지를 모두 크라이드 제국 땅으로 만든다는 사실은 그야말로 흥분되는 일이었다. 더욱이 누천 년 대륙 역사 속에 그 어떤 왕국과 제국도 대륙 통일만은 하지 못했다. 하지만 전쟁을 하자면 필연적으로 수많은 사람이 죽게 된다. 특히 이제 겨우 전란을 벗어나 안정을 찾아가는 제국민은 또다시 삶과 죽음의 경계 속에서 두려움을 떨어야만 했다.

대륙 통일도 좋지만 무엇보다 제국민의 행복을 바라는 유베리스 황제였다.

"폐하, 신 바라칸이 한마디 올리겠습니다."

바라칸 공작의 특유에 굉량한 목소리가 홀 안을 가득 메웠다. 그 소리에 퍼뜩 정신을 차린 유베리스 황제는 심유한 눈빛으로 공작을 보았다.

마치 너는 어떤 말로 나를 설득시킬 것이냐고 묻는 듯했다.

그 눈빛에 바라칸 공작은 깊게 숨을 들이쉬며 잔뜩 상기된 표정으로 말했다.

"폐하, 찬란했던 지난날을 잊으셨사옵니까? 우리 크라이드 제국의 깃발만 봐도 꽁지 빠지게 도망가던 적들의 모습을. 거칠 것이 없었습니다. 아무도 우리의 군대를 막지 못했습니다. 중부의 지배자 유실린 제국? 우리 제국이 무서워 힘없는 왕국들만 내세운 채 뒤에서 벌벌 떨었습니다. 남부의 패자 포세톤 제국? 그들은 어떻게든 우리와 동맹을 맺어 살아남기를 바라는 겁쟁이들이었습니다. 그렇습니다. 우리는, 크라이드 제국은 강했습니다. 카르센 선 황제 폐하께서 십 년만 더 살아 계셨더라면 분명 대륙 통일을 한 최초의 제국이 될 수 있었습니다. 제국 병사들은 강합니다. 죽음을 두려워하지 않는 용사들입니다. 제국민은 기대했습니다. 그리고 열망했습니다. 대륙 최초로 통일 제국이 나오기를. 남편과 아들, 오빠와 애인을 전쟁터로 보내면서 반드시 승리하고 오라며 했습니다. 크라이드 제국은 강합니다. 강한 제국에 어울리는 왕자는 바로 류센 왕자입니다. 아무쪼록 현명한 결정을 내려주시길 간청합니다."

강하다!

크라이드 제국은 강하다. 다른 두 제국이 두려워할 정도로 강하다.

그건 허황된 말이 아니었다. 바라칸 공작의 말은 한 치의 틀림도 없었다.

지금도 두 제국과 여타 왕국들이 크라이드 제국의 눈치를 살필 정도였다.

카르센 황제는 죽었지만 그가 키워낸 수십만의 정병과 뛰어난 실력을 가진 기사들이 눈에 불을 켜고 있었다.

유베리스 황제의 가슴은 크게 격동했다. 그도 알고 있었다. 제국은 강하다는 걸. 어린 시절 카르센 황제의 무용담을 들으며 얼마나 흥분했던가. 비록 자신은 힘들지만 류센으로 인해 다시금 대륙을 호령할 생각을 하니 절로 엉덩이가 들썩거렸다.

"폐하, 진정하십시오."

당장이라도 뛰어나갈 것 같은 황제의 모습에 시종장 칸타가 조용한 목소리로 말했다. 유베리스 황제는 그 말에 마음이 차분해짐을 느꼈다. 비록 황제와 시종이라는 신분의 벽이 있지만 수십 년을 함께한 세월은 벽을 없애기에 충분했다. 이미 서로에 대해 믿을 수 있는 친구 이상의 관계.

살짝 눈짓으로 고마움을 전한 유베리스 황제는 천천히 홀을 쓸어보았다.

온티마스 공작과 바라칸 공작이 서로를 견제하며 열망이 담긴 뜨거운 눈빛으로 자신을 쳐다보고 있었다.

유베리스 황제는 또다시 고민에 싸였다. 온티마스 공작의 말도 옳고, 바라칸 공작의 말 역시 무시할 수 없는 성질의 것이었다.

고민하는 황제의 모습에 장내는 침묵에 휩싸였고, 한동안 그러한 분위기가 이어지다 이윽고 유베리스 황제의 음성이 울려 퍼졌다.

"밥 먹고 합시다. 점심 시간이 지난 것 같구려. 험험."

헛기침을 터뜨리며 슬며시 자리에서 사라지는 유베리스 황제. 그 뒤에 쓴웃음을 머금은 시종장 칸타가 따랐다.

"……."

휑하니 사라진 황제. 온티마스 공작과 바라칸 공작은 망연자실한 표정으로 비어버린 황좌를 바라보았다.

아침부터 시작된 회의가 길어졌다고는 하나, 아무리 그래도 이 중요한 사안을 그냥 넘어가다니!

그러나 어쩌랴. 결정권자인 황제가 줄행랑을 쳐버린 것을.

귀족들은 저마다 허망한 얼굴로 하나둘 검의 홀을 빠져나갔다. 우유부단한 황제를 속으로 욕하며.

그 시각, 류센이 머무르는 궁에서는 찢어질 듯한 괴성이 궁을 흔들었다.

"뭐야?! 그게 사실이야?!"

"그럼요. 왕자님은 기쁘지 않으세요?"

열다섯에 류센을 모시기 시작해 또 열다섯 해가 지나 서른

이 된 메리. 류센이 예상한 것처럼 풍만한 가슴과 육감적인 몸매를 가진 아름다운 아가씨가 되었다.

평소처럼 메리의 가슴을 곁눈질하며 즐거워하던 류센은 메리가 가져온 소식에 대경실색하고 말았다.

"내가 황제? 황제라고?! 어찌 이런 일이!!"

"네? 왕자님은 황제가 되는 것이 싫으세요? 바라칸 공작을 필두로 여러 무관과 기사들이 왕자님을 황태자로 추대하고 싶다고 황제 폐하께 주청을 드렸는데 기쁘지 않으세요?"

메리는 고개를 갸웃거렸다. 황제라는 자리는 지고지순한 권위의 상징. 인간으로서 오를 수 있는 가장 최고의 정점. 원래대로라면 장자인 카센 왕자가 물려받아야겠지만 류센의 특출난 검술 실력에 감동한 기사들이 자청해서 보필하겠다는데 싫어할 이유가 없었다.

"미쳤어, 내가 황제를 하게?!"

"네에?"

질색하는 류센의 모습에 이제는 어안이 벙벙한 메리. 세상 천지에 황제가 싫다는 인간이 있을 줄 누가 알았겠는가. 메리는 도무지 그 이유를 알 수 없었다.

"안 해! 안 해! 죽어도 안 해! 절대로 황제가 되지 않을 거야! 반드시 무조건 그리되어야 해!"

류센은 스스로 다짐하듯 외쳤다. 그 모습을 메리가 기가 찬

듯 두 눈을 둥그러니 뜨고 쳐다보았다.

"이상한 소리 그만 하시고 어서 준비하세요."

"응? 무슨 준비?"

"아이참, 오늘 점심 식사는 황제 폐하와 함께 드시기로 되어 있잖아요."

"그, 그랬나?"

짐짓 성난 표정으로 허리에 손을 올린 채 말하는 메리를 보며 류센은 떨떠름한 얼굴이 되었다. 딱히 아버지인 황제가 싫은 것은 아니었다. 분명 자신을 사랑하고 있음을 느끼고 있다. 그러나 매를 아끼지 않는 교육 방법에는 진저리를 쳤다.

어린 시절이지만 아직도 기억하고 있다. 굴리라는 말 한마디에 바라칸 공작은 혹독한 수련을 시켰고, 그 뒤에서 허허 웃고 있던 황제의 모습이. 오셀리스크 백작의 고자질에 웃으면서 팔뚝만 한 나무를 꺾던 모습이.

그러고 나서 신관과 치료사를 보내주는 것이 꼭 병 주고 약 주는 것 같아 열받은 적이 한두 번이 아니었다.

하지만 싫다고 안 갈 수가 없었다. 약속도 약속이지만 반드시 이번 사태를 해결해야만 했다.

'내 계획을 위해서라도!'

류센이 생각에 잠겨 있는 사이 메리는 준비를 다 마쳤다.

화려한 옷으로 갈아입은 류센은 메리의 뒤를 쫓으며 다시 한 번 계획을 점검해 봤다.

류센은 전생을 모두 기억하고 있었다.

가난한 집안에 태어나 삼십 년 동안 뼈 빠지게 고생하만 하다 죽은 한수.

그것까진 어떻게 이해한다 치고 모두 잊어줄 수 있었다. 그러나 동정(童貞). 즉, 숫총각으로 죽은 것만은 절대 잊을 수가 없었다.

무려 삼십 년. 결코 짧다고 말할 수 없는 긴긴 시간 동안 밤마다 허벅지를 찌르며 살아야만 했던 암울한 기억.

절대로 잊을 수가 없으며 잊어서도 안 된다.

'내가 무슨 조선시대에 살다 죽은 것도 아니고.'

조선시대에서도 그 나이에 숫총각은 찾기 힘들 것이다. 조혼(早婚)이 성행한 시대였기 때문에. 하물며 한수가 살던 시대는 유치원을 가야 숫총각, 숫처녀를 찾을 수 있다는 농담이 있을 정도로 문란한 시대였다.

환생 당시 크라이드 제국 왕자로 태어난 걸 얼마나 기뻐했던가.

삼십 년간의 고생의 대가를 받는다고 느낀 류센은 성인식이 끝나는 즉시 결혼을 할 예정이었다.

어디 결혼뿐이랴.

성인식을 하는 시기는 스무 살. 전생까지 합쳐서 오십 년 동안 허벅지를 찌른 대가를 받기 위해서는 한 여자 가지고는 성이 차지 않았다.

무려 오십 년 동안 숫총각! 이게 무슨 수도하는 고승도 아니고 전 세계를 뒤져 봐도 나오지 않을 희귀종이었다. 절대로 한 명 가지고는 만족할 수 없었다.

두 명, 세 명, 네 명, 종내에 가서는 할렘 왕국을 만들 작정이었다.

수십 명의 미녀를 맞아 아내로 삼을 생각이었지만 류센은 겸허히 욕심을 버렸다.

'딱 삼처사첩(三妻四妾)만 거느리자.'

류센은 눈물을 머금고 할렘 계획을 포기하고 여자 수를 일곱 명으로 압축했다. 자고로 영웅은 삼처사첩을 거느려도 허물이 되지 않는다란 말을 믿기로 했다.

정말로 할렘 왕국을 만들었다간 아무리 왕자라고 해도 좋은 꼴 못 본다고 여겼기 때문이다.

이렇듯 욕심을 버리고 겸허히 일곱 여자만 수용할 착한 결심을 하였건만 황제라니! 이게 무슨 귀신 씻나락 까먹는 소리인가.

황제. 듣기에는 좋다. 손가락 하나만 까닥해도 수십, 수백만의 목숨을 좌지우지할 수 있는 지고한 존재.

인간이 가질 수 있는 최고봉의 자리. 영웅들이 되고 싶은 직업 부동의 1위.

하지만 그 속내를 살펴보자면 정말 짜증나는 직업이 아닐 수 없었다.

황제는 정말 하는 일이 많다. 제국에서 하는 일 중 하나부터 열까지 황제의 승인이 있어야만 한다. 황제 밑으로 귀족들이 있지만 그들이 독단으로 할 수 있는 일은 몇 가지 되지 않는다. 설사 독단으로 일을 처리했다 하여도 반드시 황제에게 보고를 해야 한다.

어찌 보면 황제는 간단히 서류에 도장만 찍으면 되는 게 아니냐고 생각하겠지만 나라 꼴 망하고 싶으면 그 방법을 적극 권유하는 바이다.

예로부터 군주가 무능하면 신하들이 반역한다. 무능한 군주 밑에 있고 싶은 신하는 없다. 조금이라도 빈틈이 보일라치면 늑대처럼 달려들어 권력을 빼앗고 나중에는 목숨까지 가져간다.

그러니 작은 것 하나 허투루 넘길 수가 없다.

모든 것을 자신의 눈으로 꼼꼼히 살피고 믿을 수 있는 신하들에게 일을 시키는 것이다.

아침에 일어나 집무실에 들어간 후, 밤이 늦어서야 겨우 집무실을 빠져나오는 게 황제의 하루 일과이다.

왕자인 류센이 황제의 하루 일과를 못 봤을 리 없다. 한때는 황제를 꿈꿨지만 어지간한 동산하고도 맞먹는 서류 더미를 보니 그만 기가 질리고 말았다.

군대 편성표, 영지 세금서, 외교 문서 등등, 많고 많은 서류. 중요한 것만 골라서 올라온 서류라고 하는데 그 양이 상상을 초월했다.

상황이 이러하니 어디 여자 만날 시간이나 있겠는가. 그렇다고 정략적인 결혼 역시 싫었다. 콧대만 높은 귀족가 여식도 재수없었다. 밀고 당기는 맛이 있는 자유연애가 좋았다.

류센은 절대 황제가 되지 않을 거라 다짐했다. 게다가 쌍둥이 형제지만 첫째가 아니니 별다른 일이 없다면 황제가 될 리 없다고 희희낙락했다.

그래서 그저 검술 수련을 빙자한 몸짱 만들기에만 주력했다.

류센은 자신의 인생을 위해서라도, 더 나아가 오십 년간 학대받은 허벅지를 위해서라도 반드시 계획대로 되어야만 했다.

"다 왔어요, 왕자님."

메리의 말에 류센은 상념에서 벗어났다. 하지만 곧 놀라고 말았다. 화려하게 차려진 식탁에는 아버지인 유베리스 황제와 어머니인 세실리아 황후, 그리고 카센 왕자.

카센 왕자가 함께 자리해 있을 줄을 상상도 하지 못했다. 카센 왕자 역시 회의의 내용을 들었을 터. 괜스레 뻘쭘해져 그 자리에서 움직이지 못했다.

"뭐 하느냐, 어서 들어오지 않고?"

유베리스 황제가 온화한 미소를 그리며 말했다. 류센은 흔들리는 마음을 다잡으며 걸음을 옮겼다.

'까짓것, 차라리 잘됐다. 모두가 있는 자리에서 황태자의 자리가 싫다고 하면 되겠지. 카센에게 양보한다고 하면 오히려 감동받겠지?

그런 생각을 하며 걸어가는데 카센이 벌떡 일어나 마중을 나왔다.

"류센, 너도 귀족들이 모여 회의를 했다는 걸 들어 알고 있겠지? 너라면 충분히 훌륭한 황태자가 될 수 있을 거야. 제국을 잘 이끌어주길 바란다."

그 말을 듣는 순간 류센은 머릿속이 하얗게 변했다. 누군가 다가와 자신의 뒤통수를 강렬하게 때린 듯했다.

'이 새끼가 미쳤나?!'

그 말이 목구멍까지 치솟았지만 초인적인 인내력으로 간신히 도로 삼킬 수 있었다.

류센은 기가 막히고 어이가 없었다.

기사들이 자신을 내버려 두고 동생을 지지한다면 류센을

보자마자 화부터 버럭 내야 정상이었다. 혹여 마음이 착하다 하더라도 불편한 마음 정도는 내비쳐야 맞는 말이었다.

한데 도리어 축하의 인사를 건넨다?

"형님, 그게 무슨 망측한 말입니까? 당연히 제국의 첫째 왕자이시자 대륙제일의 학자이신 형님께서 태자의 자리에 어울리는 분이지요."

대경실색한 표정으로 류센이 두 손을 흔들었다. 그 많은 미녀(?)들을 두고 미쳤다고 서류 더미에 파묻혀 인생을 허비하겠는가.

겸손을 떠는 류센을 본 카센 왕자는 씁쓸한 표정이었다. 왜 황제가 되고 싶지 않겠는가. 어릴 적부터 황제가 되기 위해 피나는 노력을 해왔다. 잠을 줄여가며 책에 파묻혔고, 동생보다 검술이 모자라는 걸 느낀 후부터는 아예 잠을 포기하며 검술에 매달렸다.

그토록 노력했건만 타고난 재능을 넘어서진 못했다. 비록 대륙 최고의 지식은 가질 수 있었지만 검술은 결국 벽을 넘지 못한 것이다.

그러나 포기하지 않았다. 동생의 재능이 검술이라면 자신의 재능은 지식에 있었다. 가진 재능을 더욱 갈고닦아 귀족들에게 깊은 인상을 심어주었고, 더욱이 첫째 왕자라는 무시 못할 이점도 있었기에 황제 자리는 자신의 것이라고 믿어 의심치 않았다.

그날이 있기 전까진.

"그만 하거라. 음식을 앞에 두고 무슨 짓이냐. 아직 결정된 사안도 아니고 너희들이 신경 쓸 일도 아니다."

태자 자리를 놓고 투덕거리는 두 왕자를 보다 못한 유베리스 황제가 엄한 음성으로 질책했다. 하지만 그의 두 눈은 부드러웠다. 황제라는 지고한 자리와 권력을 두고 두 형제가 골육상쟁(骨肉相爭)이라도 벌이지 않을까 심히 걱정했는데 이제 보니 한시름 놓아도 될 것 같았다. 옆을 보니 아름다운 아내이자 이 제국의 황후인 세실리아 역시 따스한 눈빛으로 두 형제를 바라보고 있었다.

"죄송합니다."

류센과 카센이 동시에 말하며 말다툼을 중지했다. 자리에 앉은 걸 확인한 황제가 눈짓을 했고, 곧 시종과 시녀들이 나와 수발을 들며 즐거운 점심 식사가 시작됐다.

겉으로는 화기애애하게, 속으로는 아주 치열하게.

'류센, 미안하지만 날 위해 황제가 되어주어야겠다. 당황스럽겠지만 넌 충분히 좋은 황제가 될 수 있을 거야.'

'이 자식이 귀찮다고 나한테 떠넘겨? 내가 하나 봐라. 삼처사첩을 포기하라고? 열받으면 크라이드 제국이 아니라 할렘제국을 만들어 버리는 수가 있어!'

"휴······."

먹는 둥 마는 둥 점심을 대충 해결한 카셴 왕자는 자신의 궁으로 돌아왔다. 헤어질 때 류셴에게 다시금 말을 걸어보려 했지만 찬바람만 휑하니 날린 채 가버리는 모습을 보고 차마 붙잡지 못했다. 아마 굉장히 당황스럽고 어쩌면 화가 났을지도 모른다.

"하긴, 어릴 적부터 유난히 날 잘 따랐으니······."

수업을 받을 때도 종종 이 나라 황제는 자신이 되어야 한다는 말했던 류셴을 기억하고 있는 카셴 왕자였다. 자신도 그걸 당연히 받아들였고, 그래서 동생을 많이 귀여워해 줬다. 비록 쌍둥이 형제지만 자신이 황제가 되고 류셴이 옆에서 도와준다면 역사에 이름을 남길 뛰어난 황제가 될 수 있다고 생각했다.

절대 바뀌지 않을 운명이라고 생각했다. 그날이 있기 전까지는, 그녀를 만나기 전까지는.

샤르나. 자신의 운명을 바꿔놓게 만든 장본인의 이름.

"왕자님."

"샤르나."

복잡한 생각에 머리를 부여잡고 있던 카셴 왕자는 샤르나를 보자마자 반색하며 다가갔다. 그리고는 그녀를 꽉 껴안았다.

놀란 샤르나가 벗어나려고 발버둥을 쳤지만 애초 여자의 힘으로 남자를 이길 수는 없는 법. 자포자기한 그녀는 오히려 카센 왕자의 등을 살며시 어루만졌다.

“누가 보면 어쩌려고 그러세요.”

“아무도 없잖아.”

카센 왕자는 자연스레 그녀의 머릿결을 쓰다듬으며 천천히 얼굴을 가져갔다. 그리고 앵두 같은 입술에 자신의 입을 가져다 댔고, 곧이어 격정적인 키스가 이어졌다.

방 안에 아무도 없었기에 망정이지 누가 이 모습을 봤더라면 경악을 금치 못했으리라.

카센 왕자와 키스를 나누는 여자는 전형적인 황궁의 시녀 복장을 하고 있었다.

왕자를 지근거리에서 모시는 것이 내성 출신의 시녀이다.

외성 담당 시녀들과 다르게 내성을 담당하는 시녀들은 제국 탄생 때부터 만들어진 황족 전용 시녀들이었다. 뛰어난 충성심으로 수백 년의 역사를 가진 내성 출신 시녀들. 황족을 가까이에서 모시다 보니 별 볼일 없는 귀족들도 눈치를 살핀다는 막강한 힘을 가졌지만, 어찌 됐건 출신은 시녀였다.

황족과 사랑에 빠진다면 볼 것 없이 황궁 퇴출이었다. 목이

달아나지 않는 것만 해도 다행이었다.

오랜 역사를 자랑하는 제국에서 그러한 일이 없었던 것은 아니다. 황족과 사랑에 빠진 시녀, 혹은 시종들은 하나도 빠짐없이 황궁에서 퇴출을 당했다. 그간 누려왔던 모든 특혜가 한순간에 사라지고 평범한 사람으로 돌아가는 것이다.

카센 왕자가 샤르나를 본 건 오 년 전. 전에 있던 시녀가 나이가 차서 교체된 것인데, 카센 왕자는 그녀를 본 순간 첫눈에 반했다.

당시 그녀는 카센 왕자보다 한 살 많은 열여섯의 나이였지만, 이미 빼어난 미모를 가져 많은 시녀들 중에서도 단연 수위에 꼽혔다. 얼마나 아름다웠으면 가끔씩 황실에 들어오는 귀족가 여식들도 질투를 할 정도였다.

한참 이성에 관심이 많은 사춘기의 카센 왕자가 반하지 않을 도리가 없었다. 책과 검술로 잊으려 노력했지만 오히려 머릿속에 점점 또렷하게 각인되었다.

그렇게 삼 년이 지나서야 깨달을 수 있었다. 자신이 그녀를 깊이 사랑하고 있다는 것을. 비단 외모 때문만이 아니었다. 삼 년 동안 책을 보다 지친 자신을 위해 정성스레 보약을 지어주었고, 검술 수련으로 잔뜩 굳은 근육을 그녀가 부드러운 손길로 밤새 안마해 주었다.

시녀라서 당연하다 생각할지 모르겠지만, 밤새워 보약을

만들고 안마를 한다는 건 아무나 할 수 있는 일이 아니었
다.

카센 왕자는 샤르나 역시 자신을 사모하고 있다고 생각했
다.

그 즉시 고백을 해버렸다. 아무래도 좋았다. 더 이상 자신
의 마음을 감출 수가 없었다. 혹독한 제왕 수업을 받으며 지
친 자신의 오아시스는 그녀뿐이었다.

샤르나 역시 카센 왕자를 처음 본 순간부터 잘생긴 외모와
그에 못지않은 자상한 성격에 푹 빠져 버렸고, 고백을 받은
순간 앞뒤 생각하지 않고 덜컥 수락해 버렸다.

그리고 그들은 그날 밤 함께 지냈다. 속세의 모든 것을 벗
어버리고 태초의 모습으로 돌아가 밤새 서로의 몸을 비비며
사랑을 속삭였다.

그렇게 이 년이란 시간이 흘렀다. 이제는 하루라도 안 보면
도저히 참을 수 없는, 떼려야 뗄 수 없는 깊은 관계가 되었다.

"왕자님, 저 때문에 포기하지 마세요. 차라리 저를 버리세
요."

길고 긴 키스가 끝나고 눈가가 촉촉하게 젖은 샤르나가 말
했다. 황태자가 되면 그에 걸맞은 황태자비도 맞이해야 할
터, 시녀인 자신은 절대 될 수 없었다.

"그런 말 다시는 하지 마, 내가 이 자리에서 죽는 걸 보고

싶지 않다면."

"흑흑흑."

카센 왕자의 말에 샤르나는 결국 참았던 눈물을 터뜨리고야 말았다.

카센 왕자는 그녀를 안고 등을 살살 어루만져 주며 달랬다. 그의 머릿속에는 반드시 샤르나를 아내로 맞이하겠다는 결심이 확고히 들어차 있었다.

"그게 말이나 되는 소리냐?! 어허, 내 일찍이 네놈의 아둔한 머리를 알고 있었지만 이토록 모자랄 줄이야. 그때 매를 아끼지 말았어야 하는 건데."

"갑자기 몇십 년 전의 이야기를 꺼내는 이유가 뭡니까? 게다가 놈이라니요? 같은 공작인데 이놈 저놈 하지 맙시다."

"뭐라? 같은 공작? 에라, 이 무식한 놈! 도대체 발라칸트 전대 공작은 왜 이런 놈을 후계로 삼았을까?"

"윽! 아버님 이름 들먹이지 마세요. 자꾸 이러면 저도 가만있지 않겠습니다."

"헐, 네가 가만있지 않으면 어쩔 건데?"

"으흐흐, 온티마스 공작님의 귀여운 손자 분께서 기사 수업을 받고 있다는 사실을 잊으셨습니까? 이런 식으로 나오시면 제가 직접 수련시킬 수도 있습니다."

"윽!"

망치처럼 단단한 주먹을 뒤흔들며 괴소를 흘리는 바하칸 공작을 보며 온티마스 공작은 흠칫했다. 분명 좋게 말로 가르치지 않을 터. 분명 검술을 빙자한 처절한 구타가 자행될 것이다.

움찔했던 것도 잠시, 온티마스 공작의 입가에 사악한 미소가 어렸다. 가뜩이나 주름진 노안(老顏)에 미소가 어리자 음흉한 표정으로 변했다. 그 모습에 왠지 모를 오한을 느낀 바하칸 공작.

"그러고 보니 자네 딸이 우리 학부에서 공부하고 있더군."

"크윽!"

눈에 넣어도 아프지 않을 막내딸이 인질(?)로 잡혀 있다는 사실에 무력감에 빠졌다. 패배라는 단어가 두 어깨를 마구 짓누르는 듯했다. 하지만 이대로 주저앉을 순 없는 법. 온티마스 공작에 못지않은 패를 가진 바하칸 공작은 반격을 위해 굴러가지 않는 머리를 억지로 굴렸다.

'쯧!'

유베리스 황제는 혀를 찼다. 식사 후 다시 재개된 회의. 처음에는 화기애애한 분위기에서 시작됐으나 점점 시간이 지날수록 상대의 인신공격을 마다하지 않는 치열한 결투장이 되어버렸다. 지금에 와서는 듣기에도 유치찬란한 말로써 다툼을 벌이는 모습에 절로 기가 찼다.

'나이들 먹고 잘하는 짓이다.'

마뜩치 않는 표정으로 한동안 귀족들이 하는 짓거리를 보던 황제는 끓어오르는 짜증을 참지 못하고 회의장을 나가 버렸다. 그 뒤로 시종장 칸타가 의미 모를 미소를 흘리며 따랐다.

황제가 나가든지 말든지 온티마스 공작과 바하칸 공작의 유치한 설전은 계속되었다.

"휴……!"

의자에 편안히 몸을 기대고 한숨을 길게 쉬자, 마음이 좀 가라앉는 것 같았다. 유베리스 황제는 지그시 눈을 감으며 말했다.

"칸타."

"예, 폐하."

시종장 칸타가 황제 옆으로 다가와 공손히 대답했다. 스트레스가 쌓인 듯 관자놀이를 꾹꾹 누른 유베리스 황제는 여전히 눈을 감고 있었다.

"자네도 보아서 알겠지만, 어떻게 생각하나?"

황제와 보낸 시간이 벌써 삼십 년이 넘었다. 굳이 말하지 않아도 눈빛만으로 통하는 사이. 칸타는 잠시 생각하더니 천천히 입을 열었다.

"폐하께서는 솔직히 누가 되었으면 좋겠습니까?"

"음……."

도무지 결정을 내릴 수가 없었다. 카센은 카센대로 류센은 류센대로 장점이 있었고, 특히 서로의 장점이 궤를 달리하는 것이라 쉽게 판단할 수 없었다.

"카센이 된다면 분명 전쟁으로 황폐해진 제국의 기반을 완벽하게 세울 수 있을 거야."

"그럼 카센 왕자님으로 하시지요."

칸타가 말했으나 유베리스 황제는 고개를 흔들었다.

"하지만 류센 역시 제국이 못다 이룬 대륙 통일이란 대업을 이룰 유일한 아이지."

"그럼 류센 왕자님으로 하시지요."

칸타의 동일한 대답에 유베리스 황제는 버럭 역정을 내었다.

"자네는 카센도 아니고 류센도 아니고, 그럼 도대체 누구란 말이야? 그냥 내가 백년 천년 계속할까?"

"그것도 좋지요."

황제의 분노에도 칸타의 미소는 사라지지 않았다. 유베리스 황제는 그 모습에 그저 허허 웃으며 굳은 표정을 풀었다.

분명 좋은 복안이 있으리라. 칸타의 여유로운 모습에 확신했다.

"카센 왕자님은 책으로, 류센 왕자님은 검으로 각각 그 분야에 능력이 뛰어납니다. 쉽게 결정할 사안이 아니지요. 결국 시험을 통해 어떤 능력이 제국에 더 필요한지 판단해야 합니다."

"시험?"

유베리스 황제의 두 눈이 번쩍 떠졌다. 칸타는 그 두 눈을 바라보며 고개를 끄덕였다.

"예, 제 생각은 이렇습니다. 두 왕자님을 변방의 영지로 보내 한동안 그곳을 다스리게 하는 겁니다."

"그거랑 태자 책봉하고 무슨 관계… 음, 설마?"

"네, 폐하가 생각하시는 게 맞습니다. 제국이 전쟁을 끝낸 건 벌써 이십 년이 지났지만 아직도 변방의 영지에서는 각종 문제가 끊이지 않고 있습니다. 영지라고는 하나 한때는 하나의 왕국이었을 땅. 그곳으로 보내 왕자님들의 능력을 시험해 보시는 겁니다. 영지지만 작은 왕국이나 다를 바 없습니다. 능력을 시험해 보고 과연 어느 왕자님이 제국에 이로운지 결정을 내리시면 됩니다."

칸타는 확신에 찬 어조로 말했다. 유베리스 황제가 생각하기에도 가장 적합한 방법이었다. 하지만 한 가지 걱정되는 것이 있었으니.

"위험하지 않을까?"

황제의 음성에는 만인을 무릎 꿇게 하는 위엄 대신 자식을 사랑하는 애틋한 아버지의 마음이 깃들어 있었다. 지금이야 조용하지만 이십 년 전만 해도 그 변방 영지에서는 각종 민란과 반란이 왕왕 벌어졌었다. 그 당시 파견 나갔던 귀족과 기사들이 무수히 죽어갔다.

"다수의 엄선된 기사들과 마탑에 협조 요청을 해 마법사들을 지원받는다면 큰 문제는 없을 것입니다."

"으흠."

유베리스 황제는 깊은 고민에 빠졌다. 그러나 다른 방법이 없었다. 사자는 새끼를 절벽에서 밀어 떨어뜨려 강하게 키우는 법. 길게 생각하지 않고 칸타의 의견을 수용했다. 곧 그 둘은 세부적인 사안을 주고받으며 계획을 세우기 시작했다.

"들으라!"

시장 바닥처럼 왁자지껄하던 회의장이 이내 엄숙해졌다. 아침부터 지금까지 침묵으로 일관하던 유베리스 황제가 돌연 위엄 섞인 음성으로 일갈했기 때문이다.

온티마스 공작과 바하칸 공작은 설전을 중단하고 즉시 고개를 조아렸다.

　백여 명의 귀족들이 일제히 허리를 굽히며 충성을 맹세하는 모습에 유베리스 황제는 흡족한 표정을 지었다.

　"공작들과 이하 귀족들의 의견은 잘 들었노라. 짐 또한 고민이 깊었다. 두 왕자의 능력이 출중한 것은 제국의 홍복이지만 태자의 자리는 하나. 짐은 고민 끝에 겨우 결정할 수 있었다."

　"그게 무엇이옵니까, 폐하?"

　온티마스 공작이 대표로 고개를 들어 황제를 바라보았다. 그의 눈에는 의혹이 가득했다.

　"카센 왕자를 발투라스 영지의 영주로 발령한다, 그리고 류센 왕자를 세이첸 영지의 영주로 발령한다."

　"네에?!"

　바하칸 공작이 자신도 모르게 고개를 번쩍 들며 새된 소리를 질렀다. 옆의 온티마스 공작 또한 눈을 뒤룩 굴리며 황제의 말을 이해해 보려고 노력했다.

　자다 말고 마누라 발길질에 차인다더니, 이게 무슨 황당무계한 소리인가.

　유베리스 황제는 그들의 의문을 해소시켜 줄 생각인지 덧붙어 말했다.

　"일 년의 유예 기간을 두고 왕자들의 능력을 시험한 뒤 태자를 결정하겠다. 가진바 능력을 비교해 어느 왕자가 제국에 이득이 될지를 보겠다.”

쾅!

황제의 폭탄선언. 귀족들은 어안이 벙벙했다. 세상에 태자 자리를 두고 시험을 치르겠다니! 대륙 어느 왕국에도 없었던 기사(奇事)였다.

황명(皇命)은 지엄한 것. 준비는 일사천리로 진행되었다. 단 이틀 만에 각각 왕자들을 따라갈 기사들과 학자들이 선별 되었다. 그들은 왕자들을 호위함과 동시에 시험관 역할을 겸 했다. 그리고 하루가 지나자 마탑에서 마법사들이 나왔다. 그 들 역시 절반씩 나뉘어 왕자들을 따랐다.

모든 준비가 끝나고 유베리스 황제가 나와 일장 연설을 늘 어놓았다.

“카센, 그리고 류센, 너희들의 뜨거운 형제애는 짐을 감동 시켰다. 작게는 황실의 안정을 위해, 크게는 제국의 번영을 위해 서로 양보하는 모습은 짐의 마음을 기쁘게 했다. 속으로 는 태자의 자리에 올라 다음 대의 황제가 되고 싶은 야망이 있다는 것을 잘 알고 있다. 그러니 이번 시험을 훌륭하게 치 르길 바란다. 일 년 동안 왕자들의 능력을 보아 태자를 책봉 하겠다. 시험을 공정하게 치르겠다. 각 귀족들은 왕자들을 잘 보필하길 바란다.”

"충심으로 황명을 받들겠사옵니다."

귀족들이 일제히 머리를 조아렸다. 그 모습이 믿음직스러운지 황제는 크게 고개를 끄덕였다.

'샤르나, 일 년만 기다려. 반드시 내 아내로 맞이하겠어.'

카센 왕자는 마중 나온 사람들 틈에 섞여 있는 샤르나를 바라보며 굳은 결심을 했다. 눈물 젖은 눈으로 자신을 바라보는 모습은 당장이라도 달려가 안아주고 싶었지만 억지로 마음을 다잡았다.

'황제? 줘도 안 해! 대충 시간만 때우다 와야지.'

류센은 옆에서 시시콜콜 잔소리를 늘어놓는 메리의 말을 귓등으로 들으며 투덜거렸다.

그렇게 여러 사람의 배웅을 받으며 카센 왕자와 류센은 각자의 생각을 가슴에 품고 각자의 길로 걸음을 옮겼다.

Chapter 4
영지로 가는 길목에서

크롸롸롸롸!

"헉헉헉!"

숨이 턱까지 차올라 왔다. 하지만 숨 돌릴 틈이 없었다. 오우거의 거대한 몽둥이가 옆구리를 파고들었던 것이다.

후웅!

재빨리 허리를 숙여 몽둥이를 피하니 모골이 송연한 소리가 귓가를 지나갔다.

"왕자님! 어서 피하십시오!"

오우거의 배후를 들이닥쳐 일격에 쓰러뜨린 발자크 백작

이 처절한 음성으로 부르짖었다. 그의 몸은 이미 피범벅이 된 지 오래였다. 그뿐만 아니라 다른 기사들 역시 죽거나 큰 부상을 입은 채 악전고투를 하고 있었다. 마법사와 체력이 약한 학자들은 이미 죽은 지 오래였다.

"도대체 이게 어찌 된 일이란 말인가!"

류센은 절규했다. 황궁을 떠난 지 며칠 되지도 않아 몬스터의 공격을 받았다. 전투 종족 오크를 앞세우고 띄엄띄엄 오우거와 트롤, 미노스타우로스 같은 중형 몬스터들이 기사들을 공격해 왔다.

안전한 관도(官途)를 따라왔건만 대규모 몬스터의 습격이라니!

변방 오지에서나 볼 수 있는 몬스터들이 크라이드 제국 한복판에 모습을 드러낸 것이다.

일견 보아도 수백에 이르는 몬스터. 더욱이 믿기 힘든 사실이 하나 더 있었다.

크롸롸롸라!

공중을 돌며 포효하는 것은 다름 아닌 드래곤.

그것도 흉포하기로 소문난 레드 드래곤이었다.

아무리 제국 기사들이 강하기로 유명하다지만 드래곤과 수백의 몬스터를 막을 수는 없는 법.

몬스터에게 기사들과 병사들이 모두 죽임을 당하고, 이젠

근위기사단의 부단장이자 소드 마스터인 발자크 백작만이 남
아 류센을 지키고 있을 뿐이었다. 하지만 그 역시 엄중한 부
상과 계속되는 공격에 곧 검을 놓고 말았다.

이제 류센 혼자만이 유일하게 살아 있는 인간이었다. 아니,
살아 있는 인간이 하나 더 있기는 했다.

"크르르! 가소롭구나. 감히 비천한 인간 주제에 이 위대한 종족
앞에서 이빨을 드러내다니."

어느새 하늘에서 내려온 드래곤이 예의 광포한 기세를 흘
리며 류센을 쏘아보았다. 거대한 몸체에 비해 상대적으로 작
은 앞발에는 인간으로 짐작되는 물체가 보였다. 치렁치렁한
드레스를 입고 있는 게 여자 같았다.

"크윽! 네놈을 결코 용서치 않겠다. 크라이드 제국의 명예
와 신의 이름을 걸고 반드시 처단하고야 말겠다!"

류센은 두려운 마음을 감추고 억지로 용기를 짜내 소리쳤
다. 그러나 돌아오는 것은 비웃음뿐이었다.

"크하하하! 네놈 혼자 무엇을 하겠단 말이냐?! 공주부터 잡아먹
고 네놈 역시 먹어치워 주지."

드래곤은 어른 몸통만 한 이빨을 들이대며 이죽거렸다. 앞
발에 축 늘어져 있던 공주가 천천히 떠올랐다. 서서히 드래
곤의 입으로 다가가는 모습에 류센은 두려움보다 분노가 치
밀었다. 감히 인간을 잡아먹는 생물이 있을 줄은 상상도 하

지 못했다. 말로만 듣던 드래곤이 이렇게 강할 줄은 생각지
못했다.

"꺄아아악!"

죽음을 앞두고 순간 정신을 차린 공주. 하지만 눈앞에 드래
곤이 이빨을 내세우고 있는 모습을 보고 비명을 질렀다. 공포
에 질린 그녀는 비 맞은 새처럼 그저 덜덜 떨고 있을 따름이
었다.

"안 돼!!"

도저히 두 눈 뜨고 볼 수 없는 상황에 류센은 벼락같이 몸
을 뽑아 올렸다. 앞을 가로막는 몬스터들을 하나둘 베고 드래
곤을 향해 달려가는 모습이 사뭇 용감하고 장엄해 보였다.

"기, 기사님, 도와주세요!"

류센의 소리를 들은 공주가 달려오는 그를 보며 애절한 음
성으로 불렀다. 비록 드레스 곳곳이 찢어지고 더러운 먼지가
가득했지만 조금도 그녀의 아름다운 미모를 감추지 못했다.
오히려 촉촉하게 젖은 눈망울과 공포에 질린 표정은 더욱 미
모를 돋보이게 할 뿐이었다.

"신이여! 무황(武皇) 카르센 황제시여! 저에게 힘을 주소서!
저 간악한 마룡(魔龍)을 처단할 힘을 내려주소서!!"

류센은 소리치며 하늘 높이 힘차게 뛰어올랐다. 그 순간 기
적이 일어났다.

하늘에서 빛이 번쩍이더니 번개가 류센의 몸을 강타했다. 번개를 맞았지만 류센은 오히려 힘이 샘솟는 듯한 느낌이 들었다.

그의 눈은 정광이 번뜩였고, 몸에서는 성스러운 노란 빛이 마구 흘러나왔다. 특히 굳게 잡은 검에서는 푸른 스파크를 튕기는 청광이 줄기줄기 흘러나왔다.

용기백배한 류센은 드래곤을 향해 힘차게 검을 내려쳤다.

"이야압! 죽어랏!!"

류센이 내려친 검은 마치 세상을 반으로 가를 듯했다.

아무리 드래곤이라도 그런 어마어마한 힘을 감당할 순 없는 법.

"크아아악! 부, 분하다! 신에게 선택받은 인간이 있었다니……!"

단말마의 비명을 지르며 사라지는 드래곤. 강대한 힘 앞에 그 거대한 몸체가 반으로 갈라졌다.

드래곤을 처치한 류센은 공중에서 떨어지는 공주를 낚아채 땅으로 내려왔다. 공주를 두 손에 안고 굳건히 대지에 두 발을 딛고 서 있는 모습이 마치 전설에 나오는 용사와도 같았다.

"아아, 기사님!"

사악한 마룡을 처단해 자신의 목숨을 구해주고, 게다가 핸섬한 외모까지 가진 멋있는 기사. 공주의 눈동자가 몽롱해졌다.

공주는 자신도 모르게 류센을 향해 입술을 가져갔다. 류센도 분위기에 취해 아름다운 공주의 키스를 거부하지 않았다.

그 둘은 깊고 깊은 키스를 나누었다. 그리고 애틋한 눈빛으로 서로를 바라보았다.

"기사님, 사랑해요."

"나도 사랑하오, 공주."

또다시 격정적인 키스가 시작됐고, 류센은 공주의 허리를 꽉 끌어안았다.

손을 허리를 타고 올라가 그녀의 머릿결을 한 번 쓰다듬은 뒤 목을 타고 내려가 가슴에까지 닿았다.

"영원히 그대만을 사랑하겠소, 공주."

류센의 손이 가슴에 닿자 움찔한 공주. 하지만 달콤한 말에 몸의 힘이 풀려 버렸다. 용기를 얻은 류센은 가슴을 지나 엉덩이를 한 번 쓸어준 뒤 그녀의 음밀한 곳까지 닿았다.

그리곤 거의 찢어지다시피 한 드레스를 천천히 벗겼다. 공주의 우윳빛 가슴이 수줍게 모습을 드러냈다.

천천히 자신도 옷을 끌어내린 류센은 그녀의 백옥 같은 피부에 키스를 퍼부으며 가슴을 애무했다.

서로 벗은 옷을 바닥에 깔고 공주를 눕힌 류센. 아무것도 입지 않은 전라의 몸. 공주는 부끄러운 듯 얼굴에 홍조가 가득했다.

　류센은 그녀의 몸을 부드럽게 만지며 천천히 은밀한 곳으로 침입했다.

　'후, 드디어 첫 경험을 하는구나!'

　문 앞까지 온 류센은 흥분된 마음을 억지로 진정시켰다. 이제 저 문 안으로만 들어가면 오십 년간 고이 간직한 순결(?)을 잃게 되는 것이다.

　그 역사적인 순간이 눈앞에 다가왔다.

　"…자님."

　"응?"

　이 중요한 순간에 누가 감히!

　"왕.자.님!"

　"으응?"

　순간 눈을 번쩍 뜬 류센. 발자크 백작이 옆에서 자신을 부르고 있는 모습이 보였다.

　"어? 발자크 백작님, 살아 계셨네요?"

　"네? 그게 무슨 말씀이십니까, 왕자님? 제가 죽기라도 했습니까?"

　"으잉?"

　퉁명한 표정의 발자크 백작을 보며 류센은 정신이 번쩍 들었다. 이리 보고 저리 보고 아무리 둘러보아도 몬스터 시체나 드래곤은 보이지 않았다. 황궁에서 출발할 당시 탔던 마차 안의 풍경만이 보일 뿐이었다.

"크아아악!!"

"으헥!"

갑자기 머리칼을 부여잡고 절규하는 류센. 기겁한 발자크 백작은 순간 마차 안쪽 구석까지 몸을 피했다. 소드 마스터다운 재빠른 동작. 그러거나 말거나 류센은 화난 음성으로 투덜거렸다.

"제기랄! 그게 다 꿈이었다니!"

"네? 주무시는 동안 꿈을 꾸셨습니까?"

멍청하게 물어오는 발자크 백작. 류센은 그를 매섭게 노려보았다. 두 눈이 시뻘겋게 충혈된 것이 여간 무서운 게 아니었다.

"왜, 왜 그러십니까, 왕자님?"

"왜 그러냐구요? 백작님 때문에……!"

"저 때문에?"

"백작님 때문에… 백작님 때문에… 크흑! 됐습니다."

이유를 몰라 눈만 뒤룩뒤룩 굴리는 발자크 백작을 내버려두고 류센은 찬바람 나게 고개를 돌려 버렸다. 차마 꿈 얘기를 할 수는 없었다.

창밖을 내다보는 그의 눈에 언뜻 물기가 비쳤다.

'아깝다. 그 중요한 순간에… 흑흑흑……'

류센은 가슴으로 눈물을 흘렸다. 정말 억울하기 그지없는 일이었다.

이 세상에서 가장 지겨운 것을 꼽으라면 류센은 주저하지 않고 마차 여행이라고 말할 것이다.

청명한 하늘은 몇 날 며칠이 지나도 변함이 없었고 푸른 숲과 나무는 볼수록 짜증만 났다.

이따금씩 지나가는 여행자들은 깊숙이 허리를 숙이고 있는지라 제대로 구경조차 할 수 없었다.

보는 눈이 많은지라 시녀들과 노닥거릴 수도 없었다.

결국 마차 안에서 다람쥐 쳇바퀴 돌아가는 생활의 연속이 계속되었다.

마차 안에는 근위기사단의 부단장인 발자크 백작, 그리고 행정학자인 카루스 자작, 마지막으로 마탑에서 파견 나온 5클래스 마스터인 베르 마법사, 그리고 류센까지 총 네 명이 탑승해 있었다.

류센은 베르 마법사를 바라보았다. 허연 머리칼에 역시 하얀 수염이 가슴까지 내려오고 로브를 둘러쓴 모습이 영락없이 '나 마법사요' 라고 말하는 것 같았다.

한 번은 마차 여행이 너무 지겨운 나머지 공간 이동 마법으로 가자고 말한 적이 있었다.

하지만 공간 이동 마법은 지극히 위험한 마법이었다.

일단 이쪽 좌표와 도착 지점의 좌표가 일치해야 함은 기본이요, 설사 좌표가 정확하다 하더라도 만의 하나 실수로 어긋나 버리면 그날로 황천길이었다.

오랫동안 연구한 끝에 99%에 이르는 놀라운 정확성을 자랑했지만 여전히 이용하진 않았다.

만의 하나 있을 그 1%로 때문에 높으신 양반들은 꺼려했다. 괜히 호기 부리다 죽으면 자기만 손해였다.

결국 지겨운 마차 안을 떠날 수가 없었다.

치안은 완벽한지라 몬스터는커녕 산적조차 보이지 않는 평안한 여행.

류센이 하는 거라곤 먹고 싸고 잠자는 것뿐이었다.

'쳇! 그러니 몽정 따위나 하지.'

꿈 생각만 하면 지금도 얼굴이 화끈거렸다. 세상에, 나이 오십에 몽정이라니!

쪽팔려 죽어도 할 말이 없었다.

하지만 창피한 건 창피한 거고, 류센의 마음은 급했다. 이러다 변태가 되는 것은 아닌지, 혹여 평생 그 짓(?)을 못하고 끝나는 것은 아닌지 걱정이 이만저만이 아니었다.

류센은 하루하루 고민이 깊어갔고, 마차는 여전히 굴러갔다.

일행은 황도(皇都)를 떠나 열흘 만에 일차 목적지인 욘바르 영지에 도착했다. 이곳에서 물품을 정비하고 휴식을 취한 뒤 떠나기로 했다.

류센은 마차를 타고 편안히 왔지만 다른 사람들은 그렇지 못했다.

하인들은 커다란 짐을 지고 왔고, 기사들은 있지도 않는 습격에 대비한답시고 중무장을 한 채 왔으므로 모두들 지쳐 있었다.

어슴푸레 영주성이 보이자 욘바르 영지의 주인인 카루 폰 욘바르 후작이 성 앞으로 마중을 나왔다.

욘바르 영지는 황도 다음으로 큰 도시였다. 상주 인구만 삼백만이 넘고 유동 인구가 그 배를 넘는 대영지였다.

"어서 오십시오, 왕자님."

배가 볼록 나온 뚱뚱한 체구에 통통한 볼 살이 인상적인 카루 후작. 체격만큼이나 넉넉한 성품과 인정으로 영지민의 사랑을 한 몸에 받고 있는 인물이었다.

"감사합니다, 카루 후작님."

류센이 마차에 내려 인사를 받았다. 카루 후작을 보며 언덕에서 굴리면 잘 굴려가겠다고 평을 내린 후, 그의 안내에 따라 성안으로 들어갔다.

잘 닦인 도로, 깨끗하게 정비된 상점들, 환한 미소를 한껏
머금은 영지민들이 꽃다발을 뿌리며 류센을 맞이했다.

화려한 환영 인사에 일행 모두 들떠서 손을 흔들며 화답했
다.

그러나 류센만은 손으로 얼굴을 반쯤 가린 채 덩치 큰 카루
후작 뒤편으로 몸을 숨기고 있었다.

"아니, 왕자님, 왜 그러십니까?"

이 행사의 주인공이나 마찬가지인 류센이 오히려 몸을 숨
기자 발자크 백작이 따라왔다.

류센은 이마를 짚고 피곤한 음성으로 말했다.

"피곤해서 그렇습니다. 얼른 쉬었으면 좋겠군요."

"네? 피곤하시다니요? 게다가 왕자님은 상급 익스퍼트의
실력자 아닙니까?"

발자크 백작이 눈을 둥그렇게 떴다. 방금 전만 해도 생생하
던 사람이 갑자기 피곤하다고 하니 이상할 노릇이었다.

"허허, 왕자님께서 처음 여행하시느라 피곤할 수도 있지
요. 이곳에 들어오시니까 긴장이 풀렸나 봅니다."

카루 후작이 류센을 두둔하고 나섰다. 발자크 백작은 고개
를 갸우뚱거렸지만 지친 얼굴로 숨을 몰아쉬는 류센을 보고
는 더 이상 묻지 않았다.

"자자, 행사는 그만두고 어서 저택으로 가자."

카루 후작이 손뼉을 치며 사람들을 물리쳤다. 류센은 송구한 표정으로 말했다.

"죄송합니다, 후작님. 저 때문에 행사를 망쳤군요."

"허허허, 아닙니다. 피곤하실 터이니 얼른 가시지요."

카루 후작은 사람 좋은 미소를 흘리며 손사래를 쳤다. 류센은 여전히 피곤한 모습으로 감사의 인사를 건넸다.

'휴, 다행이다. 사람들이 내 얼굴을 알아보면 안 돼.'

류센이 왜 갑자기 그런 생각을 했는지는 알 수 없었다. 다만 무언가 음모를 꾸미고 있음에는 틀림없었다. 류센은 계획대로 일이 진행되자 살며시 미소를 그렸다. 행여 누가 볼까 금세 지워졌지만, 그 모습이 베르 마법사 눈에 포착되었다.

카루 후작의 저택은 3층으로 된 건물이었다. 형형색색의 색으로 칠해져 있을 뿐 조각이나 그림은 보이지 않았다.

그냥 단조로운 3층 건물이었다.

일견 봐도 제국의 후작이 사는 저택답지가 않았다.

류센은 기가 막혔다. 으리으리한 저택을 기대했는데 이건 똑같은 건물 세 개를 올려놓은 것 같은 멋대가리없는 저택일 뿐이었다.

"이게… 후작님이 사시는 저택입니까?"

황당한 표정으로 묻는 류센. 그런 기색을 못 읽었는지 카루 후작은 의기양양한 음성으로 말했다.

"그렇습니다. 작년에 샀지요, 이거 사느라 몇 년간 고생 좀 했지요. 하하하!"

"오! 이게 카루 후작님이 사신 저택이군요. 정말 멋있습니다. 어쩐지 후작님이 살이 좀 빠진 것 같다는 생각이 들었는데, 이거 사시느라 그랬군요."

옆에 있던 발자크 백작이 감탄한 듯 말했다. 카루 후작은 더욱 득의한 표정으로 으스댔다.

'이게 살이 빠진 거라고? 에휴, 내가 말을 말아야지.'

임신 육 개월 같은 커다란 배를 내밀며 자랑하는 카루 후작을 보며 고개를 절레절레 흔들었다.

카르센 황제는 영토를 넓히는 데 주력했을 뿐 그 뒤는 생각지 않았다.

전쟁을 승리로 마무리 지었다지만 크라이드 제국 역시 막대한 피해를 입을 수밖에 없었다.

더욱이 정복한 땅의 피해도 제국이 떠안아야 했으므로 엄청난 돈이 필요했다.

이에 카르센 황제 사후 등극한 유베리스 황제는 본인 스스로부터 허리띠를 졸라맸다.

황실 재산을 풀어 피해 복구에 쏟아 부었고, 정복으로 빼앗은 각종 재물 역시 피해 복구에 들어갔다.

특히 귀족들의 사치를 엄격히 금하였고, 이를 어긴 귀족들은 형장의 이슬로 사라졌다.

카르센 황제가 세워놓은 절대권력 앞에 감히 대적할 귀족은 없었다. 부정부패를 한 귀족은 어김없이 지위를 박탈당하고 엄벌에 처해졌다.

그 권력을 잘 이용해 귀족들을 휘어잡은 유베리스 황제는 본인부터 검소한 생활을 시작했다. 귀족들 역시 황제를 본받아 스스로 사치를 멀리했다.

황제와 귀족, 그리고 국민들까지 동참한 덕에 크라이드 제국은 이십 년 만에 전쟁의 피해를 말끔히 씻어내고 이제는 명실상부한 대륙 최강의 제국의 위치에 오를 수 있었다.

황제는 검소하고 귀족들은 사치를 모른다. 국민들은 나라를 믿고 세금을 낸다.

이는 제국을 발전시켰고, 더 나아가 대륙 통일의 발판을 마련했다. 아끼고 아낀 결과 경제는 활성화됐으며, 군대는 양과 질에서 타국과의 격차를 더욱 벌여놨다.

유베리스 황제는 카르센 황제와 같은 패기는 없었지만 그보다 못하다고 할 수는 없었다.

지금의 제국이 있기까지는 유베리스 황제의 능력이 컸기 때문이다. 그렇기에 다음 대 황제가 누가 되는지가 중요했다.

류센이 황제가 되기 싫은 이유 중 하나이기도 했다.

‘국민들 뒤통수만 치던 나라에서 살다가 이런 걸 보니 영 적응이 안 되네.’

카루 후작의 자화자찬을 마뜩치 않은 표정으로 지켜보던 류센은 누군가 다가오자 고개를 돌렸다. 베르 마법사였다.

“무슨 일이죠?”

“왕자님께 이걸 선물할까 해서요.”

생뚱맞게 갑자기 웬 선물? 하지만 공짜를 마다할 류센이 아니었다.

아름다운 사파이어가 박혀 있는 목걸이였다. 팔면 돈 꽤나 나올 듯했다.

‘헉! 설마 나도 구두쇠 기질을 이어받았나?’

류센은 순간 흠칫했다. 잊어버리려는 듯 고개를 흔드는 모습이 애처로웠다.

“이걸 왜 주시는 거죠?”

“길 잃어버리지 말라고 드리는 겁니다.”

“길?”

갑작스런 선물과 엉뚱한 대답. 마법사들은 정신적으로 무슨 문제가 있는 사람들이라고 하더니 베르 마법사가 딱 그 짝이었다. 애도 아닌데 무슨 길을 잃는단 말인가.

막 물어보려는 찰나, 카루 후작이 드디어 집 자랑을 끝냈다.

"이거 귀한 분들 모셔놓고 혼자 떠들었군요. 죄송합니다. 지금 저녁 식사가 준비되어 있으니 어서 씻고 식당으로 오시길 바랍니다."

카루 후작의 말에 사람들이 우르르 저택 안으로 들어갔다. 베르 마법사 역시 그 틈에 끼어 가는 바람에 놓치고 말았다.

멍한 표정으로 베르 마법사의 뒷모습을 보던 류센은 이맛살을 찌푸렸다.

"뭐, 별다를 게 있겠어? 주는 거니깐 받아주지, 뭐."

류센은 목걸이를 목에 찼다. 그리고는 뉘엿뉘엿 저물어가는 해를 보며 중얼거렸다.

"흐흐흐, 오늘 밤은 왠지 평생 잊지 못할 밤이 될 것 같군."

모두 들어가고 아무도 없었기에 망정이지 누가 류센의 음성을 들었다면 소름이 오싹 돋을 정도의 음흉한 목소리였다.

도대체 무슨 이유로 저러는지는 밤이 되어봐야 알 것이다.

즐거운 식사 시간.

카루 후작은 맛깔스런 음식들을 잔뜩 내어놓아 일행을 기쁘게 했다.

여행으로 지친 몸과 마음이 한꺼번에 씻겨 내려가는 듯했다. 화기애애한 분위기 속에서 배부르게 먹고 술잔을 돌리며 피로를 풀고 있었다.

카루 후작과 발자크 백작이 죽이 맞아 한창 이야기꽃을 피우고 있을 때 기사로 보이는 남자가 다가왔다.

"응? 뭔가?"

의아한 표정의 카루 후작. 기사는 송구한 듯 다가와 귀엣말로 중얼거렸다.

기사의 말을 들은 카루 후작이 심각한 얼굴로 고개를 끄덕였고, 기사는 목례를 한 뒤 사라졌다.

"무슨 일입니까?"

비밀스런 대화에 발자크 백작이 궁금증을 참지 못하고 물었다.

"허허, 이거 참, 귀한 분들 모셔놓고 못난 꼴을 보였군요. 사실 영지에 문제가 좀 생겼습니다."

카루 후작의 말에 좌중의 눈동자가 그에게로 모아졌다. 씁쓸한 어조로 말을 이어가는 후작.

"몇 달 전부터 영지에 실종 사건이 빈번하게 일어나고 있었습니다."

"실종 사건이오?"

"네. 처음 일어날 당시에는 크게 신경 쓰지 않았는데 점점 실종이 늘어나더니 벌써 백 명이 넘게 영지에서 사라졌습니다."

"단순히 영지를 나간 것은 아닌가요?"

발자크 백작의 말에 카루 후작은 고개를 설레설레 흔들었다. 일단 욘바르 영지는 선정을 베푸는 카루 후작 덕에 영지 민들이 안정된 생활을 하고 있었다. 도망갈 이유가 없었다.

"조사에 착수했는데 평민 여자들과 대상단의 자제 분들이 대부분 실종되었습니다."

"여자와 상단의 자제가?"

도무지 연관성을 찾을 수 없는 조합이었다. 장내의 인물들은 모두 생각에 빠졌지만 단편적인 정보 가지고는 마땅히 해결책을 생각할 수 없었다.

카루 후작은 류센을 보며 고개를 숙였다.

"죄송합니다, 왕자님. 제가 미욱하여 폐하께서 내리신 영지를 제대로 다스리지 못한 결과입니다."

"아닙니다, 후작님. 이게 어찌 후작님 탓이란 말입니까. 곧 범인이 잡힐 것이니 너무 심려치 마세요."

류센이 손사래를 치며 카루 후작을 두둔했다. 하지만 이미 분위기는 착 가라앉아 버렸다. 이 연회의 주인 격인 카루 후작의 얼굴이 잔뜩 굳어 있자 더 이상 식사를 계속할 순 없었던 것이다.

사람들 저마다 카루 후작을 위로한 뒤 천천히 식당을 빠져나갔다.

모든 역사는 밤에 이루어진다!

"흠, 정말 멋진 말이야."

모두가 잠든 깊은 밤. 달이 중천에 떠서 대지를 내려다보고 땅 위의 모든 생물들이 잠에 빠진 이 시각에 류센이 저택 지붕에 표표히 서서 중얼거렸다.

호위 나왔던 기사들이 후작 병사들을 믿고 잠든 탓에 아무도 류센이 움직이는 걸 알지 못했다.

"이래 봬도 상급 소드 익스퍼트란 말씀이지. 캬캬!"

검에다 오러를 머금을 수 있는 수준을 익스퍼트라 부르며 그중 최고의 단계가 상급 익스퍼트라 칭했다. 소드 마스터의 바로 아래 단계 수준. 그런 류센의 움직임을 일반 병사들이 알아차릴 리는 만무한 터.

어릴 적부터 소드 마스터의 혹독한 수련과 각종 희귀한 영약 섭취, 신관들의 세심한 치료, 몸짱이 되기 위한 처절한 자기 노력 끝에 이룬 경지였다.

류센이 스스로에게 자부심을 가져도 될 정도였다. 검에 대한 뛰어난 재능을 타고났으며 그에 못지않은 노력을 했기에 겨우 스무 살의 나이로 이런 엄청난 경지에 발을 디딜 수 있었던 것이다.

하지만 류센은 방심하지 않았다. 주변을 샅샅이 살피며 조심스레 움직이는 모습이 마치 도둑고양이 같았다.

저택 곳곳에는 횃불이 켜져 있고 근처에는 병사들이 삼삼오오 짝을 이뤄 순찰을 돌고 있었다.

사사삭.

사각을 이용해 어둠 속으로 스며드는 류센의 모습을 병사들은 아무도 보지 못했다. 하지만 류센은 더욱 경각심을 높여 갔다.

'들키면 끝장이다.'

병사들 정도야 간단하지만 소드 마스터인 발자크 백작이 깨어난다면 끝난 거나 다름없었다.

조심조심, 살금살금.

장장 한 시간의 악전고투 끝에 마지막으로 저택의 담을 넘었다.

"야호!"

저택을 넘자마자 쾌재를 부르는 류센. 기쁨도 잠시, 누가 쫓아올까 봐 얼른 도망쳤다.

류센은 번화한 영지 중심부를 걸어가고 있었다. 오늘 낮에 아픈 척을 하며 고개를 숙인 것은 다 이유가 있었다. 덕분에 이렇듯 대로변을 걸어가도 알아보는 사람이 한 명도 없었다.

깊은 밤이지만 상업을 장려하는 욘바르 영지의 중심부에서는 불이 꺼질 줄을 몰랐다. 역시 제2의 도시다운 면모를 보여주었다.

류센은 술집을 찾아다녔다. 분명 이런 번화한 거리에선 아직도 장사를 하는 술집이 있을 터. 물론 술이 마시고 싶어 그 험난한 여정을 거쳐 나온 건 아니었다.

"흐흐흐, 오늘 드디어 지긋지긋한 총각 딱지를 떼는 날이구나."

술이 있으면 여자도 있는 법. 류센의 품속에는 묵직한 주머니가 들어 있었다. 그 느낌에 류센의 얼굴엔 음흉한 미소가 더욱 짙어졌다.

한동안 거리를 헤맨 끝에 '여신의 미소' 라는 간판이 걸린 술집으로 들어섰다.

"어머나! 귀여운 도련님께서 여긴 무슨 일이시죠?"

가슴이 반쯤 드러난 야한 드레스를 입은 30대 여자가 반색하며 류센을 맞이했다.

류센은 여자의 말이 마뜩치 않았다. 육체 나이는 스무 살이지만, 마음은 닳고 닳은 오십대이지 않은가. 그러나 진실을 말할 필요성은 느끼지 못했다.

"후후, 뭐 하러 오긴, 술 마시러 왔지. 다 알면서 내숭은……."

류센은 대범하게 나가기로 결심했다. 짐짓 거만한 어조로 반말을 툭툭 뱉어냈다.

여신의 미소 주점의 마담 세린은 살짝 당황했다. 하지만 이

내 그런 모습은 사라지고 가식적인 미소로 류센을 보며 말했
다.

"호호호, 기분 나쁘셨다면 죄송해요. 만날 늙은 아저씨만
보다가 이처럼 멋있는 기사님을 보니 마음이 들떠서 그랬어
요. 자, 어서 들어오세요. 최고의 술과 제국에서 가장 아름다
운 아가씨들이 준비되어 있답니다."

아름다운 아가씨!

세린의 설명 중 가장 마음에 드는 부분이었다. 류센은 심장
이 벌렁벌렁 뛰었다. 드디어, 기어코, 마침내 산이 다섯 번이
나 바뀐 끝에야 겨우 총각 딱지를 뗄 수 있게 되었다.

'아아! 그동안 얼마나 기나긴 세월이었단 말인가.'

류센은 지난 세월이 주마등처럼 스쳐 지나갔다. 전생의 기
억부터 왕자로 태어나 시녀들을 희롱하던 시절, 얼마 전에 꾸
었던 꿈까지 이루 말로 할 수 없는 인고(忍苦)의 시간들이었다.

'헉! 이놈 혹시 변태 아닐까?'

갑자기 두 주먹을 불끈 쥐고 눈을 감을 채 몸을 가늘게 떨
고 있는 류센의 모습에 세린은 자신도 모르게 뒤로 한 발짝
물러났다. 채찍을 준비해야 할지 진지하게 고민했다.

마담 세린을 따라 들어간 곳은 붉은빛이 감도는 퇴폐적인
분위기의 살롱이었다. 상상은 많이 했지만 처음 접하자 왠지

모르게 긴장감이 느껴졌다.

"호호호! 잠시 기다리세요."

룸 안에 류센을 내버려 두고 나간 세린. 혼자 남은 류센은 룸 안을 왔다 갔다 하며 긴장을 풀려고 노력했다. 하지만 좀처럼 떨리는 몸을 주체할 수가 없었다. 가볍게 한숨을 쉬며 결국 포기했다.

"하긴, 첫 경험은 누구라도 떨릴 수밖에 없지."

더구나 자신은 오십 년 묵은 총각이 아니던가. 긴장을 풀기보단 오히려 이 상황을 즐기기로 마음먹었다.

"꺄악! 정말 잘생긴 왕자님이시네!"

"진짜 미남이시다! 멋있어!"

그때 갑자기 미모의 젊은 아가씨들이 들이닥쳤다. 왕자님이란 말에 움찔한 류센은 그들이 그냥 농담으로 하는 소리라는 걸 깨닫고 가슴을 쓸었다.

"전 아린이에요."

"전 메린이에요."

이름은 비슷하지만 척 봐도 친자매 같진 않았다. 여기에서만 쓰는 가명인 듯했다. 이름이야 어떻듯 마담 세린이 자랑한 대로 상당한 미모를 가진 아가씨들었다.

아린은 푸른 생머리가 허리까지 내려오고 오뚝한 코가 도도하고 지적인 매력이 느껴지는 아가씨였으며, 메린은 금색

단발 머리에 금세 눈물을 흘릴 것 같은 크고 동그란 눈에 볼에 보조개가 살짝 패인 너무나 귀엽게 생긴 아가씨였다.

지적이고 도도한 아린, 귀엽고 사랑스러운 메린. 류센의 입가에 함박웃음이 맺혔다.

"어찌… 마음에는 드시는지요?"

그때 마담 세린이 술을 가지고 들어오며 말했다. 아린과 메린이 아주 마음에 든 류센은 호탕하게 웃으며 금화를 튕겼다.

"하하하! 정말 마담 말대로 보기 드문 미인들이군. 이건 팁이오."

십 골드짜리 금화를 받은 세린, 그 모습을 놀란 표정으로 지켜보는 아린과 메린.

그녀들이 놀라는 것도 무리가 아니었다. 보통 4인 평민 가족 기준으로 한 달 생활비가 5골드 정도인 걸 감안하면 팁으로는 상당한 거금을 준 것이었다.

"호호, 당연한 일을 한 걸 가지고 뭘 그러십니까? 멋있는 기사님이 아주 배포가 크시군요. 애들아, 잘 모시도록 해라."

"네, 마담 언니."

단단히 주의를 주고 세린이 나가자, 아린과 메린은 류센의 양쪽에 앉아 몸을 비비적거렸다. 그녀들의 눈이 요사롭게 빛났다.

"아잉~ 오빠, 일단 한잔해."

"우하하핫! 좋지!"

외모는 다르지만 그녀들은 공통점이 있었다. 바로 글래머라는 것이었다. 양쪽에서 가슴을 마구 비벼대니 류센은 입이 귀에 걸리지 않을까 걱정이 될 정도로 찢어졌다.

그녀들이 따라주는 술을 거침없이 원샷 처리한 류센. 어느 지방의 특산주라는 말은 들리지도 않았다. 그저 그녀들의 몸매만 훑어볼 따름이었다.

전생에서 가난하게 산 탓에 이런 곳은 처음인 류센. 하지만 따로 공부(?)는 열심히 했다.

"흐흐흐, 정말 예쁘구나. 옜다, 받아라."

주머니를 뒤적거려 몇 개의 금화를 꺼내 그녀들에게 주었다. 왕자라는 직위에 걸맞게 류센의 주머니에서 나온 금화는 모두 십 골드짜리였다.

"어머나! 오빠 너무 멋지다! 쪼~옥!"

"내가 원래 한 멋 하지!"

아린과 메린에게 양 볼을 뺏겨 키스 세례를 받은 류센은 본격적으로 놀아볼 심정으로 술을 들이켰다. 슬머시 손은 그녀들의 허리를 안았다. 하지만 전혀 거부의 몸짓을 보이지 않는 아린과 메린. 이에 용기를 얻어 대범하게 가슴으로 손을 가져갔다.

"으훙, 오빠, 너무 급해. 이런 건 천천히 해도 되잖아. 일단

한 잔 더 해.”

“흐흐, 그럴까? 요 귀여운 것들!”

류센은 양손으로 그녀들의 가슴을 떡 주무르듯 만졌고, 입으로는 그녀들이 따라주는 술과 음식들을 먹어댔다.

역시 돈의 힘은 무서운 것! 뭐니 뭐니 해도 머니가 최고!

다시 한 번 금화를 뿌린 류센의 손은 거칠 것이 없었다. 애초 원색적인 옷을 입고 온 아린과 메린. 류센의 손이 그녀들의 드레스 속으로 들어갔다 나오길 반복했다.

풍만한 가슴은 기본이요, 매끈한 허벅지와 그 안에 여자의 비밀스러운 곳까지 침범하며 음탕한 짓을 계속했다.

그렇게 시간이 지날수록 분위기는 더욱 농염해졌고, 술과 여자로 인해 류센의 얼굴은 빨갛게 익어갔다.

“하아아! 오빠, 이제 그만~ 으으음! 우리 술은 그만 마시고 가자. 응?”

아린이 발그레해진 얼굴로 류센에게 매달렸다. 자꾸만 류센의 손이 자신의 몸을 더듬자 점점 몸이 뜨거워진 것이다.

“후욱, 좋지.”

류센도 더 이상 참을 수가 없었다. 이미 자신의 무기(?)는 바지를 뚫고 나올 듯한 기세로 팽팽해져 있었다. 옆의 메린 역시 류센의 어깨에 기댄 채 축 늘어져 있었다. 이대로 데려가 눕히기만 하면 다 된 밥상이었다.

'잠깐!'

막 그녀들을 눕히려는 순간, 류센은 행동을 멈췄다. 왠지 모르게 억울하다는 생각이 들었기 때문이다. 왜 그런 생각이 들었는지 잠시 생각해 본 그는 곧 이유를 알 수 있었다.

'얘들은 닳고 닳은 여자들이잖아. 난 처음인데.'

화장실 갈 때와 나올 때가 다르다더니, 막상 일을 치르려고 하니 이런 창녀들에게 자신의 순결(?)을 바치기가 억울했다. 처음 그녀들이 마음에 들었던 생각은 이미 사라지고 없었다.

"하악! 오빠, 왜 그래?"

"음, 잠깐만. 미안한데, 마담 좀 불러줄래?"

한참 음탕한 짓거리를 하다가 정색한 채 말하는 류센을 의아하게 바라보는 그녀들. 하지만 별 말 없이 마담을 불러줬다.

"호호호, 재밌게 노셨나요? 무슨 일로 저를 찾으셨지요?"

마담 세린이 음란한 웃음을 흘리며 나타났다. 그러나 류센은 막상 말하려니 민망했다.

"흠흠, 그게… 음… 그러니깐……."

세린은 류센의 모습에 무언가 밝히기 힘든 사정이 있음을 간파하고 아린과 메린을 물렸다. 그녀들은 아쉬워하며 룸을 나갔다.

"오빠! 나 꼭 불러야 돼?"

젊고 잘생겼으며 통까지 큰 류센을 놓치기 싫었던 그녀들은 애교 섞인 음성을 흘리며 사라졌다.

"호호, 그래, 무슨 일로……?"

"저기… 좀 순진한 애 없을까? 내가 좀 그런 취향이라서……. 어흠!"

더듬거리며 말을 늘어놓는 류센. 민망한지 헛기침으로 분위기를 쇄신해 보려 노력했지만 변한 건 없었다. 물장사하면서 그 정도 눈치도 없지는 않을 터. 세린은 눈을 반짝였다.

"그런 취향인 줄 몰랐네요. 음… 아시다시피 이런 곳에선 그런 애들을 보기 힘들다는 건 잘 아시겠죠?"

"험험, 그야 그렇겠지."

사막에서 오아시스 찾기만큼 힘든 게 술집에서 처녀 찾기다. 류센은 그 사실을 인정할 수밖에 없었다.

세린은 살며시 손을 들어 검지와 중지를 들어 흔들었다. 그녀의 뜻을 간파한 류센. 그리고 놀랐다.

"이백 골드?"

듣기에는 근위기사단의 기사단원의 한 달 월급이 백 골드라고 했다. 제국에서 가장 실력있는 기사들만 모아놓은 근위기사의 두 달 치 월급을 달라고 요구하는 것이었다.

"좋소."

류센의 고민은 길지 않았다. 어차피 자기가 번 돈도 아니지 않은가.

천연기념물을 취하는 데 오히려 그 정도는 싼 편이라 생각했다.

"호호호, 그럼 곧 대령하겠어요. 젊은 분이 돈이 참 많으시네요."

"험험, 내가 작은 상단을 운영하고 있소이다."

거래가 완료되자 기쁨과 동시에 세린의 날카로운 질문을 받은 류센은 겸연쩍은 듯 손사래를 쳤다.

"상단요? 어쩐지……. 능력도 아주 뛰어나시네요."

"하하! 뭐, 내가 번 돈이 아니라 아버지가 번 돈이지요."

하긴 세린의 말처럼 젊은 자신이 돈을 흥정망청 쓴다는 게 이상하기도 했다. 그렇다고 원래의 신분을 밝힐 순 없었다. 류센은 계속해서 상단을 물려받을 후계자라고 설명했다. 그래야 돈을 마구 뿌려도 자연스럽게 느껴질 터. 행여나 지금의 일이 밝혀진다면 큰 곤혹을 치를 게 분명했기에 류센은 조그마한 증거조차 남길 수가 없었다.

"호호호, 제가 쓸데없는 걸 자꾸 물었네요. 죄송해요. 이쪽으로 오셔서 기다리고 계세요."

류센에게 이것저것 물으며 데려간 곳은 침대 하나만 덩그러니 놓인 방이었다. 거울과 화장대만 장식으로 있는 밋밋한

방이었지만 류센은 아무래도 좋다는 듯 들어가 침대에 걸터
앉았다.

"음, 물론 예쁘겠지요?"

"어머, 당연한 말씀을. 아까 보셨던 아이들보다 훨씬 낫답
니다."

"흐흐, 기다리고 있겠소."

"네, 잠시만 기다려 주세요."

흥분한 류센을 내버려 두고 돌아서는 마담 세린. 몸을 돌린
탓에 그녀의 눈동자에 사이한 빛이 번뜩이는 걸 류센은 알아
채지 못했다.

은은한 조명이 방 안을 비췄다. 어둡지도 그렇다고 밝지도
않은, 딱 그거(?) 하기 좋은 색깔이었다.

류센은 흥분되는 마음을 달래느라 여념이 없었다. 오십
년. 오 년도 아니고 무려 오십 년 만에 총각 딱지를 떼게 생겼
으니 긴장하지 않을 수가 없었다.

미리 준비되어 있던 술을 물 마시듯 벌컥벌컥 마시며 마음
을 달래는 류센.

똑똑.

갑자기 들려온 노크 소리에 침대에서 팅기듯 몸을 일으켰
다.

“드, 들어와!”

흥분된 마음을 추스르는 데 실패한 류센의 음성은 더듬거렸다. 발작적으로 소리쳐 겨우 말을 내뱉었다.

아무튼 허락이 떨어지자 살며시 문을 열고 들어오는 소녀.

대략 열일곱 정도로 보이는 소녀는 허리까지 내려오는 갈색 생머리, 뚜렷한 이목구비와 하얀 피부가 돋보이는 눈부신 미모의 소유자였다.

‘게다가 자연미인!’

화장을 떡칠한 아린과 메린과는 대조적으로 화장기가 전혀 안 보이는 맨얼굴 그대로였다. 그러면서도 그녀들과는 비교도 할 수 없는 미모.

예로부터 화장미인보다 자연미인을 남자들이 더욱 높게 평가하였다.

류센의 입꼬리가 귀에 걸릴 태세로 길게 찢어졌다.

“어, 어서 와.”

머뭇거리는 소녀를 데리고 침대 곁으로 가 앉혔다. 들어오자마자 침대로 데려가자 소녀는 크게 겁먹은 듯 두려움에 떨었다.

‘아, 얘도 처음이지.’

급한 마음에 덮치고(?) 싶었지만, 류센은 일단 분위기를 만들 요량으로 손을 흔들어 제스처를 취했다.

"아냐, 아냐. 탁자가 없어서 그런 것뿐이야. 한잔할래?"

실제로 방 안에 침대와 화장대만 있을 뿐 차분히 티타임을 즐길 탁자는 없었다. 술도 화장대를 끌어와 놓은 것이었고, 의자 따윈 보이지 않았다. 오로지 그것(?)만을 위해 만들어진 방 같았다.

"아니요…… 예, 주세요."

거부하는 듯하더니 소녀는 용기를 내어 술잔을 들었다. 보아하니 소녀 역시 크게 긴장한 기색이 역력했다. 술기운을 빌어 긴장을 해소하고 싶었나 보다.

"그래, 몇 살이야? 이름은 뭐고?"

술이 약한지 아니면 부끄러운지 소녀의 얼굴은 잘 익은 홍시마냥 붉어졌다. 그래도 술이 용기를 불러일으켰는지 더듬거리지만 곧잘 대답했다.

"나이는 열일곱 살이고요, 이름은 세리아예요."

영계다!

전생에서도 그렇지만 이곳도 스무 살을 성인으로 친다. 류센은 속으로 쾌재를 불렀다. 처녀에 영계라니!

"너, 처음이지? 나도 처음이야. 너무 긴장하지 마. 오빠가 안 아프게 살살 해줄게."

붉어진 얼굴이 류센의 마음을 들뜨게 만들었다. 천천히 다가가 세리아의 어깨에 손을 올렸다. 세리아는 두려운 듯 몸을 덜덜 떨었지만 그 모습은 오히려 남자의 본능에 더욱 불을 지르는 행동이었다.

비 맞은 어린 새처럼 애처로운 모습으로 떨고 있는 아름다운 소녀. 단둘밖에 없는 방. 침대는 있고 조명은 음습했다.

차려놓은 밥상(?)을 챙겨 먹지 못하면 사나이가 아니다.

류센은 밥을 향해 성난 황소처럼 돌진했다. 어깨에 손을 얹고 힘을 주어 강제로 끌어당겼다.

"흡!"

그리고 이어진 키스. 세리아의 두 눈이 크게 부릅떠졌다. 몸은 더욱 가늘게 떨렸고, 가냘픈 손으로 류센을 밀어내려 했지만 당연히 힘으로는 이겨낼 수가 없었다.

"꺄악!"

세리아를 침대에 자빠뜨린 류센. 거침없이 그녀를 공략해 갔다. 미미한 반항이 짜증나는 듯 한 손으로 세리아의 두 손을 붙잡아두었고, 다른 한 손은 그녀의 옷을 벗기기 시작했다.

"자, 잠깐만……. 아, 안 돼!"

세리아가 비명 같은 소리를 질렀지만 그런다고 멈출 류센이 아니었다. 보통 남자들도 이런 상황에서 여자가 싫다고 멈

출 리는 없었다. 특히 류센은 오십 년 묵은 노총각이 아니던
가.

간단히 무시한 뒤 손을 놀려 세리아 옷의 단추를 풀기 시작
했다. 사슴 같은 그녀의 목덜미를 애무하며 반항을 물리치고
드디어 상의 단추를 모두 풀 수 있었다.

그리고 드러나는 세리아의 가슴. 크진 않았다. 한 손에 꽉
잡히는 사과 같은 가슴이었다.

류센의 두 눈이 붉게 충혈되었다. 어릴 적에 유모나 시녀의
가슴은 많이 봐왔지만 그건 그림의 떡이었고, 지금은 상황이
달랐다.

류센은 이성을 잃었다. 애무도 없이 마치 정복자처럼 세리
아의 가슴을 유린해 갔다.

거친 행동에 세리아는 고통을 느끼고 비명을 질렀지만, 류
센은 아랑곳하지 않았다.

처음 보는 외간남자가 자신의 의사와는 상관없이 몸을 마
구 짓밟고 있었다. 각오는 하고 왔지만 생각보다 고통과 두려
움이 컸기에 세리아의 두 눈에는 아침 이슬처럼 맑은 눈물이
맺혔다.

울면 안 되기에 억지로 흐느낌을 참고 있었지만 류센의 다
음 행동엔 더 이상 참을 수가 없었다.

류센의 거친 손이 기어코 하의를 벗기는 데 성공한 것이다.

이제 달랑 팬티 한 장만 걸친 몸. 그 마지막 보루까지도 류센이 정복하기 위해 나섰다. 이미 버서커처럼 변한 류센. 세리아는 울음을 터뜨릴 수밖에 없었다. 그동안 고이 간직해 온 순결이 사라질 위기에 직면했기 때문이다.

"흐윽! 엄마… 아빠… 흑흑흑……."

류센은 세리아의 마지막 속옷을 내리다 말고 멈칫했다. 마치 마법에라도 걸린 듯 꼼짝하지 않았다. 그러나 벌겋게 충혈된 눈은 서서히 흰자가 드러나기 시작했다.

그리고 정신마저 또렷해져 제대로 된 사고를 할 수 있게 되었다.

정상적으로 돌아온 눈은 보고야 말았다. 지금 눈앞에 있는 소녀가 눈물을 흘리는 모습을.

제정신으로 돌아온 뇌는 지금의 상황을 확실히 이해했다. 자신이 무슨 행동을 하려 했는지를.

'내, 내가 지금 무슨 짓을 하려 한 거지? 이건 강간(强姦)이나 다름없잖아!'

돈을 주고 여자를 샀지만 그 여자는 아직 세상을 배워야 할 어린 소녀였다. 전생의 시대 같았으면 아직 책가방을 메고 학교에 다녀야 할 나이. 그런 소녀를 강제로 범하려고 했다.

오직 욕심 때문에, 자신의 욕망 때문에 순결한 소녀를 더럽히려고 했다.

"하하하… 하하하하! 큭큭큭……."

류센은 소녀에게서 손을 뗐다. 그리고 미친 듯이 웃었다. 두 손으로 자신의 머리를 쥐어뜯었다.

극심한 자기 혐오.

누구라도 좋았다. 와서 좀 패줬으면, 몽둥이로 후려치고 발로 밟고 주먹으로 얼굴을 때려줬으면 좋겠다.

'난 죽어 마땅한 놈이야. 아무리 급해도 아무런 감정도 없이 여자를 덮치려고 하다니…….'

류센은 머리칼을 몽땅 뽑을 기세로 쥐어뜯었다. 그렇게라도 하지 않으면 도저히 자신을 용서할 수가 없었기 때문이다.

"뭐라?! 다시 한 번 말해봐라! 지금 왕자님이 안 계시다고?! 그게 말이나 되는 소리인가!"

서슬 퍼런 발자크 백작의 음성. 부관은 식은땀을 삘삘 흘리며 변명을 늘어놨다.

"그게… 왕자님이 쉬시고 계신 방의 창문이 열려져 있기에 이상하다 싶어 가서 확인을 해봤지요. 하지만 왕자님이 보이시지 않았습니다. 아마 창문으로 몰래 빠져나가신 것 같습니다."

부관의 말처럼 류센은 창문을 통해 나갔다. 나간 후 창문을 닫았지만 바람이 부는 탓에 살짝 열렸고, 순찰 중이던 병사가 그걸 보고 부관에게 보고한 것이다. 그리고 부관이 류센의 방에 확인차 들어갔지만 류센은 보이지 않았다. 이후 혼비백산한 부관이 수면 중인 발자크 백작을 깨웠다.

"찾아라! 모든 기사와 병사, 하인들까지 모두 깨워라! 카루 후작님에게, 아니, 그건 내가 하겠다! 어서 움직여!"

"예, 옙!"

발자크 백작의 분노에 겁을 먹은 부관이 줄행랑을 쳤다. 발자크 백작은 허겁지겁 갑옷을 챙기며 중얼거렸다.

"도대체 어딜 가신 겁니까, 왕자님?"

어릴 적부터 사고뭉치였던 류센. 발자크 백작은 머리가 지끈거렸다. 어디 가서 무슨 짓을 저지르고 계실지 심히 걱정되었다.

쾅!

100kg를 가뿐히 넘기는 육중한 몸이 들이닥치자, 가냘픈 몸매를 가진 문은 사정없이 부서져 내렸다. 하지만 누구도 놀라지 않았다. 문이 부서진 것과는 차원이 다른 놀라운 일이 발생했기 때문이다.

"왕자님이 사라지셨다니! 그게 사실입니까, 발자크 백작?!"

카루 후작의 돼지 멱따는 소리에 발자크 백작은 눈을 감은 채 묵묵히 고개를 끄덕였다. 누가 보면 왕자를 제대로 호위하지 못한 백작이 괴로워하고 있는 듯한 모습이었지만, 사실 속옷 하나만 달랑 입고 뛰쳐나온 카루 후작의 모습을 차마 볼 수 없어 눈을 감은 것뿐이었다.

마치 산달이 다가온 듯 불룩 나온 뱃살과 여자처럼 볼록 나온 가슴이 보는 이로 하여금 절로 욕지기가 치밀어 오르게 했다.

"크, 큰일 났군요. 세상에, 왕자님이 사라지셨다니……. 아아, 폐하께서 이 사실을 아시면 전 죽음 목숨입니다. 어서 찾아야 합니다."

안색이 퍼리해진 키루 후작. 벌벌 떠는 모습이 꼭 도살장에 온 한 마리의 돼지 같았다. 발자크 백작의 표정이 기괴해졌다. 울 수도 웃을 수도 없는 상황.

왕자 실종이라는 전대미문의 사건 때문에 어쩔 수 없이 눈을 뜬 발자크 백작은 그런 표정을 지으며 입을 열었다.

"일단 영지의 병사들을 몽땅 풀어주십시오. 지금 왕자님이 어떤 위기에 빠지셨는지 모릅니다. 한시가 급합니다."

"아, 알겠소, 백작께서도 어서 기사들을 풀어 왕자님을 찾으시오."

카루 후작과 발자크 백작의 행동이 빨라졌다. 결정이 났으니 바로 시행하는 것이다. 카루 후작은 영지의 전 병사들을 끌어 모았고, 발자크 백작은 기사들과 함께 류센이 머문 방을 조사하며 흔적을 찾기 시작했다.

"아함, 뭐가 이리 시끄러워."

병사들이 모이고 기사들이 이리저리 들쑤시고 다니자 저택이 발칵 뒤집혔다. 시장판을 방불케 하는 소음에 마법사 베르가 방 안에서 나왔다.

그걸 본 발자크 백작이 퉁명스레 말했다.

"류센 왕자님이 사라지셨는데 지금 한가하게 잠이 옵니까?"

"응? 왕자가 사라져?"

"그렇습니다."

베르는 허연 수염을 매만지며 묘한 웃음을 지었다. 그 모습에 발자크 백작은 울컥하지 않을 수 없었다.

"이 상황에 지금 웃음이 나옵니까?"

그러거나 말거나 베르는 여전이 입가에 미소를 지우지 않았다.

"내 이럴 것 같더라. 어쩐지 생생하던 사람이 영지로 들어오자마자 아픈 척을 하더니 결국 사고를 쳤군."

느물느물한 베르의 음성. 발자크 백작은 화가 났지만 애써 참았다. 마탑과 제국과는 동맹 관계였고, 베르 마법사는 마탑에서도 높은 직책을 가졌기에 감정을 곧이곧대로 표현할 수가 없었다.

"방해하지 마시고 그냥 들어가 주무시지요."

"후후후, 너무 화내지 말게. 아까 말했듯이 뭔가 이상하다 싶어서 류센 왕자에게 마법 목걸이를 하나 줬지. 아직 몸에 지니고 있다면 찾는 게 그리 어려운 일도 아닐 거야."

베르는 차분한 어조로 말했지만, 발자크 백작은 더 이상 화를 참지 못했다. 쌍심지가 하늘 높이 올라간 것이 진정으로 분노하고 있는 듯했다.

"지금… 왕자님께 추적 마법을 걸었다는 말씀이십니까?"

그 말에 베르는 움찔했다. 설명을 잘못했다는 생각이 순간 들었다.

마탑은 마법사들이 모인 단체였다. 대륙에 하나밖에 없었고, 거의 모든 마법사들이 마탑에 소속되어 있었다. 그들은 마법 연구를 위해 모였고, 일절 국가의 일에 개입하지 않았다. 전쟁이 발발해도 돕지도 방해하지도 않았다. 하지만 대륙 모든 국가에서 마탑을 존중해 줬다. 그건 그들이 가진 엄청난 힘 때문이었다. 마탑에서 마음만 먹는다면 군소 왕국쯤은 하루면 초토화시킬 수 있었다. 그래서 모든 나라는 마탑과 동맹을 맺어 우호 관계를 유지했다.

동맹으로 인해 마탑에서는 전쟁만 아니라면 거의 모든 부탁을 들어주었다. 베르가 이곳에 온 것도 류센의 안전을 위해 파견된 것이었다. 이렇듯 동맹 관계인 마탑에서 제국 왕자에게 추적 마법이 걸린 물품을 줬다는 건 정치적으로 상당히 위험한 짓이었다.

자칫 외교 문제로 발전할 가능성까지 있었다. 류센에게 무언가 나쁜 뜻이 있다고 생각할 수도 있기 때문이었다.

여유만만했던 베르는 급히 표정을 바꾸고 손을 내저었다.

"아니야. 내가 준 건 추적 마법이 아니야. 그냥 그건 서로 간에 상호 작용을 하여 빛을 뿜을 수 있는 간단한 마법이 걸린 목걸이라네."

"상호 작용?"

발자크 백작이 자신의 말에 귀를 기울이자, 일단 한숨 돌린 베르는 주머니에서 목걸이를 하나 꺼내며 말을 이었다.

"그렇다네. 이 목걸이는 왕자가 가진 목걸이와 서로 가까워지면 붉은 빛을 내뿜게 된다네. 지금 보면 거의 빛이 없지 않는가. 이걸 가지고 다니다가 빛이 밝아지면 근처에 왕자가 있다는 뜻이지."

베르에게서 목걸이를 건네받은 발자크 백작이 유심히 살펴보았다. 정말로 목걸이에선 미약한 빛이 흘러나오고 있었다. 언제 화가 났냐는 듯 백작의 얼굴엔 화색이 맴돌았다.

"오오! 역시 대마법사님이십니다. 이거면 금방 왕자님을 찾을 수 있겠군요."

"그렇지."

가까스로 위기를 넘긴 베르는 속으로 한숨을 쉬며 고개를 끄덕거렸다. 그때 허겁지겁 달려오는 인물이 보였다.

카루 후작이었다. 다행히 옷을 챙겨 입어 이제는 인간처럼 보이는 카루 후작이 숨을 헉헉거리며 말했다.

"지, 지금 병사들을 모두 소집했소. 그래, 어떻게 되었소?"

"카루 후작님, 지금 왕자님을 찾을 수 있는 좋은 방법이 생겼습니다."

발자크 백작은 목걸이를 보여주며 베르가 했던 설명을 그대로 해줬다.

카루 후작 역시 얼굴이 활짝 펴졌다. 넓은 영지에서 어느 세월에 왕자를 찾을까 걱정했는데 이젠 한시름 놓아도 될 듯했다.

"자, 이젠 이것만 있으면 됩니다."

화색이 만면한 그들은 미소를 지은 채 베르를 바라보았다. 그들 눈빛에는 무언가 바라는 것이 있어 보였다.

"뭔가?"

위기를 넘긴 탓인지 아까 보여준 발자크 백작의 강렬한 투기(鬪氣) 때문인지 베르의 음성은 냉랭하기 짝이 없었다.

눈치를 채지 못한 발자크 백작이 오히려 손을 내밀며 독촉했다.

“더 주셔야죠.”

그렇다. 목걸이를 더 줘야 한다. 하나 가지고 언제 찾는가 말인가. 여러 사람에게 나눠 줘서 신속하게 찾아야만 했다.

“없네.”

“네?”

“없다고.”

발자크 백작은 순간 뒷골이 당겨왔다. 차라리 없느니만 못한 것. 넓디넓은 욘바르 영지를 혼자 언제 다 돌아본단 말인가.

베르는 통쾌한 마음이 슬며시 일었다. 하지만 진짜 더 이상의 목걸이는 없었다. 자신 역시 혹시나 싶어 설마하는 마음으로 준 것뿐이었다. 발자크 백작의 말처럼 함부로 그런 것들을 뿌렸다간 무슨 문제가 발생할지 몰랐기 때문이다.

“그럼 어떻게 찾습니까?!”

발자크 백작이 발작하듯 소리쳤지만, 베르는 여전히 먼 산을 바라보며 퉁명스레 말할 뿐이었다.

“어차피 성안에 있을 거야. 가봐야 얼마나 멀리 갔겠어.”

“그것 역시 너무 넓습니다!”

“그럼 뛰게.”

“네?”

뛰라니? 그게 무슨 말인가? 발자크 백작은 고개를 갸웃거렸다. 그러나 이미 삐쳐 버린 베르는 더 좋은 방법을 말해주지 않았다. 더욱이 지금 상황에서 이것보다 더 좋은 방법은 생각나지 않았다.

"발바닥에 불이 나도록 뛰면 되네. 게다가 백작은 소드 마스터지 않는가. 열심히 뛰다 보면 목걸이에 불이 들어오겠지. 난 졸려서 이만 들어가네. 수고들 하시게나."

쾅 하고 문이 닫혔다. 베르가 들어간 문을 바라보며 발자크 백작은 멍한 표정을 지었다. 옆에 있던 카루 후작이 더듬거리며 말했다.

"저, 어서 뛰어야죠."

"……."

"흑흑흑."

세리아의 흐느낌에 흠칫 놀랐다. 겨우 정신을 차린 류센은 그녀를 바라보았다. 얇은 이불 한 장으로 몸을 가린 채 두려움에 찬 얼굴로 눈물을 흘리고 있었다. 류센의 돌발 행동에 크게 놀란 것이었다.

류센은 한숨을 푹 쉬며 침대에 걸터앉았다. 그 모습에 세리아가 다시 움찔했지만 두 손을 머리 위로 들며 억지로 미소를 만든 채 말했다.

"괜찮아. 이제 안 건드릴게. 정말이야. 믿어줘."

류센은 두 손을 머리 위로 든 상태 그대로 침대에서 일어나 세리아와 최대한 멀리 있는 벽에 가서 등을 기댔다.

세리아는 울음을 멈춘 채 그 모습을 지켜보았다. 하지만 여전히 눈동자가 흔들리는 것이 불안해하는 모습이었다.

류센은 최대한 그녀를 안심시킬 요량으로 뒤로 몸을 돌려 벽을 바라보았다.

"너를 어떻게 할 마음은 이제 없어. 옷을 입어도 좋아. 이건 내 진심이니 제발 믿어줘."

류센은 이런 식의 경험은 아니라고 생각했다. 사랑하는 감정까지는 아니라도 최소한 서로를 좋아하는 마음은 있어야 된다고 느꼈다. 감정 없는 행위는 동물이나 하는 것. 아무리 급해도 인간은 인간으로서 행동해야 한다고 결정했다.

'아깝지만 어쩔 수 없지.'

드디어 첫 경험을 할 수 있게 되었는데, 기회를 스스로 차버렸다. 아쉽지만 후회는 없었다. 아마 세리아를 유린했다면 두고두고 후회했을 것이다. 류센은 그런 생각으로 아쉬움을 달랬다.

"으흑! 흑흑흑……."

겨우 욕망을 추스르고 있는데 또다시 세리아의 울음보가 터졌다. 이유를 알 수 없었던 류센은 다시 돌아볼 수밖에 없었다.

"아니, 도대체 왜 또 우는 건데?!"

목소리엔 짜증이 한껏 배었다. 당장이라도 달려가 욕망을 채우고 싶다는 생각이 무럭무럭 자라났다. 그걸 정신력으로 버티고 있는데 다시 울음소리가 들리자 짜증이 안 날려야 안 날 수가 없었다.

눈물로 뒤범벅이 된 세리아는 고개를 도리질 치며 말했다. 이불이 내려져 반쯤 보이는 가슴이 아름다웠다.

"안 돼요. 전 해야 해요. 제발… 저를 가지세요."

류센은 침을 꿀꺽 삼켰다. 다시금 욕망이 불끈 솟았다. 그러나 이내 머리를 흔들며 욕망을 털어버렸다.

무언기 시정이 있다.

다시 세리아에게 다가간 류센은 이불을 당겨 그녀를 덮어주면서 자세히 얼굴을 살폈다.

다급함, 초조함, 두려움 등 온갖 어둠의 감정들이 그녀의 표정에서 고스란히 드러났다.

제정신을 차리고 더 이상 세리아를 욕망의 분출구로 보지 않게 되자 상황이 명확하게 느껴졌다. 조금만 생각해 봐도 알 수 있는 일이었다. 이런 곳에 아직 성인식도 치르지 못한 소녀가 자신의 순결을 팔러 왔다는 자체만으로 무슨 문제가 있는 것이다.

“무슨 일인지 말해봐.”

들뜬 마음이 차분하게 가라앉았다. 세리아를 보는 류센의 눈동자는 마치 귀여운 동생을 바라보는 눈빛이었다.

“저, 저, 저, 해야 해요. 꼭 해야 해요.”

세리아는 더듬거리며 몸은 사시나무 떨듯 떨고 있었다. 분명히 하기 싫은 걸 억지로 하려는 모습이었다.

“돈이라면 신경 쓸 필요 없어. 안 했다고 돌려받을 생각은 없으니까.”

류센의 말에 고개를 도리질 치는 세리아. 스스로 자신의 몸을 가지라고 말하니 부끄러워 죽을 것만 같았다. 하지만 꼭 해야만 할 일.

“꼭 해야 해요.”

“왜 그래야 하지?”

“마담 언니가 그렇게 시켰어요.”

“마담에겐 내가 잘 말해주지.”

세리아는 입술을 꼬옥 깨물었다. 도저히 말로써는 설득할 자신이 없었다. 아까의 행동을 후회했다. 그냥 참았으면 됐을 걸. 어떻게 이 남자를 설득해야 할지 몰랐다. 답답하고 불안했다. 이대로 그냥 남자가 떠나 버린다면 정말 상상도 하기 싫은 일이 발생할지도 몰랐다.

평범한 가정에서 태어나 평범하게 자라온 순진한 세리아

가 할 수 있는 일이라곤 그저 울음을 터뜨리는 일밖에 없었다.

"흐윽! 엄마가… 아빠가… 으앙! 흑흑흑……."

세리아는 이불을 당겨 얼굴에 덮으며 펑펑 울었다. 그리고는 흐느끼는 음성으로 자신의 사정을 말했다. 류센은 충격으로 얼굴이 굳어졌다.

앞서 말한 대로 세리아의 가족은 평범했다. 조그마한 잡화점을 운영하는 아버지와 요리 솜씨가 훌륭한 어머니. 세리아의 얼굴을 보면 알 수 있듯이 어머니 역시 뛰어난 미모를 가졌다. 아버지 역시 열심히 일을 해 세 식구 살아가는 데 큰 문제는 없었다. 가족 모두가 행복한 나날을 보내고 있었다.

세리아의 아버지가 도박에 빠지기 전까지는.

잡화점 옆에 있는 보석 상점 주인의 꾐에 빠져 도박을 시작한 아버지 하르젠. 처음에는 겨우 몇 브론—최하 금액의 단위—짜리의 도박이었다. 도박이라기보단 그저 친목 도모용 놀이 수준이었다.

하지만 이상하게도 계속해서 돈을 따자 하르젠은 점점 도박에 빠져들기 시작했다. 그게 모두 보석상 주인의 계획인지도 모른 채.

연전연승을 이어가자 대담해진 하르젠은 배팅 금액을 올리자는 말에 흔쾌히 승낙했다. 그러고도 계속 이겨 나갔다.

하르젠는 가게 일도 뒷전으로 미뤄놓고 도박에 빠졌다. 브론이 은화가 되고 골드로 올라가자 그때부터 돈을 잃기 시작한 하르젠.

지금까지 따왔던 모든 돈을 잃자 가게 돈에 손을 대기 시작했다.

하지만 전문 도박꾼들을 이길 재간은 없었다. 자신이 속은 줄도 모르고 밤을 새워 도박에 열중했다.

가게의 돈을 모두 쓰자, 이제는 물건들을 헐값에 넘기며 도박 자금을 마련했다.

한 번만, 큰 거 한 방이면 복구할 수 있을 거라 생각했다.

하지만 하르젠은 계속 돈을 잃어갔다. 이때라도 포기했다면 좋았을 텐데, 한 방 생각에 하르젠은 치명적인 실수를 하게 되었다.

고리 사채업자의 돈을 빌린 것이다. 이것 역시 보석상 주인의 소개를 받은 것이었다. 그때까지도 자신이 속은 줄도 몰랐던 하르젠. 그는 이미 도박에 중독된 것이다. 제정신이 아니었다.

높은 이자율에도 불구하고 돈을 빌린 하르젠은 여전히 도박의 늪에서 헤어나오질 못했고, 결국에는 빌린 돈 역시 모두 잃고야 말았다.

　그때부터 세리아의 불행은 시작되었다.

　가게의 물건은 모두 사라지고 가게 역시도 넘어가게 되었다. 그뿐만이 아니었다. 악덕 고리업자는 이자에 이자를 더한 금액을 요구했고, 세리아가 살고 있는 집마저 뺏어갔다.

　그래도 끝나지 않았다. 이자가 원금을 넘어선 지 오래라 아름다운 미모를 가진 세리아와 그녀의 어머니를 사창가에 팔아넘기려고 했다. 그걸 막으려던 하르젠은 건달들에게 심하게 구타를 당해 사경을 헤매는 처지가 되었다.

　그 일이 바로 어제 세리아가 겪은 일이었다.

　오늘 여신의 미소라는 술집으로 팔려온 세리아는 마담의 위협에 굴복해 이렇게 몸을 팔러 나온 것이다. 지신이 말을 듣지 않으면 부모님이 위험하기 때문에 싫은 일을 억지로 하려고 하는 것이다.

　뿌드득!

　훌쩍거리며 말을 끝낸 세리아는 섬뜩한 음향에 놀라 고개를 들었다. 눈앞에 있는 남자가 이를 갈고 있었다. 잘생긴 외모가 악귀처럼 변해 있었다. 꽉 쥐어진 주먹에서는 핏줄이 보일 정도였다.

　류센은 벌떡 일어났다. 끓어오르는 분노를 참을 수가 없었다. 세리아의 사정도 안됐지만, 그런 상처를 가진 소녀를 강제로 추행하려고 했던 자기 자신에 대한 분노가 더 컸다.

쾅!

분노를 참지 못하고 벽을 향해 냅다 주먹을 후려쳤다. 온 힘을 다해 때린지라 굉음과 함께 벽이 흔들렸다. 류센의 주먹에서 피가 흘러내릴 정도로 강력한 일격. 마나로 주먹을 감싸지 않았다면 필경 부러지고 말았을 것이다.

"무슨 일이시죠?"

그때 문밖에서 웅성거리는 소리가 들리더니 마담 세린이 덩치 좋은 남자들을 데리고 들어왔다.

마담을 본 류센이 미소를 지었다. 드디어 화풀이를 할 상대가 나타난 것이다. 그의 미소는 섬뜩했다.

"큭큭, 이봐, 마담."

"네, 네?"

처음 보았을 때완 상반된 류센의 모습에 세린은 흠칫했다. 류센은 피가 뚝뚝 흘러내리는 주먹을 흔들며 천천히 다가갔다.

"나 지금 무지 열받았거든. 세리아한테 사정 다 들었다."

세린은 그 말에 움찔했지만 곧 세리아를 노려보았다. 그리고는 여유로운 어조로 느물거렸다.

"그게 도련님과 무슨 상관이죠? 고통받는 소녀를 보자 구해주고 싶었나요? 호호호, 이제 보니 대단한 기사님이 오셨군요. 세리아는 좋겠네, 멋진 기사님이 구해주려고 하니.”

이죽거리는 세린의 입을 한 대 갈겨주고 싶었다. 하지만 류센은 애써 행동을 자제했다.

“생각 같아선 모두 죽여 버리고 싶지만 참는다. 돈이라면 여기 있으니 세리아와 그녀의 가족들을 모두 풀어줘라.”

류센은 품에서 묵직한 돈주머니를 꺼내 던져 주었다. 정확히 얼마가 있는진 모르겠지만 족히 수백 골드는 들었을 터. 그렇다고 이들을 용서한 것은 아니었다. 자신은 상급 익스퍼트 기사. 지금 기분으로 상대한다면 정말 살인을 할지도 몰랐다. 그걸 거부하고 싶은 본능에 억지로 분노를 눌렀다.

그러나 세린의 미소는 지워지지 않았다. 오히려 허리에 손을 척 올리며 여유 만만했다.

“이거 정말 정의의 기사님이 나타나셨군. 한데 이걸 어쩌나? 애초에 고이 보내드리고 싶은 마음은 없었는데?”

“뭐라고?”

“호호호! 지금 자신의 몸 상태도 알지 못하는 바보를 무서워할 필요가 있을까?”

“지금 무슨 헛소리를… 헉?!”

류센의 몸이 순간 비틀거렸다. 몸에 힘이 빠지면서 갑자기 졸음이 밀려왔다. 그 모습을 보며 세린이 비아냥거렸다.

“호호호! 걱정 마, 독약은 아니니. 수면제를 넣었을 뿐이

야. 한숨 자고 나면 괜찮을 거야. 물론 그때도 지금의 상황과
같을 거란 생각은 하지 마.”

“크윽! 언제……?”

얼굴에 비웃음이 가득한 세린은 탁자를 툭툭 쳤다. 그곳엔
먹다 남은 술병이 출렁이고 있었다. 미리 술에다가 수면제를
타서 가져온 듯했다.

류센은 위기감이 엄습했다. 세린의 뒤에 그림자처럼 서 있
던 일단의 무리가 천천히 칼을 꺼내는 모습이 보였기 때문이
다.

온몸에 흉측한 문신을 한 건달들은 저마다 무서운 표정을
지으며 킬킬거렸다.

“아이구, 귀하신 도련님께서 이젠 어떡하나? 앞으로 엄마
얼굴 보기 힘들 텐데…….”

“얼굴이 뽀얀 게 제법 귀엽군. 아가야, 이 오빠가 밤마다
귀여워해 줄게. 이리 오렴. 켈켈!”

음탕하게 말하며 다가오는 건달들. 하지만 눈은 맹수처럼
번뜩였고, 손에 든 단검을 빙글 돌리는 모습이 베테랑다운 면
모를 보여줬다.

꽈악.

류센은 주먹을 으스러지게 쥐었다. 점점 다가오는 수마(睡
魔)를 견뎌내기 위해 혀를 살짝 깨물었다. 비릿한 혈향이 입

안에 맴돌자 잠시나마 졸음을 쫓을 수가 있었다. 하지만 이 모든 게 임시방편일 뿐, 근본적인 대책이 필요했다.

그때 건달 하나가 우악스런 손을 내밀며 말했다.

"자, 꼬마야, 반항하지 마라. 다치면 너만 손해야."

건달의 손이 어깨에 닿자마자 류센은 재빨리 몸을 비틀어 건달의 손을 꺾어버렸다.

"우아악!"

건달의 팔이 뒤틀렸다. 그 모습은 남은 건달들의 화를 건드 렸다.

"이 새끼!"

류센은 허리를 살짝 숙여 건달의 주먹을 피했다. 그리고 마 나를 가득 머금은 주먹을 건달의 옆구리에 찔러 넣었다.

크헉, 하는 비명이 들리면서 건달이 무너졌다.

'이제 남은 건 세 명!'

다섯 명의 건달 중 두 명이 쓰러졌다. 류센은 딱히 체술을 배운 적은 없지만 어릴 적부터 받아온 검술 훈련은 이 정도에 무너질 훈련이 아니었다.

빠각!

퍽!

우지끈!

각양각색의 격타음이 들리면서 남은 건달들 역시 나자빠

졌다. 소드 마스터이자 근위기사단장인 카이로스 후작에게
받아온 혹독한 훈련은 기대를 저버리지 않았다.

비록 수면제로 몸 상태가 정상이 아니었지만, 겨우 뒷골목
건달 몇 명에게 당할 류센이 아니었다.

"이런 걸 두고 바로 반전이라고 하지."

황당한 표정으로 서 있는 마담 세린을 보며 류센이 말했다.
믿지 못할 상황에 딱딱하게 굳어 있던 세린이 표독스런 눈초
리로 류센을 쳐다보았다.

"기사였군. 그것도 마나를 다루는 실력자."

"훗! 그걸 이제야 깨닫다니, 후회해도 늦었다."

한결 여유를 찾은 류센이 세린을 향해 다가갔다. 자칫 잘못
하면 죽을 뻔한 상황이었기에 여자라고 봐주고 싶은 마음은
추호도 없었다.

하지만 세린은 굳은 표정을 풀고 또다시 태연한 어조로 말
했다.

"그렇다면 계획 변경. 호호, 마음에 드는 도련님이었는데
이젠 살려둘 수가 없게 되었네요."

"계획 변경? 그러고 보니 아까도 보내줄 생각이 없었다고
한 것 같은데, 도대체 정체가 뭐야?"

"글쎄? 곧 죽을 사람한테 가르쳐 줄 이유는 없지."

"뭐라… 헉!"

류센이 되묻는 찰나, 등골이 서늘해지는 느낌에 본능적으로 앞을 향해 뛰었다.

슈아악!

검이 지나가는 섬뜩한 음향이 뒤에서 들리면서 등짝이 찌릿해졌다.

"크헉!"

날카로운 쇠붙이가 등을 스치고 지나가자 류센은 비명을 지르며 넘어졌다. 등에 손을 가져가 보니 끈적끈적한 피가 만져졌다. 재빨리 피한 덕에 다행히 뼈는 상하지 않았지만 화끈한 느낌이 온몸으로 퍼졌다.

"어쌔신?!"

자신을 공격한 인물을 보고 류센은 경악했다. 머리부터 발끝까지 검은색 일색인 존재. 두 눈만 빠끔히 내놓은 모습은 말로만 듣던 어쌔신이었다.

"호호호! 이런 걸 두고 바로 대반전이라고 하지요."

지켜보던 세린이 류센이 했던 말을 되받으며 비웃음을 날렸다.

"이런 비겁한 놈들!"

"호호, 칭찬 감사합니다. 이제부턴 함부로 움직이면 곤란하실걸요. 왜냐하면 어쌔신의 검에는 독이 묻어 있기 때문이지요. 호호호."

그 말에 류센이 입술을 꽉 깨물었다. 흐트러지려는 정신을 가다듬기 위해서였다. 그러나 과도한 음주와 수면제 복용, 칼에 맞아 등에서는 아직 피가 흘러내리고 있었고, 독에 중독까지 되었다.

점점 시야가 흐려지고 팔다리가 무거워졌다.

더욱이 류센을 힘들게 하는 것이 있었다.

스륵, 스르륵.

마치 유령처럼 나타난 사람들. 그들의 정체는 다름 아닌 어쌔신들이었다.

류센을 공격했던 어쌔신 외에 네 명이 더 나타나 총 다섯 명이 된 어쌔신. 류센은 암울한 눈으로 그들을 바라봤다.

그때 마담 세린이 말했다. 도저히 예쁜 얼굴에는 어울리지 않는 단어였다.

"죽여."

자신이 사신이라도 된 양 거만한 음성으로 명령을 내렸다. 어쌔신들은 고도의 훈련이라도 받은 듯 대답없이 곧장 몸을 날려왔다.

파카카칵!

어쌔신의 검은 빨랐다. 류센은 옆구리에서 느껴지는 살기에 황급히 몸을 돌렸다. 어쌔신의 검이 바닥을 긁으며 마찰음을 내었다.

하지만 어쌔신은 한 명이 아니었다.

"크악!"

류센의 오른쪽 허벅지에서 피분수가 솟구쳤다. 검을 피한다고 했지만 완벽히 피하진 못하고 허벅지를 스치고 지나간 것이다.

"헉헉헉!"

류센의 입에서는 거친 단내가 났다. 다친 몸으로 무리하게 몸을 움직였고, 독에 중독된 상태라 마나를 제대로 운용할 수가 없었다. 죽음의 그림자가 류센을 가득 덮쳐 왔다.

죽을 때 죽더라도 류센은 한 가지 알고 싶은 게 있었다.

"도대체 네놈들의 정체가 뭐야?!"

"우린 어둠의 길드 소속이다."

"어둠의 길드?"

평생 황궁에서만 살아온 류센은 모르겠지만, 어둠의 길드는 상당히 유명한 길드였다. 사기, 강도, 절도, 폭행, 살인, 각종 범죄는 당연했고, 특히 노예 매매와 청부 살인으로 악명을 드높인 집단이었다.

근래 어둠의 길드는 노예 매매에 관심을 크게 가졌다. 이유는 대륙적으로 확산되는 노예폐지법 때문이었다. 크라이드 제국은 오래전부터 폐지했지만 이에 동참한 나라는 몇 되지 않았다. 하지만 유실린 제국, 포세톤 제국 등 대륙 3대제국과 기타 왕국에서 각각 노예폐지법이 완료됨에 따라 노예들의 값이 천정부지로 솟구쳤다.

게다가 나라에선 노예 폐지를 했지만 옛날 습관을 버리지 못한 몇몇 귀족들이 비밀리에 노예를 사들이면서 더욱더 가격이 상승했다.

어둠의 길드 수뇌부는 지령을 내려 미모의 여자들을 모우는 동시에 상단의 후계자들 역시 물색했다.

여자들이야 노예로 팔아먹기 위함이지만 상단의 후계자들은 다른 이유에서였다.

신용있는 상단이라면 까다로운 절차없이 각 나라의 국경을 무사히 통과할 수 있었다. 그래서 상단 후계자들을, 혹은 중요 인사를 납치하여 협박한다면 충분히 먹혀들 전략이었다.

애초에 류센이 돈 자랑을 하기 위해 상단 후계자라고 했을 때, 세린은 납치를 염두에 두었다. 그래서 술에다 수면제를 넣은 것이다.

"도대체 무슨 이유로 이런 일을 벌이는 거지?"

"호호, 길드의 비밀을 함부로 말할 줄 것 같으냐? 죽어서 저세상에 가면 물어봐라. 처리해!"

세린의 명령에 어쌔신들이 유령처럼 다가왔다. 이젠 독에 완전히 중독이 된 류센. 손가락 하나 까닥할 힘이 없었다.

‘아! 죽는 건 둘째 치고 또 못해보고 죽는 게 억울하구나. 진짜 내 인생에 여자란 없단 말이야.’

류센의 황당한 생각을 저들이 알면 어떤 표정을 지을지 몹시 궁금했다.

“그렇게는 안 되지!”

이대로는 절대 죽을 수가 없었다. 죽을 때 죽더라도 하고 난 뒤에 죽고 싶었다. 또 숫총각인 채로 죽는다면 지옥에 떨어지더라도 염라대왕의 수염을 몽땅 뽑아버릴 테다.

류센은 이를 악물고 몸을 굴렀다. 어쌔신의 검이 종이 한 장 차이로 스쳐 지나갔다. 류센이 몸을 굴린 곳에는 건달들이 떨어뜨린 단검이 있었다. 그 단검을 들고 반격에 나섰다.

카앙!

어쌔신의 눈동자가 부릅떠졌다. 자신의 검이 부러졌기 때문이다. 이유는 류센의 검에서 새하얀 오러가 번쩍였기 때문이다.

“크윽!”

어쌔신은 비명을 지르며 뒤로 물러났다. 그리고 부러진 검을 떨어뜨렸다. 손아귀에서 피가 터져 더 이상 검을 들 수가 없었기 때문이다.

“이 새끼들, 다 덤벼!”

류센은 득의양양한 어조로 소리쳤다. 일단 손에 검을 들자 자신감이 생겼다. 이래 봬도 자신은 소드 익스퍼트 상급의 실력자. 오러도 만들지 못하는 어쌔신들에게 당할 수만은 없었다. 다만 수면제와 독으로 인해 몸 상태가 온전치 못하기 때문에 얼른 결판을 내야만 했다.

"뭣들 하나! 상대는 애송이다! 어서 죽여 버렷!"

세린의 앙칼진 음성이 터져 나왔다. 하지만 어쌔신들은 급하게 공격하지 않았다. 일 대 일로는 도저히 류센을 이길 가능성이 없었기 때문이다. 천천히 류센의 주위를 맴돌며 빈틈을 찾았다. 류센의 체력이 떨어지길 기다리며 묵묵히 참았다. 마치 늑대 같은 습성을 가진 어쌔신들이었다.

"이놈들이… 안 오면 내가 간다!"

류센이 몸이 폭발적으로 앞을 향해 튕겨갔다. 마주한 어쌔신은 침착하게 몸을 돌려 공격을 피한 후 자신의 검을 찔러갔다. 하지만 류센 역시 간단히 공격을 피하고 팔꿈치로 어쌔신의 가슴을 공격했다.

퍽!

묵직한 느낌이 팔꿈치에서 느껴졌다. 류센은 쾌재를 불렀다. 마무리로 검을 찔러 넣기만 하면 해치울 수 있었다.

그러나 류센의 검은 움찔 멈추었다. 지금까지 사람을 한 번도 죽여본 적이 없는 류센이었기에 본능적으로 손을 멈춘 것이다.

류센의 잠깐 동안 고민이었지만 늑대 같은 어쌔신들은 그런 빈틈을 놓치지 않았다.

푸욱.

류센의 옆구리에 검이 깊이 박혔다. 경악한 류센이 엉겁결에 마구 검을 찔렀다.

"크아악!"

류센의 팔꿈치에 맞아 비틀거리던 어쌔신이 이번에는 검에 찔려 비명을 질렀다. 게다가 심장을 찔린 탓에 고통은 더더욱 컸다. 하지만 그 고통은 오래가지 않았다. 발작적으로 비명을 지르던 어쌔신이 쓰러지면서 숨을 멈추었다. 죽음으로서 고통을 벗어난 것이었다.

"헉헉헉!"

류센의 눈동자가 빨갛게 충혈되었다. 옆구리에서는 아직도 피가 철철 흘러나오고 있었다. 그러나 고통은 느껴지지 않았다. 살인을 했다는 생각에 정신적으로 공황 상태에 빠졌기 때문이다.

슈가각!

멍해진 류센. 절호의 기회라고 여긴 어쌔신이 큰 동작으로 검을 휘둘렀다. 반드시 류센을 죽이겠다는 필살의 공격이었다.

"빌어먹을! 지금 알량한 감정에 젖어 있을 때가 아니잖아!"

처음으로 사람을 죽였지만 지금은 괴로움에 빠져 있을 때
가 아니었다. 죽거나 아님 죽이거나 둘 중 한 가지만 선택해
야 하는 이곳은 전쟁터나 마찬가지였다. 죽이지 않으면 자신
이 죽는다.

채앵!

"으아아악!"

어쌔신의 검은 막았지만 류셴의 입에서는 비명성이 터져
나왔다. 옆구리의 고통이 이제야 느껴졌기 때문이다. 무리한
동작으로 공격을 막느라 상처가 더욱 벌어졌다. 게다가 수면
제와 독이 이미 참을 수 없는 한계에까지 다다랐다.

온몸이 고통스러운데도 졸려 미칠 지경이었다.

류셴은 거칠게 고개를 흔들고 다시 한 번 혀를 깨물며 정신
을 가다듬으려고 노력했다.

몽롱해지는 정신을 가다듬으려 애를 썼지만 여의치 않았
다. 피한다고 몸을 굴렸지만, 어쌔신의 검은 이미 어깻죽지를
긁고 지나간 후였다. 그나마 조금이라도 늦게 피했다면 목이
잘렸을 터.

류셴은 이미 만신창이가 되었다. 어깨와 옆구리, 그리고 허
벅지로 내려오는 상처들은 하나같이 치명적이었다. 그 상처
에서는 피가 쉴 새 없이 흐르고 있었다. 더욱이 독에 중독된
탓에 이미 반쯤 시체라고 보아도 무방했다.

몸에 감각이 사라진 지 오래. 류센은 지금 다가오는 검을 도저히 피하지 못할 것 같았다.

하지만 죽음 앞에서도 류센은 오히려 미소를 그렸다.

또 숫총각으로 죽는다는 사실에 기가 막혀 나온 웃음이었다. 두 번의 생을 살면서도 딱지조차 못 떼다니, 남들이 들으면 농담으로 치부할 게 뻔했다.

류센은 거의 다가온 검을 보며 눈을 감았다. 예전처럼 원한을 버리면 다시 환생할 수 있을 것 같은 믿음 때문이었다. 귓가에 쾅! 하는 폭음이 들렸지만 무시하고 정신을 놓아버렸다.

소드 마스터가 된 후 한 번도 땀을 흘려본 적이 없는 발자크 백작의 몸은 악전고투라도 치른 듯 땀범벅이었다. 베르 마법사에게서 목걸이를 건네받고 넓은 영주성을 이 잡듯이 뒤졌다. 황도 다음가는 도시답게 넓은 성안을 모조리 뒤진 끝에서야 목걸이가 붉은 빛을 발하는 장소를 찾을 수 있었다.

그리고 곧장 그곳을 향해 들이닥쳤다. 앞을 가로막는 몇몇 인물이 있었지만 과감하게 무시해 버렸다. 놀란 인물들이 막아섰지만 류센의 안위가 걱정된 발자크 백작은 말조차 하지 않은 채 덤덤히 검을 찌르며 지나쳐 갔다.

쾅!

눈앞에 문을 박차고 들어간 순간, 목걸이가 터질 듯 새빨간 빛을 토했다.

그리고 발자크 백작은 보았다. 피를 흘리며 쓰러져 있는 사람을. 엉망진창의 모습이라 얼굴을 확인할 순 없었지만, 그 사람 목에서 붉은 빛이 번쩍이는 걸 보고 확신할 수 있었다.

채앙!

과연 소드 마스터. 눈 깜박할 시간도 되지 않는 짧은 시간에 이미 어쌔신의 검을 쳐버렸다.

두 눈만 내놓고 있는 어쌔신은 놀란 듯 눈을 크게 떴다. 그런 어쌔신을 보며 발자크 백작은 그의 목을 날려주었다.

"뭐, 뭐야?!"

어쌔신의 목이 날아간 후에야 상황을 인지한 마담 세린. 당황스런 표정이 역력했다. 그런 세린을 무시한 채 발자크 백작은 쓰러진 사람을 살펴보았다. 헝클어진 머리칼이 얼굴을 덮고 있어 조심스레 머리칼을 치워본 결과 류센임을 확인할 수 있었다.

순간 표정이 흉악하게 일그러진 발자크 백작. 서서히 제 표정으로 돌아왔지만 대신 눈동자엔 분노가 타오르고 있었다. 항시 가지고 다니던 포션을 꺼내 류센의 입에 반쯤 흘려 넣고 반은 상처 부위에 발랐다. 이 정도면 임시 처방은 되었다. 곧 들이닥칠 병사들과 신관들을 생각하며 일어선 발자크 백작.

"이유는 묻지 않겠다. 어떤 이유라도 왕자님을 해하려 한 것을 덮을 수는 없으니까. 그냥 죽어."

나지막한 음성으로 말한 발자크 백작. 세린을 비롯한 남은 어쌔신들도 경악했다.

"와, 왕자라고?!"

세린의 말이 시작이었다. 발자크 백작이 순간 방 안에서 사라졌다. 류센을 두고 갈 리 없으니 마치 사라진 것 같은 빠른 몸놀림.

"크아악!"

어쌔신 하나가 비명을 지르며 쓰러졌다. 허리가 잘려 상체와 하체가 완벽히 분리되었다. 비명 한 번 지르고 그대로 숨을 멈춘 어쌔신. 그리고 또 사라진 발자크 백작. 어쌔신들은 급급히 검을 휘둘렀다. 하지만 기습에 능한 그들이 정면에서 소드 마스터를 막을 실력이 있을 리 없었다.

곧이어 짤막한 비명이 연달아 네 번 더 들리더니 모든 어쌔신이 저세상으로 떠나 버렸다. 모두 기괴한 모양으로 죽은 어쌔신들을 보고 구석에서 오들오들 떨고 있던 세리아가 그만 정신을 놓아버렸다. 잔인한 장면을 연이어 본 탓에 연약한 그녀는 버티질 못했다.

턱하니 세린의 어깨에 검을 올려놓는 발자크 백작. 평소 유순한 그는 어디로 갔는지 마치 악마 같았다.

세린은 한겨울 나무마냥 덜덜 떨었다. 얼마나 겁에 질렸는지 허벅지 사이로 뜨끈한 물이 줄줄 흘러내렸다.

"네년이 주동자로군."

저승사자의 목소리가 이럴까. 고저 없는 발자크 백작의 음성에 세린은 미친 듯이 고개를 끄덕였다. 이렇게 하면 살지도 모른다는 본능 때문이었다.

어쌔신을 모두 죽인 탓에 분노가 좀 사그라졌을까, 아니면 이제 들려오는 병사들의 소리에 정신을 차린 탓일까.

아무튼 발자크 백작은 세린을 죽여서는 안 된다고 판단했다. 죽인다고 말은 했지만 이유가 궁금했기 때문이다.

하지만 고이 내버려 두기에는 자신의 화를 삭일 길이 없었다.

뻑!

"컥!"

발자크 백작의 주먹이 세린의 얼굴을 강타했다. 새하얀 치아가 옥수수 튀기듯 하늘 높이 솟구쳤다. 그러나 그것이 끝이 아니었다. 검지를 바짝 세운 후 그녀의 눈을 파버렸다.

"끄아악!"

예쁘장한 세린의 얼굴이 흉측하게 변했다. 하지만 발자크 백작은 오히려 미소를 지었다. 이제야 어느 정도 분이 풀렸기 때문이다. 여자는 얼굴을 가장 소중하게 여긴다는 걸 잘 알고 있었다.

"백, 백작님!"

병사들이 허둥거리며 들어왔다. 그들은 여자의 눈동자를 파버리는 발자크 백작을 보고야 말았다. 그러고도 웃는 모습에 오한이 느껴졌다.

"이년을 데려가고 왕자님을 치료해라, 어서!"

그의 잔인한 모습에 몸이 굳었던 병사들은 허겁지겁 움직였다.

곧이어 신관이 들어와 류센을 돌보기 시작했고, 병사들은 어쨰신들의 시체를 수거하는 동시에 세린을 끌고 갔다. 기절한 세리아 역시 그대로 실었다.

"허허허, 이거 참. 쉬러 왔다가 고생만 하고 떠나시는군요."

"아닙니다, 카루 후작님. 오히려 폐만 끼치고 가는군요."

"폐라니요. 당치도 않습니다. 류센 왕자님 덕택에 실종 사건을 주도했던 집단을 일망타진할 수 있게 되었으니 그저 감사할 따름이지요."

"험험!"

류센은 헛기침을 터뜨렸다. 카루 후작과 발자크 백작의 대화를 들으며 민망한 마음을 감추기 위해서였다.

류센이 쓰러진 후, 벌써 일주일이 지났다. 반쯤 시체나 다름없었던 류센을 데려가 각종 포션과 상위 신관들이 대거 달라붙어 일주일 만에 일어날 수 있게 되었다. 왕자 신분이기에 가능한 일이었지, 일반 평민 같았으면 그냥 죽었을 것이다.

자리를 털고 일어난 류센은 그간의 상황을 전해 듣고 얼른 출발하자고 독촉했다. 발자크 백작은 이상하게 여겼지만 영지도착 시일이 촉박한지라 별 생각 없이 수긍했다.

발자크 백작에게 잡힌 마담 세린. 모진 고문을 받았지만 절대 류센이 여자를 원했다는 말은 하지 않았다. 세린은 왕자의 비밀스런 취미를 밝히게 되면 절대 살아남지 못하리라 생각했던 것이다.

아무튼 덕분에 류센은 그저 국민들의 생활상을 몰래 시찰하러 나갔다가 세리아의 사정을 듣고 그녀를 구해주려 했다가 그만 당한 것으로 카루 후작과 발자크 백작은 알고 있었다.

그랬기에 류센은 거듭 민망한 듯 헛기침만 내뱉을 뿐이었다. 빨리 도망치고 싶은 마음뿐이었다.

"어서 출발합시다, 백작님."

"아, 네, 왕자님."

발자크 백작이 고개를 숙인 후 출발 명령을 내렸다. 어느새 류센 뒤로 다가온 카루 후작이 겸연쩍은 표정으로 말했다.

"저기, 왕자님, 폐하께는 잘 말씀드려 주십시오."

"아! 물론이지요, 후작님. 그간 잘 대접받고 갑니다."

"아니요, 뭘. 별말씀을. 앞으로의 여행도 편안하시길 기원합니다."

류센은 카루 후작과 그렇게 작별했다. 점점 멀어져 가는 그를 보면서 류센은 다시금 다짐했다.

'잘 말해야지. 그 일이 밝혀지면 난 쪽팔려 죽을 거야.'

허둥지둥 떠나온 것도 재조사를 할까 봐 그런 건데, 이걸 황제가 알아봐라. 모르긴 해도 진실이 밝혀지는 건 시간문제였다.

류센은 그렇게 결심하고 지긋지긋한 욘바르 영지를 떠나고 있었다. 하지만 그는 몰랐다, 멀리서 자신을 바라보고 있는 소녀가 있다는 것을.

'왕자님, 다시 꼭 오세요. 그때는 꼭 소녀가 진심으로 모시겠어요.'

류센에 의해 순결을 잃을 뻔한 소녀 세리아. 그녀는 말을 타고 늠름한 모습으로 가고 있는 류센을 보며 뺨이 발그레 붉어졌다. 반드시 다음에는 자신의 순결을 바치리라 생각했다.

이제 성을 완전히 빠져나온 류센이 혀를 차며 투덜거렸다.

"아 놔! 이번엔 진짜 할 수 있었는데 생각할수록 아깝네."

"네? 뭐가 아깝다는 말씀이십니까, 왕자님?"

"됐습니다, 발자크 백작님! 댁이 오면 될 일도 안 돼요!"

류센은 질색을 하며 손을 휘휘 저었다. 발자크 백작은 억울한 듯 훌쩍거렸다.

Chapter 5
세이첸 영지

류센의 술집 사건으로 인해 세이첸 영지 도착이 예정일보다 많이 늦어졌다. 좀 늦는다고 해서 누가 욕할 사람은 없지만, 그래도 왕자의 첫 번째 공식 행사이자 황제의 명을 수행하는 일이다 보니 약속 시한을 지키는 것이 보기에도 좋았다.

결국 일행을 이끌고 있는 발자크 백작은 특단의 조치를 내렸다.

그건 바로 워프.

즉, 공간 이동 마법으로 시일을 단축할 결심을 한 것이다.

그는 즉시 류센에게 자신의 생각을 얘기했다.

지은 죄(?)가 있는 류센이 흔쾌히 수락한 것 두말할 필요가 없었다.

오히려 처음 접해보는 마법에 기대를 할 정도였다. 허락을 얻은 발자크 백작은 수행 기사 몇 명에게 나머지 인원을 이끌고 세이첸 영지로 올 것을 명령한 후 류센과 함께 베르 마법사를 찾았다.

공간 이동 마법. 워프는 5클래스 이상 마법사만이 사용할 수 있는 고서클 마법. 99%의 높은 성공률을 보이지만 나머지 1% 때문에 사양되고 있는 마법.

베르 마법사가 자신은 100%라며 큰소리를 땅땅 치기에 믿어보기로 했다.

땀을 뻘뻘 흘리며 마법진을 그리는 베르. 그는 기기묘묘하고 각양각색인 모양들을 바닥에 그린 후 올라서라는 손짓을 했다.

류센과 발자크 백작은 마법진 위에 올라섰다. 자신마저 올라선 후 주문을 흥얼거리더니 갑자기 눈을 번쩍 뜨며 소리를 질렀다.

"워프!"

골골거리는 영감이 버럭 소리를 지르자 류센은 깜짝 놀랐다. 하지만 곧 방 안의 풍경이 서서히 사라지면서 몸이 빨려 나갈 듯한 압력을 느꼈다.

'으그극! 뭐야?!'

호화로운 방 안 풍경은 사라지고 어두컴컴한 정경이 눈앞으로 솟구쳤다. 몸이 주욱 늘어나는 듯한 흡입력에 류센은 속이 울렁거렸다. 정말 찰나의 시간이지만 느낌으로는 오랜 시간이 지난 것만 같았다.

화아악!

이윽고 마법이 멈춰졌다. 세이첸 영지 한구석에 배치되어 있던 마법진에서 불이 번쩍이더니 세 사람이 나타났다.

미리 연락을 받은 세이첸 영주 헤이라스 폰 세이첸 백작은 옷매무새를 단정히 하며 마법진으로 다가왔다.

"어서 오십시오, 왕자님. 저희 세이첸 영지에 오신 것을 환영합니다."

만면에 미소를 한가득 배어 문 헤이라스 백작은 천천히 일어서고 있는 류센을 향해 깊숙이 허리를 숙였다.

변방의 영지에 있지만 황가에 대한 충성심은 누구 못지않게 높다고 자부하는 헤이라스 백작은 진심으로 충성을 다한다는 인상을 심어주기 위해 노력했다.

류센은 그 모습에 감동한 듯 다가가 헤이라스 백작의 어깨를 짚었다. 그리고 입을 열었다.

"우에에웩!!"

푸드드득.

아주 잘 만들어진 죽 한 덩이가 헤이라스 백작 뒤통수로 떨어졌다.

대머리인 탓에 잘 미끄러진 죽이 귀 옆으로 뚝뚝 떨어졌고, 헤이라스 백작은 허리 숙인 자세 그대로 굳어버렸다.

"……."

류센은 입가에 묻은 토사물을 닦을 생각도 하지 않은 채 멍청히 그 모습을 바라보았다. 베르의 장담대로 안전하게 마법은 성공했지만 뒤끝이 좋지 않았다.

신체 세포가 마음대로 늘었다 줄었다 하는 공간 이동 마법은 구토 증세를 유발시켰다. 류센은 그런 증상이 있는지 몰랐고, 베르는 알고 있는 줄 알았다.

"베르님, 이 사태를 어찌할 작정이십니까?!"

민망한 마음에 류센은 베르에게 덤터기를 씌웠다. 이제야 헛구역질을 마친 베르는 기가 막혔지만, 상대가 왕자라 뭐라 말은 못하고 입만 삐죽거리며 투덜거렸다.

"누가 거기다 토하랬나."

쫑알거리는 베르를 한 번 쏘아본 뒤 류센은 살가운 표정을 지으며 헤이라스 백작에게 다가갔다.

"아이고, 백작님. 제가 평소 반란군과 맞서 싸운 헤이라스 백작님을 깊이 흠모하고 있었습니다. 헤헤, 공간 이동을 처음 경험하다 보니 그만 실수를 하고 말았군요. 백작님의 넓은 마음으로 너그러이 용서해 주십시오."

그러면서 자신의 옷을 끌어다가 헤이라스 백작의 머리에 묻은 토사물을 닦아내기 시작했다.

그제야 굳은 몸이 풀린 헤이라스 백작. 빤질거리는 류센의 낯짝을 보니 한 대 갈겨주고 싶은 마음이 들었다. 높았던 충성심은 온데간데없이 사라지고 난 후였다. 하지만 상대는 왕자고, 더욱이 일 년간 영지를 내어주고 황도에서 살아야 할 자신이 왕자를 때린다면 황도에 도착하는 즉시 참수형을 면치 못할 터.

노련한 귀족 헤이라스 백작은 끓어오르는 분노를 누르며 자신만의 처세술을 발휘했다.

"크흠! 당연히 이해해 드려야지요. 제가 황도로 돌아간다면 폐하께 아주, 아주 자알 말씀드리겠습니다."

'쳇! 좀생이 같으니라고.'

황제에게 고자질을 함으로써 복수를 감행하려는 헤이라스 백작. 류센은 즉시 토사물은 닦던 손을 멈추었다. 입고 있던 옷마저 훌훌 벗어 던진 류센이 딴청을 부렸다.

"그만 들어가시지요."

유치찬란한 둘의 행동에 더는 두고 볼 수 없었던 발자크 백작이 중재에 나서며 자그마한 사건은 일단락되었다.

시작부터 사고를 친 류센. 과연 일 년간 영지를 잘 이끌어 나갈 수 있을지 걱정이었다.

베르 마법사는 다시 마탑으로 돌아갔다. 류센이 안전하게 도착했으니 자신이 해야 할 임무는 완수한 것이다.

베르를 떠나보내고 그들은 영주성을 둘러보며 영지에 대한 전반적인 의견을 나누었다. 대체로 헤이라스 백작이 말하고 류센과 발자크 백작은 그저 듣기만 했다.

일 년짜리 단기 영주지만 영지를 다스리려면 기본적으로 알아야 할 것들이 많았기에 그 내용을 가르쳐 주고 있었던 것이다.

한동안 묵묵히 듣기만 하던 발자크 백작이 별안간 제동을 걸고 나섰다. 헤이라스 백작이 하는 말 중에 심상치 않는 내용이 있었기 때문이다.

"세이렌 왕국 부활 조직이라… 반란군이 여전히 있나보죠?"

같은 백작이지만 자신보다 연배가 높은 헤이라스 백작에게 존대를 하며 물었다.

헤이라스 백작은 호탕하게 웃으며 고개를 저었다.

"걱정 말게, 모두 다 소탕되어 이제는 찾아볼 수가 없으니. 게다가 영지민들 역시 이제는 우리 크라이드 제국에 소속된

신민이라는 걸 확실히 인지했으니 더 이상의 민란이나 반란
은 없을 것이야."

확신에 찬 표정으로 단언하듯 말하는 헤이라스 백작. 그 모
습에 발자크 백작은 마음을 놓을 수가 있었다.

이곳 세이첸 영지는 이십 년 전만 하더라도 세이렌 왕국의
수도였다.

선 황제 카르센 황제가 이십 년 전 정복한 후 '세이첸' 이라
이름을 바꿨다. 그리고 헤이라스 백작에게 세이첸의 성을 내
린 후 영지를 하사하였다.

그때부터 헤이라스 백작과 부활 조직과의 싸움이 시작되
었다.

헤이라스 백작 본인 역시 뛰어난 기사였고, 따르는 기사들
과 병사들 또한 약졸이 없었다.

반항하는 이들을 과감하게 척살하며 조직을 와해시켜 갔다.

하지만 부활 조직 역시 저항이 만만치 않았다. 실력은 떨어
지지만 하나같이 왕국 부활을 위해 웃으면서 죽을 수 있는 순
열지사들만 가득했기 때문이다.

뽑아도 뽑아도 다시금 돋아나는 잡초처럼 끈질기게 저항
했던 부활 조직.

특히 카르센 황제 사후, 온 영지가 들고일어날 정도로 저항
이 격렬했다.

"히휴, 그때만 생각하면 지금도 아찔하지. 까딱하면 선 황제 폐하께서 내려주신 영지를 뺏길 뻔했으니……."

헤이라스 백작은 그때의 기억이 떠오르는지 고개를 절레절레 흔들었다.

"마침 폐하께서 기사들을 보내주지 않으셨다면 분명 그렇게 됐을 것이야."

카르센 황제가 죽은 후 제국 각지에서 반란이 일어났다. 카르센 황제가 나름 정복한 땅에 대해 온건정책을 펼쳤지만 하루아침에 나라를 빼앗긴 그들이 쉽게 수긍할 리가 없었다. 그나마 카르센 황제가 살아 있을 당시에는 온건정책과 강력한 기사단으로 인해 참고 있었던 것뿐. 카르센 황제가 죽자마자 전국 각지에서 대대적인 반란이 일어나고야 말았다.

결국 유순한 성격을 가진 유베리스 황제도 참을 수 없어 칼을 꺼내 들게 되었다.

"아무튼 그때 완벽히 소탕했네. 몇 놈이 도망가긴 했지만 그들 가지고서야 무슨 짓을 하겠나. 게다가 이젠 영지민들 역시 제국에 충성을 다하고 있으니 다시 조직을 만들 수도 없을 것이네."

"네. 이제야 안심이 됩니다."

발자크 백작의 최대 근심거리가 해결되었다. 아직 부활 조직이 남아 있다면 왕자인 류센을 고이 둘 리 만무할 터. 발자크 백작은 가슴을 쓸어내리며 안도했다.

그 후로도 여러 가지 사항에 대해 이야기가 계속되었다. 어차피 황제가 될 생각이 없었던 류센은 듣는 둥 마는 둥 하다가 귀가 번쩍 틔는 말을 듣게 되었다.

"방금 뭐라고 하셨습니까?"

"네? 무슨 말을 말씀하시는 건지……."

"엘프! 엘프가 있다고 하지 않으셨습니까?"

"캑캑! 이, 이건 놓고 말씀하십시오!"

어느새 류센의 손이 헤이라스 백작의 멱살을 잡고 있었다. 그는 경악했다. 자신 역시 상급 익스퍼트 기사건만 자신의 멱살을 잡는 기척을 읽을 수가 없었다.

'과연 카르센 황제 폐하의 뒤를 이를 실력이란 소문이 자자하더니 보통이 아니구나.'

속으로 감탄을 금치 못하는 헤이라스 백작. 하지만 류센은 더욱 거칠게 흔들며 대답을 종용했다.

"34, 22, 36의 몸매와 굉장히 아름다운 얼굴을 가진 엘프가 이곳에 있단 말입니까?!"

"그, 그 숫자는 뭡니까? 캑! 제발 이, 이건 놓고 말씀하시지요."

헤이라스 백작의 얼굴이 시뻘게졌다. 강하게 압박하는

류센의 손을 뿌리칠 수가 없었다. 감탄하기 전에 죽게 생겼다.

다행히 발자크 백작이 뜯어말려 겨우 숨을 돌린 헤이라스 백작.

헥헥 숨을 들이쉬는 그를 본체만체 무시한 류센은 환희에 젖어 있었다.

"엘프라… 엘프! 크흐흐흐."

류센의 음흉한 웃음소리가 낭랑하게 퍼졌다. 옆에 있던 헤이라스 백작과 발자크 백작은 왠지 모를 오한에 몸을 떨었다.

"그럼 일 년간 영지를 잘 부탁드립니다. 퍼킨스 남작이 잘 도와드릴 겁니다."

헤이라스 백작은 작별의 인사를 건네고 마차에 올랐다. 헤이라스 백작과 그의 가족들은 사두마차에 몸을 싣고 황도를 향해 떠났다.

그들은 일 년간 황도에 머물며 즐거운 생활을 할 생각에 마음이 들떴다.

"자, 그럼 일단 드워프부터 만나러 가볼까요?"

헤이라스 백작을 떠나보내고 발자크 백작이 말했다. 엘프 생각에 빠져 있던 류센과는 다르게 헤이라스 백작과 집사인 퍼킨스 남작으로부터 영지의 전반적인 모든 사항을 상세히 전해 받았다.

이곳 영지에는 높고 깊은 산이 많아 엘프와 드워프, 오크 부족까지 존재했다.

당금 세이첸 영지에서 가장 중요한 사항은 바로 드워프와의 계약이었다.

유베리스 황제까지 관심을 보이는 드워프와의 계약.

뛰어난 손재주로 각종 조각상과 강력한 무구들을 만들 수 있는 대장장이들.

특히 드워프가 만든 검이나 갑옷은 같은 재료로 인간 대장장이가 만든 것보다 훨씬 뛰어났다.

군사 대국인 크라이드 제국에서 당연히 드워프제 무기를 갖기 위해 애를 썼다.

하지만 그게 쉽지는 않았다.

먼 옛날 인간들은 드워프의 손재주와 엘프의 미모를 강제적으로 착취했다.

과거에는 인간과 엘프, 드워프가 서로 사이좋게 지냈지만 인간의 욕심으로 그것이 파괴되었다.

결국 참지 못한 엘프와 드워프는 서로 동맹을 맺고 인간들에게 대항하기에 이르렀다.

그들의 숫자는 적지만 드워프가 만든 무구를 입은 엘프는 소드 마스터의 실력을 가졌고, 엘프의 마법을 지원받은 드워프는 전선 최전방에서 용맹무쌍하게 싸웠다.

길고 긴 전쟁에 끝이 안 보이자, 인간과 이종족들은 암묵적으로 휴전을 하게 되었다.

그 휴전이 지금까지 내려오는 것이다. 아주 오래전 전쟁이었음에도 불구하고 서로를 반목하는 것이다.

지금 만약 세이첸 영지의 드워프들을 강제로 착취한다면 다시금 전쟁이 발발할 가능성이 있었다.

하지만 드워프들이 만든 무구가 너무나 엄청나다 보니 유베리스 황제는 어떻게든 동맹을 성사시키라고 명령을 내렸다.

발자크 백작은 드워프와의 동맹만 성사된다면 황태자의 자리는 류센이 따논 당상이라고 여겼다. 헤이라스 백작 역시 다년간 드워프 마을을 찾아갔지만 문전박대를 당하고 말았다. 어렵지만, 어렵기 때문에 성공한다면 황태자는 류센이 확실하다고 생각했다.

"엘프부터 만나러 가죠."

류센은 고개를 흔들었다. 헤이라스 백작이 말한 후부터 엘프의 생각이 머릿속을 떠나지 않았다. 늘씬한 몸매에 도도하고 지적인, 그러면서도 귀엽고 아름다운 외모. 생각만 해도 심장이 두근거렸다.

"헉! 그게 무슨 말씀이십니까? 설명을 들어서 아시지 않습니까. 드워프와 동맹만 맺게 된다면 태자의 자리는 바로 류센 왕자님의 것이 되는 겁니다."

발자크 백작은 펄쩍 뛰었다. 황도에 있을 당시 태자의 자리가 싫다고 류센이 말한 적은 있었다. 하지만 형님인 카센 왕자도 있고 여러 보는 눈을 의식해 예의상 하는 말인 줄 알았다. 여기까지 와서 그런 말을 할 줄은 몰랐다.

하지만 류센은 발자크 백작이 뭐라 하든 고집을 꺾지 않았다.

"거 싫다고 하지 않습니까. 전 엘프부터 만나러 갈 겁니다."

류센이 퉁명스레 말하며 걸음을 옮겼다. 혼자서라도 갈 생각이었기 때문이다.

옆에서 그들의 대화를 듣던 퍼킨스 남작은 어쩔 줄을 몰라 하며 허둥거렸다.

퍼킨스 남작은 세이첸 영지의 집사였다. 영주인 헤이라스 백작으로부터 류센을 잘 모시라는 엄명을 받았다. 하지만 아직 나이가 어린 류센과 류센을 보필하는 발자크 백작을 사이에 두고 갈팡질팡했다.

발자크 백작의 말이 옳지만, 그렇다고 류센을 그냥 둘 수도 없는 노릇이 아닌가.

"왕자님, 다시 한 번 생각해 주십시오. 지금 이건 절호의 기회입니다. 동맹만 된다면 태자의 자리는 바로 왕자님 것입니다.”

발자크 백작이 류센 옆으로 따라붙으며 마음을 돌릴 것을 부탁했다. 하지만 류센은 자신의 고집을 굽히지 않았다.

“싫소. 정 그러면 경이 가서 동맹을 하든지 하시오. 난 엘프를 보러 갈 테니.”

“왕자님!!”

류센의 치기 어린 생각에 발자크 백작은 화가 났다. 자신뿐만이 아니라 수많은 사람들이 류센이 황제가 되기를 바라고 있었다. 그런 사람들의 마음을 저버리는 류센의 행동에 자신도 모르게 소리를 지르고 만 것이다.

우뚝.

거칠 것이 없을 것 같던 류센의 발이 멈췄다. 발자크 백작은 왕자 신분인 류센에게 소리를 친 것이 마음에 걸렸지만 이왕 내친걸음, 쓴소리를 더 하기로 결심했다. 언제까지 어린아이로 볼 수는 없는 노릇이었다.

“왕자님, 지금까지의 왕자님의 행동은 모두 어려서 그렇다고 생각할 수 있습니다. 하지만 이젠 아닙니다. 왕자님의 두 어깨에는 많은 사람들의 소망이 깃들어 있습니다. 다시 한 번 간곡히 부탁드립니다. 저와 함께 드워프 마을로 가시지요.”

발자크 백작의 충심이 가득한 간청. 그를 보는 류센의 얼굴이 살짝 굳어 있었다.

'고지식한 이 아저씨를 어떻게 한담?'

생각 같아서는 감히 왕자인 자신의 앞길을 막는 발자크 백작을 혼내주고 싶었지만 소드 마스터라 쉽지가 않았다. 더욱이 충심을 내세워 말하는 그를 혼내줄 명분도 없었다.

"일단 엘프부터 만나고 드워프를 만나러 가면 안 되겠습니까?"

"드워프와의 동맹이 시급한 문제입니다."

"하지만 드워프와 동맹은 쉽게 될 일이 아니지요. 일단 엘프와 동맹을 맺은 후 드워프를 찾아가면 혹시 쉽게 동맹을 맺을 수 있을지도 모릅니다."

"엘프와 드워프는 서로 사이가 안 좋다고 하던데……."

"바로 그것 때문이지요."

류센은 발자크 백작이 넘어올 듯 보이자 속으로 쾌재를 부르며 얼른 말을 이어갔다.

"그들이 서로 사이가 안 좋다고 하지만 인간들에 비하면 덜한 편이겠지요. 같은 영지에 살면 싫어도 얼굴 정도는 보고 살 것입니다. 엘프와 우호적인 관계가 되면 드워프도 뭔가 생각을 하겠지요. 안 그렇습니까?"

"으음."

발자크 백작은 류센의 말이 일리가 있다고 생각했다. 드워프도 바보가 아닌 이상 엘프가 인간과 동맹을 맺으면 생각을 달리할 터. 분명 이유를 찾을 것이고 잘만 하면 쉽게 동맹을 맺을 수도 있었다. 간단히 말하면 엘프와의 동맹은 드워프와 동맹을 맺기 위한 계획의 수단일 뿐이었다.

"흠, 듣고 보니 왕자님의 말씀이 맞는 것 같습니다. 우둔한 소신이 실수를 하고 말았군요. 용서해 주십시오."

"험험, 까짓것, 용서하죠, 뭐."

"감사합니다."

"그 못생긴 난쟁이들보다 예쁜 엘프부터 보는 게 좋지 않겠습니까? 시작이 반이라고 처음이 좋아야지요."

"하하하! 그렇군요. 그럼 왕자님 뜻대로 하지요."

"역시 발자크 백작님은 화통하십니다."

발자크 백작을 설득하는 데 성공한 류센. 돌아서는 그의 얼굴에는 음흉한 미소가 지어지고 있었다.

엘프(Elf).

태생적으로 자연을 사랑하는 종족이다. 엘프의 여신 엘프라도의 자녀들로서 태어날 때부터 만물을 포용하는 아름다운 종족.

아주 먼 옛날 이 세계가 창조될 때부터 있었던 엘프들은 동

시에 나타난 드워프들과 지금은 몬스터로 불리는 기타 종족
들까지도 모두 어울려 생활했다.

그러나 인간이 엘프를 변질시켰다.

모든 종족들이 이 땅에 내려온 후에 마지막으로 나타난 인
간.

인간은 너무나 약했다. 추위와 더위를 이겨내질 못했고,
미약한 힘과 아둔한 머리로는 이 땅에서 살아갈 수가 없었
다.

모든 종족들이 인간은 멸종될 거라 판명을 내렸다.

한데 인간이 멸종될 절체절명의 위기에서 구해준 것이 바
로 엘프였다.

엘프들은 자신의 힘을 인간들에게 나눠 주었다.

삶의 지식, 활 쏘는 법과 경작하는 방법, 그리고 마법까지
가르쳐 주었다.

엘프들의 열정적인 도움으로 구사일생한 인간들.

하나를 배우면 능히 열을 깨우치는 인간들의 잠재력은 자
신들의 종족을 더욱 번성시켰다.

그리하여 삶을 이어간 인간들은 모든 종족과 화합하며 터
전을 일구어갔다.

하지만 이런 평화는 오래가지 않았다.

욕심.

그 어떤 종족보다, 아니, 모든 종족의 욕심을 합친 것보다
더욱 강한 욕망을 가진 인간들은 이 땅을 지배하고 싶어했다.
그들은 결국 돌이킬 수 없는 짓을 저지르고 말았다.

인간을 제외한 모든 종족들을 배척하기 시작한 것이다.

오크를 비롯한 각종 몬스터 종족들을 사냥하기 시작했고,
드워프를 데려다 강제 노동을 시켰다.

특히 엘프족의 수난은 심했다.

아름다운 외모에 취한 인간들이 서슴없이 엘프를 사냥해
그들을 능욕하기 시작한 것이다.

수많은 엘프가 인간들이에게 짓밟혀 순결을 잃고 목숨까
지 잃었다.

몇 번이나 중단할 것을 요청했지만 인간들은 무시했다. 자
신들의 힘을 과신했기 때문이다.

더 이상 참을 수가 없었던 여러 종족들은 결국 칼을 빼어
들고 인간들을 공격하기 시작했다.

인간들의 힘은 강했지만, 합심한 종족들을 이겨낼 수는 없
는 법.

서로 싸우고 죽이는 피비린내 나는 전쟁이 수백 년간 이어
졌다.

결국 양쪽 다 막심한 피해를 입고 암묵적인 휴전에 들어갔
고 그것이 지금까지 내려오고 있었다. 아주 오래전의 일임에

도 불구하고 아직 그들은 인간을 용서하지 않았으며 지금도
어딘가에서는 서로 칼을 겨누고 있을지 몰랐다.

'쓰읍! 이거 생각보다 심각하네.'

엘프의 마을로 이동하는 도중, 세이첸 영지의 집사 퍼킨스
남작의 고대 역사에 대한 설명이 이어졌다.

류센은 자못 진지한 표정으로 경청했다. 제국 왕자의 신분
을 적절히 이용하면 엘프 하나 정도는 충분히 꼬실 수 있으리
라 생각했건만 상황이 쉽지가 않았다.

'하지만 절대 포기 못하지!'

엘프. 아름답고 순결한 종족. 게다가 능히 천 년은 사는 긴
수명. 수백 년간 유지하는 젊음. 특히나 평생 동안 한 사람만
바라보는 순애보적인 사랑이 마음에 들었다.

한마디로 결혼만 하면 늙어 죽을 때까지 아름다운 엘프의
시중을 받을 수가 있다는 얘기다.

절대로, 절대로 포기할 수 없었다. 반드시 엘프를 데려오고
말 것이라 류센은 다짐했다.

"여깁니다."

"엥?"

퍼킨스 남작이 멈춘 곳은 숲 초입이었다. 주변을 둘러보니
보이는 것이라곤 나무와 우거진 숲밖에 없었다. 류센은 의아
한 표정으로 말했다.

"여기가 엘프들의 마을이란 말인가요?"

"그건 아닙니다. 그냥 여긴 엘프들이 사는 영역 입구입니다."

여전히 고개를 갸웃거리는 류센을 보며 퍼킨스 남작이 쓴 웃음을 머금은 채 말을 이었다.

"여길 보시지요."

류센은 퍼킨스 남작이 가리킨 곳을 바라보았다. 하지만 보이는 거라곤 나무밖에 없었다. 퍼킨스 남작은 나무들을 가리키며 말했다.

"보십시오. 이 나무와 이쪽 나무가 색이 다른 것 같지 않습니까?"

퍼킨스 남작의 손짓에 따라 두 개의 나무를 자세히 살펴보았다. 과연 그의 말대로 나무들의 색이 미묘하게 달랐다. 류센은 신기한 표정으로 물었다.

"아니, 이게 어찌 된 일이지요? 나무의 색이 다르다니……."

류센을 기점으로 오른쪽의 나무는 좀 더 잎이 싱싱하고 가지 수가 많았다. 하지만 왼쪽의 나무는 잎사귀가 약간 누렇고 가지 수도 몇 개 되지 않았다.

"이쪽 나무부터가 엘프들이 관리하는 나무지요. 엘프들은 뛰어난 정원사이기도 합니다. 그들이 나무를 만지기 시작하면 다 죽어가는 나무들도 살릴 수 있을 정도지요.”

“오호!”

자연을 사랑하는 종족에게 딱 어울리는 능력이었다. 류센은 찬탄하며 신기한 듯 나무들을 살펴보았다.

한동안 그러고 있는데 갑자기 발자크 백작이 검을 뽑아 들었다.

스르릉.

쇠를 스치는 섬뜩한 음향이 들리자 퍼뜩 놀란 류센이 정신을 차렸다.

“왜 그러십니까, 발자크 백작님?”

“누군가 있습니다.”

발자크 백작은 경각심을 잔뜩 돋운 채 사빙을 경계하였다. 마나를 잔뜩 끌어올리고 감각을 넓게 퍼뜨렸다. 하지만 정확한 기척이 감지되지 않았다. 그저 저 숲 안에 누군가가 있다는 사실만 알 뿐.

‘엘프인가?’

숲 속에서는 그 어떤 종족보다 강하다는 엘프. 숲에서만큼은 엘프를 이겨낼 종족이 없었다.

“엘프인 것 같군요. 아마 입구의 지킴이 같습니다.”

“오, 엘프!”

퍼킨스 남작의 말에 류센은 반색했다. 드디어 고대하던 엘프를 볼 수 있게 되었다. 기뻐하는 류센이 걸음을 옮기며 말했다.

"거기 엘프님, 좀 나와보세요."

만면에 미소가 가득한 류센이 나무를 지나치는 순간, 숲 안쪽에서 빛이 반짝였다.

쇄애애액!

"왕자님, 위험!"

퍼킨스 남작이 기겁한 채 소리를 쳤고, 발자크 백작은 말없이 재빠르게 몸을 날렸다.

카앙!

"허억!"

새하얀 빛이 자신에게로 날아왔고, 그걸 쳐내는 발자크 백작의 검이 눈앞에서 지나간 후에야 경악성을 터뜨리는 류센.

류센을 공격했던 것은 바로 화살이었다. 평범한 모양의 보통 화살.

"으음."

발자크 백작이 침음성을 흘렸다. 그의 팔이 가늘게 떨리고 있었다. 빠르게 쳐내느라 마나를 제대로 싣지 못했지만, 소드 마스터인 자신이 고작 화살 하나에 팔이 저리다니. 엘프의 궁술은 대륙제일이란 말이 절로 실감이 났다.

“이게 무슨 짓인가!”

자신이 죽을 뻔한 사태에 엘프고 뭐고 화가 난 류센이 소리를 버럭 질렀다.

바스락.

수풀이 좌우로 헤쳐지면서 하나의 인영이 나타났다. 늘씬한 몸매에 큰 눈, 오뚝한 코에 앵두 같은 입술, 허리까지 내려오는 금발. 류센이 상상했던 것 이상으로 아름다운 엘프가 모습을 드러낸 것이다.

“허락 없이 들어오는 자, 이유를 막론하고 죽인다. 특히 인간이라면!”

도도한 표정으로 싸늘히 말하는 엘프. 그 엘프는 인간에 대한 적개심을 나타내었다.

“헤, 예쁘다.”

휘청.

퍼킨스 남작과 발자크 백작의 다리가 휘청거렸다. 장내에 맴돌았던 긴장감이 류센의 말 한마디에 사라져 버렸다.

엘프마저 어이가 없다는 듯 쳐다보았다.

이윽고 발자크 백작이 경악한 채 류센에게 다가왔다. 제국의 왕자가 엘프 앞에서 이게 무슨 추태란 말인가. 그는 귀엣말로 속삭였다.

“왕자님, 엘프가 보는데 이 무슨 추태입니까.”

그 말에 류센이 벌어진 입을 다물었다. 그리고 눈빛으로 발자크 백작에게 고마움을 전했다. 그제야 안도의 한숨을 쉰 발자크 백작. 하지만 그는 아직 류센에 대해 잘 몰랐다.

'뭐든 첫인상이 중요하지. 특히 미인 앞에서는. 침 흘리진 않았겠지?'

속으로 중얼거리며 은근슬쩍 입가로 손을 가져가는 류센. 다행히 침을 흘리는 사태까진 벌어지지 않았다.

류센 역시 안도의 한숨을 쉬고 있을 때, 정신을 차린 엘프가 차갑게 외쳤다.

"흥! 역시 인간족은 음흉하군, 예나 지금이나."

헉! 이미 들켰군.

류센이 인상을 구겼다. 좋은 첫인상은 실패로 돌아갔다. 하지만 여기서 포기할 순 없었다. 실제로 본 엘프의 모습은 자신의 상상을 초월하고도 남았다.

외모는 두말하면 입 아플 정도로 아름답고, 한 손에 착 감길 것 같은 개미허리에 늘씬한 다리, 가냘픈 몸매와는 어울리지 않는 풍만한 가슴.

한마디로 쭉쭉 빵빵이었다.

여자 깨나 울린 바람둥이라도 엘프의 미모에 반할 지경인데 숫총각인 류센이 반하지 않을 도리가 없었다.

류센은 얼굴을 굳힌 채 어떡하면 엘프의 마음을 돌릴 수 있을까 하는 고민에 빠졌다. 저런 미녀와 하룻밤을 보낼 수만 있다면 뭐든 할 수 있을 것 같았다.

그러나 이럴 때 꼭 초치는 인간이 나타나게 마련.

"감히 왕자님께 그런 망발을 하다니! 무례한 엘프 같으니라고! 크라이드 제국의 검이자 왕자님의 기사인 나 발자크가 용서치 않겠다!"

챙!

발자크 백작이 분기탱천한 모습으로 검을 뽑아 들었다.

'어이쿠, 이 인간아! 가만있으면 중간은 간다고! 제발 부탁이다, 좀!'

류센은 기겁한 채 발자크 백작을 말렸다. 성질 같아서는 그의 뒤통수를 때려주고 싶었다.

"왕자라고?!"

엘프가 놀란 표정을 지으며 류센을 바라보았다. 자신의 몸을 음흉스레 쳐다보는 사람이 왕자의 신분이라니…… 황당함이 엘프의 얼굴에 가득했다.

"흥! 이제 와서 사과한다고 해도 이미 늦었다. 왕자님이 받은 수모를 목숨으로 사죄해라."

"아이쿠! 백작님, 참으십시오!"

이 인간이 진짜 미쳤나! 저런 미녀를 죽이겠다니!

검에다 오러까지 일으키는 발자크 백작을 보며 류센은 다급히 그의 앞을 막아섰다.

"왕자님, 이런 수모를 받으면서 엘프와 협상을 맺을 필요가 없습니다. 명령만 내리십시오! 제국의 수백의 기사들과 수십만의 병사들이 있습니다. 엘프족 따위는 하루아침에 쓸어 버릴 수 있습니다."

"저는 괜찮습니다. 아무렇지도 않으니 이제 그만 검을 내려놓으세요."

"저 엘프는 왕자님을 죽이려고 했을 뿐만 아니라, 왕자님의 명예를 훼손했습니다. 왕자님의 명예는 곧 우리 크라이드 제국의 명예! 반드시 죄를 물어야 마땅합니다."

아뿔! 신이시여, 이 인간을 어찌하오리까.

실력만 된다면 발자크 백작을 꽁꽁 묶어 다시 황도로 보내 버리고 싶은 게 류센의 심정이었다.

하지만 소드 마스터를 무슨 수로 제압한단 말인가.

류센은 답답한 마음에 한숨만 푹푹 쉰 채 그저 발자크 백작을 말릴 따름이었다.

"홍! 우리 엘프족은 죽음을 두려워하지 않는다! 와라! 언제든지 상대해 주마!"

발자크 백작이 소드 마스터임을 알고서도 엘프는 추호도 겁을 먹지 않았다. 비록 소드 마스터가 강하다는 건 알고 있지만 이곳은 숲이다. 숲에서는 엘프족을 따를 종족이 없었다.

게다가 마을에 있는 엘프 전사들까지 나오면 소드 마스터 한
명쯤은 무섭지가 않았다. 숲에서만 싸운다면.

"오냐! 어디 한번 해보자!"

분노가 하늘을 찌르는 발자크 백작은 검에다 오러를 응축
시켰다. 그리고 나타나는 오러 블레이드. 소드 마스터만이 할
수 있는 궁극의 비기가 나타났다.

"그만!"

이젠 보통 방법으로는 말릴 수 없다는 걸 깨달은 류센이 버
럭 소리를 질렀다. 그리고 딱딱하게 굳은 표정으로 발자크 백
작을 노려보았다.

"백작님, 이곳의 영주가 누구입니까? 그리고 백작께서 충
성을 바치는 사람이 누구입니까?"

"그, 그야 당연히 왕자님이시지요. 하지만 저 엘프가 왕자
님의 명예를 실추시켰기 때문에……."

위엄을 잔뜩 품은 류센의 포스에 자신도 모르게 어깨를
움츠린 발자크 백작. 이미 검에는 오러 블레이드가 사라졌
다.

"제가 생각하고 제가 결정합니다. 저의 기사라면 의심을
품지 말고 따라오세요."

"끄응! 알겠습니다."

잔뜩 굳은 류센을 얼굴을 보며 발자크 백작이 앓는 소리를

내었다. 힘없이 검을 집어넣고는 다시 류센의 뒤에 버티고 섰다. 그리고 매서운 눈빛으로 엘프를 쏘아보았다. 조금이라도 허튼짓을 하면 가만두지 않겠다는 의지였다.

"휴!"

간신히 사태를 일단락시킨 류센은 한숨을 내쉬었다. 그리고는 씁쓸한 표정을 지었다.

'오늘은 글렀군.'

이 난리를 쳤으니 엘프 마을을 방문하기란 요원한 일. 당장 경각심을 잔뜩 세우고 있는 저 엘프를 설득시키지 않으면 들어가기 힘들 듯했다. 힘으로 하자면 못할 것도 없지만 저런 미녀에게 어찌 주먹을 휘두른단 말인가.

류센은 안타까운 심정으로 엘프를 바라보며 말했다.

"선대의 실수로 엘프족에게 씻을 수 없는 상처를 입힌 점, 깊이 사과드립니다. 고작 말 몇 마디로 엘프족의 분노를 잠재울 수는 없다는 걸 잘 압니다. 하지만 언제까지 서로 싸우고만 지낼 수도 없지 않습니까? 이건 양 종족과의 새로운 평화를 위해서입니다. 부디 다시 한 번 생각해 보시고 판단하시길 바랍니다."

류센은 살짝 고개를 숙이는 것으로 예의를 표하고 발걸음을 돌렸다. 과정은 엉망진창이었지만 어찌 되었건 잘 마무리를 해놔야 다음에 왔을 때 엘프를 설득할 수 있을 거라 생각했다.

'뭐, 열 번 찍어 안 넘어가는 나무가 없다고 했지.'

류센은 그렇게 생각하며 아쉬움을 달랬다. 아직 시간은 충분했다. 자신의 말에도 조용한 엘프의 모습에서 나름 긍정적으로 판단했다.

류센이 떠나는 모습을 엘프 트리엔은 묘한 눈빛으로 바라보았다.

'도대체 입으로 소드 마스터가 되었나? 왜 이렇게 잔소리가 심해?'

영지로 돌아온 류센은 아직도 귀가 멍멍했다.

엘프와 헤어진 후 드워프 마을로 가서 동맹을 맺어야 한다고 목에 핏대를 세우며 소리친 발자크 백작. 하지만 류센은 못생기고 난쟁이인 드워프들을 보고 싶은 마음이 조금도 없었다. 게다가 동맹을 맺으면 황태자 시험에서 유리한 점수를 얻게 되었기에 마뜩치가 않았다.

류센은 피곤하다며 다시 영지로 돌아가 휴식을 취하고 싶다고 말했다.

하지만 발자크 백작은 입에 거품을 물며 잔소리를 퍼부었고, 그 덕분에 영지로 오는 내내 류센의 귀가 고통을 당했다.

영지로 돌아온 류센은 혼자 쉬고 싶다며 발자크 백작을 쫓아내었다.

"에효, 팔자려니 해야지."

류센이 나직이 한숨을 쉬었다. 다 제국을 위한 충성심의 발로라고 생각하니 뭐라고 탓할 수도 없는 노릇. 그저 참는 수밖에 도리가 없었다.

류센은 지끈거리는 머리를 흔들며 푹신한 의자에 몸을 뉘었다. 류센이 머무르는 방은 영주가 지내는 방으로써 각종 장식물로 아름답게 꾸며져 있었다. 한쪽에는 업무를 볼 수 있게 책상까지 놓여 있었다.

류센은 방 안에 꾸며진 장식품들을 심드렁한 표정으로 구경했다. 나름 멋있게 꾸몄지만 황궁에 있는 것보다 대단한 건 없었다. 이리저리 방 안을 구경하던 중 한쪽에 비치된 책상이 눈에 들어왔다.

그리고 책상 위에 있는 서류를 한 장 펼쳐 들었다.

"인구 조사라……."

아마 전 영주였던 헤이라스 백작이 하던 업무 중 하나일 것이다.

별 생각 없이 서류를 훑어보던 류센의 눈동자가 순간 반짝였다.

세이첸 영지는 한때 한 나라의 수도답게 상주 인원이 무려

백만 명에 달했다. 영지치고는 상당히 많은 인구 수였다.

"백만 명, 그렇다면 여자만 해도 오십만 명이라……."

성비 균형이 안정적이었다. 류센은 문득 발자크 백작이 몇 번이나 강조했던 말이 떠올랐다.

"왕자님, 일 년입니다. 그 짧은 시간 안에 드워프와 동맹을 맺어야 합니다. 특히 엘프마저 동맹을 맺게 된다면 태자의 자리는 왕자님 것입니다. 왕자님, 일 년입니다. 고작 일 년 안에 왕자님의 능력을 보여야 합니다."

귀에 딱지가 앉도록 그 소리만 하던 발자크 백작. 류센은 새삼 느껴지는 바가 있어 크게 고개를 끄덕였다.

"일 년! 그 안에 반드시 하고 만다, 이번엔 꼭!"

류센의 두 눈에는 불꽃이 활활 타올랐다. 엘프의 아름다운 몸매가 머릿속을 스쳐 지나갔다.

다음날 아침부터 퍼킨스 남작과 발자크 백작의 방문을 받은 류센. 발자크 백작이야 마찬가지로 드워프와의 동맹 얘기를 하였지만, 퍼킨스 남작은 다른 말을 꺼냈다.

"왕자님께서 일 년간 영지를 다스릴 것을 공표하고 영지 내 귀족들을 모아 파티를 벌였으면 합니다. 그리고 영지를 시찰해 백성들에게 한 번쯤 모습을 보여주는 것도 좋을 거라 생각됩니다."

"음……."

퍼킨스 남작의 말에 류센은 고개를 끄덕였다. 일 년짜리 단기 영주지만 그래도 얼굴 한 번 비춰주는 것이 예의였다. 제국의 왕자가 왔는데 백성들이 관심조차 없다면 그것 역시 우스운 일이었다.

"그럼 시가지 행진을 하면서 드워프 마을로 가도록 하시지요."

어떻게든 류센을 드워프 마을로 데려가려는 발자크 백작. 헤이라스 백작이 황도로 떠난 후, 실질적으로 영지를 관리하는 퍼킨스 남작의 의견을 무시할 수도 없는지라 일거양득의 효과를 볼 수 있는 생각을 제시한 것이다.

"그럼 그렇게 합시다."

류센은 수락했다. 언제까지 피해 다닐 수는 없는 법. 어차피 드워프 마을에 갈 거면 후딱 해치우는 편이 나았다.

"크라이드 제국 만세!"

"류센 왕자님 만세!"

이미 준비가 다 되었는지 거리에는 수많은 사람들이 나와 있었다. 길 양쪽으로 많은 사람들이 모여 손을 흔들며 환호성을 질렀다.

텅 빈 중앙을 류센 일행이 천천히 걸음을 옮기고 있었다. 선두에 선 류센은 만면에 부드러운 미소를 지으며 손을 살짝 흔들며 백성들의 환호에 화답했다. 류센의 주변에는 발자크 백작을 비롯한 영지 내 기사들과 병사들이 눈을 부라리며 철통같이 경계를 하고 있었다.

'에고, 이 짓도 못하겠네.'

최대한 천천히 걸으며 미소를 지우지 말라는 퍼킨스 남작의 부탁에 류센의 안면 근육은 마비 상태에 이르렀다. 당장 쉬고 싶은 마음이 굴뚝같았지만 그놈의 제국 명예가 있는지라 억지로 할 수밖에 없었다. 문득 전생의 연예인들이 생각나는 류센. 자신 역시 지금은 꼭두각시 인형이 된 듯했다.

"저기, 왕자님, 괜찮으시다면 영지민들에게 가까이 다가가 손이라도 한 번 잡아주시면 안 되겠습니까?"

퍼킨스 남작이 살며시 다가와 말했다. 별 생각 없이 고개를 끄덕인 류센이 가까이 있는 사람들에게 다가갔다. 류센 옆에서 근접 경호를 하고 있던 발자크 백작은 한껏 긴장한 표정이었다. 혹여나 불온한 마음을 품은 세력이 있을까 걱정되었던 것이다.

실제로 세이첸 영지의 사람들은 크게 두 부류로 나뉘어졌다. 20년 전 전쟁을 겪은 구세대와 그 후에 태어난 신세대들 간에 반목이 심했다. 사십 세 이상 구세대들은 여전히 크라이드 제국을 싫어했지만 그 강대한 힘에 두려워 표출을 못했고, 이십 세 전후 신세대들은 제국의 뛰어난 문물과 문화에 한껏 매료된 상태였다.

지금도 류센과 악수를 하고 있는 중년남자는 떨떠름한 표정으로 악수를 하고 있었다.

퍼킨스 남작은 그 모습에 남 몰래 한숨을 쉬었다. 류센에게 무리한 부탁을 한 이유도 전후 세대의 그런 반목을 알고 있기 때문이었다. 서로 화합하는 것까진 무리겠지만 최소한 젊은 세대들은 류센을 보고 제국에 대한 충성심이 더욱 높아질 터. 그걸로 만족해야겠다고 생각했다.

자신을 따르는 이들의 속이 타는 줄도 모른 채 천진하게 웃고 있는 류센. 순간 이상한 것이 보였다.

"어라?"

거리에 모인 인파와 동떨어진 곳에 추레한 모습의 사람이 보였다. 작고 왜소한 체구에 더러운 로브를 뒤집어쓴 채 쪼그리고 앉아 있는 모습이 거지와 다를 바 없었다.

류센은 주변에 모여든 사람들을 헤치고 그 거지에게로 다가갔다. 나름대로 화려한 옷을 입은 채 모여든 사람들과 다른 모습에 순간 동정심이 생겼다.

"와, 왕자님."

발자크 백작이 기겁한 채 류센을 쫓았다. 퍼킨스 남작 역시 기사들과 병사들을 이끌고 따라갔다.

"흠, 거지네."

예상대로 영락없는 거지였다. 벽에 머리를 기댄 채 가만히 있는 게 잠을 자는 것 같았다. 갈색 머리카락이 아무렇게나 헝클어져 얼굴을 뒤덮었고 더러운 흑색 로브는 거지의 몸을 완벽히 감싸고 있어 얼굴이나 체구를 정확히 알 수 없었다. 그저 왜소한 모습이라고 대충 생각되었다.

"퍼킨스 남작, 영지 내에 거지가 있다니 이게 어찌 된 일입니까?"

"죄, 죄송합니다, 왕자님."

퍼킨스 남작이 식은땀을 흘리며 기사들에게 눈짓했다. 눈치 빠른 몇몇 기사들이 거지를 치우기 위해 몸을 움직였다. 그들은 왕자인 류센이 거지를 보게 되어 기분이 상했을 거라 생각했지만 오히려 반대였다.

"지금 무슨 짓인가?"

막 거지를 치우려던 기사들이 류센의 말에 엉거주춤 멈췄다. 퍼킨스 남작 역시 고개를 갸웃거리며 류센을 바라보았다.

"영지를 어떻게 관리했기에 거지가 있냐는 말입니다."

가라앉은 류센의 음성이 화가 났음을 보여주고 있었다. 그제야 깨달은 듯 퍼킨스 남작이 급히 허리를 굽혔다.

"죄, 죄송합니다, 왕자님. 곧 조치를 취하도록 하겠습니다."

마치 자신이 죄지은 양 굽실거리는 퍼킨스 남작이 안쓰러워 보였는지 발자크 백작이 두둔하고 나섰다.

"왕자님, 남작이 무슨 죄가 있겠습니까. 이십 년 전 전쟁 피해 복구를 하느라 미처 여기까진 손길이 미치지 못했을 겁니다. 그나마 지금까지 피해 복구에 주력했기에 무너진 성과 가옥들을 고쳤지 않습니까. 게다가 대다수 백성들이 이제는 살 만해졌으니 조금만 더 노력한다면 이런 거지들도 더 이상은 보이지 않을 겁니다."

그 말에 류센은 조금 부드러워진 표정으로 말했다.

"음, 그래도 우리 제국 안에 거지가 있다는 것은 제국 명예에 심각한 타격입니다. 퍼킨스 남작의 수고를 내 어찌 모르겠습니까. 다만 앞으로 좀 더 신경 써주세요."

"네, 유념하겠습니다."

류센이 정말 제국 명예를 위해 말한 것은 아니었다. 다만 전생에서 워낙 가난하게 살아온지라 거지를 보는 순간 측은지심이 발동되어 퍼킨스 남작에게 화를 낸 것뿐이었다.

"으음."

주변이 시끄러워지자 잠에서 깨어난 거지. 눈앞을 가리는 머리칼을 치우자 드디어 얼굴이 드러났다.

"어?"

거지의 얼굴이 드러나자 류센이 놀랐다. 얼굴을 다 가린 머리칼 때문에 몰랐는데 이제 보니 아직 어린아이였다. 게다가 겨우 예닐곱 살 되었을 법한 어린 소녀.

류센의 동정심이 다시금 나타났다.

"아이쿠, 이거 꼬마 공주님이 여기서 잠을 자면 어떡하나?"

"으응?"

류센이 다가가자 무서운 듯 몸을 움츠리는 거지 소녀. 류센은 두 손바닥을 보이며 안심하라는 제스처를 취했다. 그 모습에 눈만 동그랗게 뜨는 소녀. 그 표정이 너무나 귀여워서 류센은 자신도 모르게 소녀의 머리를 쓰다듬었다.

"괜찮아. 널 괴롭히는 사람은 아무도 없어."

입가에 미소를 그리며 부드럽게 말하는 류센. 뒤따르던 퍼킨스 남작과 발자크 백작 역시 억지로 입가를 찢어 미소를 만들었다.

"헤."

그제야 경계심이 풀린 소녀도 하얀 이를 보이며 미소를 지었다. 그걸 본 류센은 안심하고 소녀를 살포시 안았다.

"웃챠!"

체구보다 훨씬 큰 로브를 입은 탓에 로브 끝이 바닥에 쓸렸다. 그리고 로브에 묻은 먼지가 류센의 옷을 더럽혔다. 하지만 류센은 개의치 않았다. 천진난만한 소녀의 순수한 미소를 보니 너무나 귀엽다는 생각밖에 들지 않았다.

"왕자님, 옷이 더러워집니다. 그만 내려놓으시지요. 저희가 아이를 보살피겠습니다."

"아직 어린 소녀가 거지가 되었다는 것은 다 제국이 제대로 백성들을 살피지 못한 탓입니다. 저 역시 황실의 일원으로서 그 책임이 있다고 할 수 있지요. 저는 괜찮으니 신경 쓰지 마십시오."

"왕, 왕자님……."

감동한 표정으로 고개를 숙이는 발자크 백작. 퍼킨스 남작 역시 감격한 표정이었다. 구경하던 많은 사람들의 표정도 마찬가지.

꼬르륵.

마음이 풀린 탓일까? 류센의 품에 안긴 소녀의 배에서 밥을 달라고 소리쳤다. 소녀의 얼굴이 새빨개졌다.

"하하하!"

류센은 호탕하게 웃으며 주변을 두리번거렸다. 거리에 빵을 팔고 있는 상점을 찾아 그곳으로 움직였다. 그리고 좌판에 나와 있는 빵을 하나 들어서는 소녀에게 주었다.

"퍼킨스 남작이 계산해 주시고, 누가 우유 좀 가져오세요."

배가 고팠는지 허겁지겁 빵을 뜯어 먹는 소녀. 이 귀여운 소녀가 체할까 싶어 류센은 명령을 내렸다.

"꿀꺽꿀꺽, 헤헤헤, 오빠 최고!"

아직 어리다 보니 왕자의 신분이 무엇인지 모르는 소녀. 하지만 고마움을 표해야 한다는 걸 알기에 나름대로 자신이 알고 있는 단어를 조합해서 말했다.

"어허, 감히 왕자님께!"

"아아, 됐습니다. 아직 어린아이지 않습니까?"

발작하려는 이들을 말리고 소녀를 바라보는 류센. 얼굴 반을 차지하고 있는 커다란 눈망울이 요리조리 움직이는 게 너무나도 귀여웠다. 조그마한 입술을 쉴 새 없이 움직이며 빵을 뜯어 먹는 모습이 마치 강아지를 보는 듯했다.

"이름이 뭐니?"

"우걱우걱! 루나예요."

"그래, 루나야. 천천히 먹으렴. 빵은 많단다. 근데 부모님은 어디 계시고 혼자 이러고 있니?"

류센의 물음에 빵 뜯는 걸 멈춘 루나. 류센은 순간 후회가 되었다. 아직 어린아이가 거리에 홀로 돌아다닌다는 것은 무엇을 뜻하겠는가. 아니나 다를까.

"흑흑, 엄마 아빠는……."

"돼, 됐다. 말하지 마. 어서 빵 먹으렴."

"흑흑, 우걱우걱!"

울면서 빵을 뜯는 루나를 살포시 안아준 류센. 품 안에 쏙 들어오는 루나의 체구가 가늘게 떨렸다.

'이걸 내가 데려가 키울까?

이렇게 귀여운 여자 아이를 키우는 재미가 꽤나 쏠쏠할 것 같았다. 아직 어린 소녀지만 외모를 보아하니 장성하면 반드시 미인이 될 게 분명했다.

옛 성현들께서도 이런 말씀을 남기지 않았던가.

잘 키운 영계 한 마리, 열 아가씨 안 부럽다!

다시 한 번 루나의 얼굴을 살펴보아도 분명 미녀로 자랄 것이 확실했다.

'진짜 한번 키워봐? 헉! 내, 내가 지금 무슨 생각을……. 으아악! 이러다 진짜 변태 되겠다. 급하다, 급해. 빨리 여자를 사귀어야 하는데……. 얼른 그 짓(?)을 해야 이런 생각이 안 들지. 끄악! 미치겠다. 이젠 로리타 변태가 되게 생겼네.'

류센은 순간 떠오른 자신의 생각에 미칠 것만 같았다. 아직 채 자라지도 않은 어린 소녀에게까지 음심(淫心)을 품다니.

"응? 오빠, 왜 그래?"

혼자 발광하는 류센을 루나는 순진무구한 표정으로 바라
보았다. 그 모습이 류센의 양심을 콕콕 찔렀다.

“루나야, 미안하다. 오빠가 죽일 놈이야.”

“……?”

이해할 수 없는 말에 루나는 고개를 갸우뚱거렸다.

Chapter 6
세이렌 왕국 부활 조직

잡화점을 운영하고 있는 토비는 멀어져 가는 류센 일행을 보며 중얼거렸다.

"휴, 제국의 왕자가 이곳까지 올 줄이야……. 그나저나 제법 괜찮은데? 난 왕자랍시고 거들먹거릴 줄 알았더니, 역시 제국은 제국이야. 뭔가 달라. 안 그래, 브리언트?"

"헤헤, 네, 뭐……."

종업원인 브리언트는 주인의 말에 그저 머리를 긁적이며 답했다. 그 모습에 싱거운 듯 피식 웃은 토비가 말했다.

"후후, 네가 아직 어려서 잘 모르는 거야. 아무튼 세이렌 왕국은 이제 완전히 끝났군. 뭐, 크라이드 제국처럼 큰 나라 안에 속하는 것도 괜찮지. 퍼킨스 남작도 좋은 귀족이고. 에구, 나도 모르겠다. 어서 일이나 하자."

상점 물건을 옮기며 부산하게 움직이는 토비. 브리언트가 다가와 난감한 표정으로 말했다.

"저, 토비 아저씨, 급한 일이 생겨서 그런데 잠시만 나갔다 오면 안 될까요?"

"응? 허허, 갑자기 일이라니……. 옳거니! 너 요새 메리스 랑 사귄다고 하더니, 흐흐, 좋을 때다. 얼른 가봐."

"헤헤, 이해해 주셔서 감사합니다."

부끄러운 듯 몸을 꼬던 브리언트는 넙죽 고개를 숙이고 후다 닥 상점을 나섰다. 토비는 그저 흐뭇한 시선으로 바라보았다.

꾸벅꾸벅.

성내 구석에 위치한 세이첸 영지의 유일한 골동품 가게의 주인인 페라스는 아침부터 졸고 있었다. 머리칼이 희끗희끗 한 노년의 나이인 페라스. 이곳에서 태어나 여태껏 영지를 벗 어나 본 적이 없는 그는 세이첸 영지의 산증인이었다.

"페라스 할아버지!"

"으응?"

자신을 부르는 소리에 게슴츠레 눈을 뜬 페라스. 눈앞에는 브리언트가 서 있었다. 지금 이 시간에 잡화점에서 일하고 있을 브리언트가 나타나자 의아한 표정으로 바라보았다.

페라스가 깨어난 걸 본 브리언트는 상점 주변을 두리번거렸다. 골동품 가게가 워낙 장사가 안 되는 품목이었고, 가게 역시 구석에 위치한지라 근처를 지나다니는 사람은 보이지 않았다. 하지만 브리언트는 세심하게 주변을 살폈다.

사람이 없다는 걸 확인했지만 그래도 안심이 되지 않는지 조용한 음성으로 말했다.

"장미 한 송이를 가져왔습니다."

브리언트의 엉뚱한 말. 전혀 골동품 가게와 어울리지 않는 말이었지만 반쯤 눈을 뜬 페라스의 눈동자가 크게 떠졌다.

"장미, 장미란 말이지……."

페라스는 자리에서 일어나 가게 한쪽에 비치된 탁자를 끄집어내었다. 탁자 뒤편으로 벽이 아닌 철문이 하나 덩그러니 나타났다. 문고리를 잡고 당기자 약간의 마찰음과 함께 문이 조금 열렸다. 겨우 한 사람이 비집고 들어갈 수 있는 작은 틈.

브리언트는 다시 한 번 가게 밖을 훑어보았다. 사람이 없다는 걸 확인하고 긴장한 표정으로 그 문틈 사이로 몸을 집어넣었다.

브리언트가 들어가자마자 페라스는 재빨리 문을 닫고 다시금 탁자를 옮겨놓았다. 그리고 탁자 위에다 먼지 묻은 골동품들을 한가득 올려놓았다.

"오랜만에 보는 장미로군."

모든 걸 원상태로 만들어놓은 후에야 안심한 듯 중얼거리는 페라스. 장미는 가시가 있는 아름다운 꽃이다. 하지만 이미 망해 버린 세이렌 왕국의 국화(國花)이기도 했다.

"브리언트."

"네, 대장님."

어두운 공간. 자그마한 촛불 하나만이 어둠에 반항해 보지만 미약할 따름이었다. 가까이 마주한 사람만 겨우 형체를 알아볼 수 있을 정도로 방 안은 어두컴컴했다.

"소문이 사실이더냐?"

"그렇습니다. 분명 제국의 이(二)왕자 류센이었습니다."

"으음."

브리언트와 마주한 사람이 침음성을 흘렸다. 그 사람의 이름은 로슈마하. 세이렌 왕국 부활 조직의 대장이었다.

세이렌 왕국 멸망 후 이십 년간 조직을 이끌어온 존재. 그리고 세이렌 왕국의 마지막 남은 왕족이기도 했다.

부활 조직이 결성된 초반에만 하더라도 곧 왕국을 부활시킬 수 있으리라 생각했다. 전국 각지에서 반란이 일어났고, 국민들 역시 조직에게 음으로 양으로 도움을 주었기 때문이다. 특히 카르센 황제 사후 정말 왕국을 부활시킬 뻔했다.

하지만 안타깝게도 제국의 대규모 파병과 대대적인 공세로 조직은 큰 타격을 입고 말았다. 꺼질 줄 모르고 전국 각지에서 일어났던 부활 운동이 하나둘 사라지기 시작했다.

이제 유일하게 남은 부활 조직이 바로 이곳이었다. 부활 운동의 중심이었고 세이렌 왕국의 수도였던 곳답게 많은 순열 지사들이 있었다. 그러나 지금은 대다수가 죽고 몇몇 남은 사람이 겨우겨우 조직을 이끌고 있었다.

많은 충신들이 죽은 것은 크나큰 타격이지만 그것보다 조직을 더 힘들게 하는 것이 있었다.

바로 국민들의 냉대였다.

그들은 이제 더 이상 조직을 위해 도움을 주지 않았다. 왕국의 부활보다 자기 목숨을 더 중요시 여겼다. 더욱이 전쟁 이후 태어난 세대들은 대부분이 세이렌 왕국을 잊고 크라이드 제국에 충성을 바친다는 게 조직에겐 엄청난 타격이었다.

수많은 인재가 죽고 국민들 역시 부활 조직에 관심을 보이지 않는다. 사방팔방으로 적들에게 둘러싸여 있는데 더 이상의 지원은 없었다. 총체적인 문제가 가득해 조직의 존립마저 위태로울 지경이었다.

이런 위기에 직면한 부활 조직에 희소식이 들려왔다.

제국의 왕자가, 그것도 다음 대 황제에 오를지도 모를 왕자가 이곳으로 온 것이다. 로슈마하는 그걸 확인하기 위해 얼마 남지 않은 사람들을 총동원했고, 지금 브리언트가 보고하고 있었다.

"조직의 사활이 걸렸다. 우리가 왕자를 죽일 수만 있다면 국민들은 다시금 부활 조직에 관심을 보일 것이다. 반드시, 반드시 왕자를 죽여야만 한다!"

로슈마하는 국민들의 무관심에 조직이 자멸되는 걸 막기 위해 총력을 기울이기로 결심했다.

드워프들은 광산에서 광물을 채취하여 그걸로 각종 물건을 만들어낸다. 드워프들은 타고난 광부이자 뛰어난 대장장이들이었다. 게다가 힘든 광산 일을 하다 보니 드워프들의 힘은 오우거와 비등할 정도로 강력했다. 실제 오우거와 싸우면 잡아먹히겠지만 오크 몇 마리 정도는 간단하게 해치울 수 있을 정도였다. 특히 자신들이 만든 무구를 입으면 오우거와도 어느 정도 대등하게 싸울 수 있었다. 언제나 술을 가까이 하고 무언가 만들기를 좋아하는 호탕한 종족. 바로 드워프들이었다.

"헥헥! 아직 멀었습니까?"

"거의 다 와갑니다, 왕자님. 익스퍼트 급 기사인 왕자님이 겨우 산 좀 탔다고 숨이 거칠어지시다니… 요새 훈련을 게을리

하서서 그런가요? 당장 내일부터 저와 수련을 같이 하시지요."

"됐습니다!"

수련할 시간이 어디 있나. 어떻게든 일 년 안에 해결(?)을
봐야 하는데.

"그럼 루나라도 저에게 주시지요."

"그것도 됐습니다!"

루나는 아직도 류센의 품에 안겨 있었다. 힘들지만 품 안에
쏙 들어오는 루나가 귀여워 미칠 지경이었다.

'아, 이 보송보송한 볼 좀 봐. 부드러운 피부는 또 어떻고.'

자신은 로리타 취향이 아니지만 천사 같은 루나의 모습이
마음을 흔들었다. 얼른 여자를 꾀어 애부터 낳아야겠다고 생
각했다.

"케리몬, 아직 멀었나?"

루나와 부비부비(?)하고 있는 류센을 내버려 두고 발자크
백작은 자신 옆을 따르는 이를 보고 말했다.

"네, 저 산만 넘으면 됩니다."

"흠. 어서 안내하게."

케리몬은 발자크 백작의 독촉에 고개를 조아린 채 잰걸음
으로 나섰다. 케리몬은 영지 주변의 산에서 사냥을 하며 생활
하는 사냥꾼이었다. 드워프 마을로 가는 지름길을 안다기에
안내를 부탁했다.

우거진 수풀을 헤치며 가는 케리몬. 루나와 장난치고 있는 류센을 보는 그의 눈에서 사이한 빛이 흐르고 있었다.

웅장한 산들이 즐비한 깊은 숲 속에 드워프 마을이 존재했다. 이 험악한 숲 속에는 각종 몬스터도 있지만 드워프들에게는 위협이 되지 못했다. 타고난 전사이기도 한 드워프들은 몬스터와 싸우며 숲을 개척해 갔고, 광산을 개발했다.

젊은 드워프들이 순번을 정해 마을 주변을 순찰하며 터전을 지키는 드워프들. 오늘 순찰 드워프는 바타스였다.

바타스 역시 뛰어난 대장장이이며 전사지만, 단순무식한 다른 드워프들과는 달리 생각이 깊기로 유명했다.

경각심을 잔뜩 세운 채 순찰을 돌고 있는 바타스. 언제 몬스터들이 공격해 올지 모르기 때문에 한시도 경계를 늦출 수 없었다.

"웅? 저건… 인간들인가?"

수풀 사이로 무언가 움직임을 포착한 바타스가 눈을 부릅뜨고 자세히 살피자 인간의 모습이 보였다.

"후! 또 동맹을 청하기 위해서인가? 거참, 장로님도, 이제 그만 화를 푸실 때도 됐건만……"

이미 헤이라스 백작이 몇 차례 찾아온 전례가 있으므로 경계심을 거둔 바타스가 한숨을 쉬며 말했다.

작금 드워프 마을은 크게 두 부류로 나뉘어져 있었다. 마을의 최고 어른인 장로를 위시한 노(老) 드워프들은 인간과의 동맹을 싫어했고, 바타스를 비롯한 젊은 드워프들은 인간들과의 동맹을 맺고 싶어했다.

늙은 드워프들은 오랜 기간 살면서 인간의 잔악한 심성을 알고 있기 때문에 동맹을 수락할 수 없었다. 또다시 인간들에게 붙잡혀 노예로 살고 싶은 생각이 없었다. 게다가 먼 옛날에 발생했던 종족 전쟁이 다시금 발발하지 않을 거란 보장도 없었기 때문이다.

하지만 젊은 드워프들은 자신의 힘을 믿었다. 더욱이 자존심 강한 드워프들은 서로가 만든 작품을 인정하지 않았다. 이따금씩 오는 인간들이 자신들이 만든 작품을 보고 크게 감탄하는 모습을 본 드워프들은 인간과 다시 교류를 맺기를 바라고 있었다.

젊은 드워프들의 생각에서 가장 앞서 나가는 바타스는 점점 다가오는 인간들을 보며 어떻게든 자신의 생각을 관철시켜야겠다고 결심했다.

"음? 처음 보는 인간들이 많은데…… 이상하군. 그 헤이라스 백작인가 하는 사람은 보이질 않는데… 어찌 된 일이지?"

바타스는 고개를 갸웃거렸다. 퍼킨스 남작을 제외한 다른 인간들은 모두 처음 보는 얼굴이었다.

의아함을 느낀 바타스. 그 표정을 읽은 퍼킨스 남작이 한 발 나서며 말했다.

"그간 안녕하셨습니까, 바타스님."

"오오, 퍼킨스 남작. 오랜만이군요."

바타스는 젊은 드워프지만 이미 이백 살이 넘었다. 수명이 칠팔백 년 되는 드워프. 게다가 종족 자체가 다르다 보니 서로 간을 존중하는 수준에서 예의를 지켰다.

"음, 그나저나 못 보던 인간들이 많은데… 헤이라스 백작은 어디 가고?"

"하하! 백작님께서는 황도에 가셨습니다. 앞으로 일 년 동안은 여기 계신 류센 왕자님께서 영지를 이끄실 겁니다."

"와, 왕자라고?!"

퍼킨스 남작의 말에 바타스의 눈동자가 크게 떠졌다. 인간과 동맹을 맺고 싶어하는 바타스는 인간에 대해 나름대로 공부를 했다. 왕자라 함은 굉장히 높은 직위의 인간이란 것도 알고 있었다. 왕이 없는 드워프 사회다 보니 거의 장로 급에 버금가는 직위였다.

"왕자님, 이쪽은 바타스라는 드워프입니다."

퍼킨스 남작의 말에 류센은 물끄러미 바타스를 내려다보았다. 말 그대로 내려다보았다. 자신의 허리 정도밖에 오지 않는 작달막한 키에 머리는 크고 얼굴은 눈, 코, 입이 모여 있는데다가 근육이 비정상적으로 발달한 이상한 괴물 같았다.

류센은 드워프를 처음 본 감상평을 짧게 말했다.

"정말 못생겼군."

"허걱!"

퍼킨스 남작의 숨넘어가는 소리가 들렸다. 발자크 백작의 몸이 비틀거렸다.

"뭐, 뭐라?! 감히 미개한 인간족이 지금 뭐라고 했는가?!"

바타스의 분노가 하늘을 찌를 듯했다. 왕자가 찾아왔다는 말에 나름 예의를 차리려고 했던 바타스는 모욕적인 말을 듣고 참을 수가 없었다.

"아이고, 왕자님. 왜 이러십니까? 사과하십시오. 이러면 동맹이 성사되기 힘듭니다."

퍼킨스 남작이 파래진 얼굴로 부탁했다. 하지만 류센은 콧방귀만 뀔 뿐 가타부타 다른 말이 없었다. 이미 오면서 드워프들에 대한 제반 사항을 모두 들었다. 젊은 드워프들이 인간과 동맹을 원하고 있다는 사실까지 퍼킨스 남작으로부터 들은 것이다.

'흥! 못생겼다, 못생겼다 소문은 들었지만 이건 진짜 너무했군. 차라리 잘됐어. 어차피 동맹을 하기 싫었는데 잘됐군. 이걸로 파토 내고 엘프를 꼬실 궁리나 해야겠다.'

황제가 되기 싫었던 류센은 상상보다 더욱 못생긴 드워프를 보며 속으로 안도했다. 행여나 엘프처럼 예뻤다면 곤란했을 터. 짐짓 오만한 표정을 지으며 바타스를 깔보듯 내려다보았다.

"이이익! 감히 인간 따위가 드워프를 깔보다니……!"

바타스는 분노가 머리끝까지 올라 얼굴이 붉게 변했다. 근육이 울퉁불퉁 솟으면서 자신의 키보다 훨씬 큰 전투 도끼를 불끈 쥐었다.

당장이라도 달려들 기세에 가장 당황한 건 발자크 백작이었다. 류셴의 호위인 탓에 드워프가 공격해 온다면 막아야 하지만 그렇게 되면 동맹이 성사될 수 없었다. 결국 동맹을 하지 못한다면 태자의 자리는 물 건너간 것. 이러지도 저러지도 못하고 전전긍긍했다.

당장이라도 칼부림이 일어날 듯한 일촉즉발의 상황.

"무슨 일인가, 바타스?"

무거운 분위기를 뚫고 들려온 목소리. 바타스가 깜짝 놀라 돌아보았다.

"자, 장로님."

일단의 드워프 무리가 장내에 나타났다. 그들 중에 마을 최고 어른인 장로까지 섞여 있는 걸 본 바타스가 기겁한 채 허리를 숙였다.

팔백 년을 넘게 산 드워프 화이어프론. 그는 대륙 곳곳에

산재한 여러 드워프 중에서도 가장 오래 산 드워프이며 드워프 최고 연장자로서 모든 드워프들의 존경을 한 몸에 받고 있었다.

"무슨 일이냐고 물었다, 바타스."

"아, 예. 여기 인간들이 동맹을 맺기 위해 찾아왔습니다."

드워프 장로 화이어프론은 주글주글한 얼굴을 돌려 류센을 바라보았다. 다른 드워프들과는 다르게 근육도 없고 피부도 축 처졌지만 두 눈만큼은 불꽃처럼 반짝였다.

"그대는 누구인가?"

인간들에게 둘러싸인 류센이 보통 인물이 아닌 걸 깨달았는지 화이어프론이 물었다.

"하하하! 이분은 크라이드 제국의 류센 왕자님이십니다, 장로님."

행여나 화이어프론에게까지 막무가내로 나갈까 싶어 퍼킨스 남작이 얼른 나서서 말했다.

하지만 화이어프론은 여전히 류센을 바라보고 있었다. 그의 대답을 원한다는 뜻. 류센은 어쩔 수 없이 고개를 숙였다. 드워프 최고 어른에게까지 들이댈 만큼 나쁜 성격은 아니었다.

"예, 제가 크라이드 제국의 왕자 류센입니다."

그제야 만족한 듯 살포시 미소를 지은 화이어프론. 다시금 고개를 돌려 바타스를 바라보았다.

"바타스, 너는 인간과 동맹하길 원하겠지?"

평소 마을의 젊은 드워프를 모아 인간과 동맹해야 한다고 주장하던 바타스를 떠올렸다.

하지만 이게 웬걸, 맹렬히 고개를 흔드는 바타스. 그는 분개한 표정으로 말했다.

"저 인간은 드워프족을 무시했습니다. 장로님의 말씀이 옳았습니다. 인간은 믿을 만한 종족이 아닙니다."

"아니, 뭐라?! 감히 우리를 무시해?!"

화이어프론의 주변에 있던 드워프들이 좀 전에 있었던 상황을 바타스에게 듣고 하나같이 분노한 음성을 토해냈다.

화이어프론 역시 심유한 눈빛으로 류센을 바라보았다. 류센은 떨떠름한 표정으로 고개를 돌렸다. 정말로 드워프를 무시한 게 아니었기 때문이다. 그저 동맹이 거절되어 황제가 되기 싫었던 것뿐이다. 못생긴 건 맞지만 못 봐줄 정도는 아니었다. 어차피 엘프나 꼬실 생각이었기 때문에 드워프는 아무래도 괜찮았다. 황제 자리만 아니었다면 제국을 위해 동맹을 맺고 싶었다.

"장로님, 당장 내쫓아 버립시다. 이런 인간들과 동맹은 절대 할 수 없습니다."

분노한 드워프들이 한목소리로 말했다. 퍼킨스 남작과 발자크 백작은 이젠 틀렸다 생각하며 한탄했다.

'나이스! 좀 미안하지만 할 수 없지. 나는 정말 황제 자리가 싫다고. 엘프 황제라면 모를까. 흐흐흐.'

모든 이의 기대를 저버린 자신의 행동에 미안함을 느꼈지만 엘프의 매끈한 몸매를 생각하니 이 정도는 감내할 수 있었다.

"헐헐헐, 재미난 인간이로군."

그때 화이어프론의 걸죽한 음성이 들렸다. 모두들 이상한 눈으로 그를 바라보았다.

"이건 뭐지? 악하지도 그렇다고 선하지도 않은, 그 무언가에 대한 굉장한 욕심은 있지만 나쁜 마음은 아닌 것 같고. 허허, 이런 인간은 처음 보는군. 재밌어. 아주 신기한 인간이야."

"네? 장로님, 그게 무슨 말씀이신지……."

화이어프론은 웃으며 다른 드워프를 보며 말했다.

"인간과 동맹을 맺기로 하지."

"네에?!"

드워프들의 표정이 괴이하게 변했다. 화를 내도 모자랄 판에 오히려 동맹을 맺겠다니……. 드워프들은 한결같이 경악성을 질렀다.

"그, 그게 정말이십니까, 장로님?!"

퍼킨스 남작은 도저히 믿을 수 없다는 듯 더듬거리며 물었다.

"그렇다네. 동맹을 맺기로 하지. 단, 우리 마을에 한한 것이야. 다른 드워프 마을은 나도 모르네. 그들까지 동맹을 맺고 싶다면 그들에게 찾아가 다시 부탁하도록 하게."

"으하하! 가, 감사합니다. 정말 감사합니다, 장로님. 절대로 배신하는 일은 없을 겁니다. 제가 목숨 걸고 약속을 지키도록 하겠습니다."

퍼킨스 남작은 기쁜 듯 덩실덩실 춤을 추었다. 우스꽝스런 모습이었지만 아무도 그를 비웃지 않았다. 오랜 기간 노력했던 드워프와의 동맹이 드디어 성사되었기 때문이다. 발자크 백작 역시 안도의 한숨을 쉬며 함께 기뻐했다.

"이게… 어떻게 된 거냐."

분명 드워프들이 화를 내며 쫓아내리라 생각했다. 그걸로 동맹은 물 건너간 것이고, 자신은 다시 엘프 마을로 돌아가 엘프를 만나리라 생각했다. 황제 따위야 카센에게 줘버리고 엘프와 첫 경험을 할 것이라 결심했건만 그 계획이 깨져 버리다니.

류센은 믿을 수가 없었다. 이게 다 저 늙은 드워프 때문이었다. 그렇다고 지금 동맹을 깨자니 분위기가 안 좋았다.

'이러다 정말 황제가 되는 건 아니겠지?

　그 엄청난 일거리에 치이면 자신만의 하렘 제국은 만들 수
가 없게 된다.

　"도대체 이유가 무엇입니까, 장로님?"
　기뻐하는 류센 일행을 뒤로한 채 의아한 듯 묻는 바타스.
화이어프론은 미소를 그리며 말했다.
　"자네 말이 옳다고 생각했기 때문이네. 악한 인간도 있지
만 분명 선한 인간도 있게 마련이지."
　평소 선한 인간이 있고, 그들과 동맹을 맺으면 아무런 문제
가 없다고 주장했던 바타스. 하지만 바타스는 고개를 흔들었
다. 류센을 아무리 보아도 좋게 볼 수 없었다. 드워프를 무시
하고 오만한 표정으로 비웃은 인간을 어찌 좋은 인간이라 말
할 수 있겠는가.
　"글쎄, 나도 잘 모르겠네. 하지만 확실한 건 악한 인간은
아니라는 거지. 그냥 재밌을 것 같다는 느낌이 들었어. 헐헐
헐."
　"재밌을 것 같다고요?"
　"그렇다네. 그냥 저 인간과 인연을 맺으면 재미난 일이 생
길 것 같다는 예감. 늙으면 이상한 것들이 많이 느껴져서 말
이야. 자네도 오래 살다 보면 이런 예감 같은 걸 느끼게 될 걸
세."

"후! 뭐, 저야 장로님이 결정하신 것에 불만은 없습니다. 장로님께서 무슨 생각이 있으시겠지요."

"헐헐헐, 그래 주면 고맙지. 조금만 기다려 보게. 곧 저 인간이 뭔가 사고 한번 크게 칠 것 같으니깐 말이지."

"끄웅! 아무래도 좋으니 그만 들어가시지요. 바람이 찹니다."

"헐헐헐."

"축하드립니다, 왕자님. 드디어 동맹을 맺게 되었군요. 이건 왕자님이 황제가 되라는 하늘의 계시입니다."

"아, 뭐, 하늘의 계시까지야……. 아무튼 저보다 남작께서 고생하셨지요."

"정말로 퍼킨스 남작의 고생이 제일 컸습니다. 정말 고생하셨습니다. 황제 폐하께서 크게 기뻐하실 겁니다."

돌아오는 길에 기쁨을 주체하지 못한 퍼킨스 남작과 발자크 백작이 자축했다. 옆에서는 떨떠름한 표정으로 류센이 지켜보고 있었다. 본의 아니게 맺어진 동맹. 이왕 일이 이렇게 된 거 포기하고 축하해 주는 편이 정신 건강에 도움이 되었다.

"저… 영지에 거의 도착한 것 같은데 소인은 이만 물러가겠습니다."

사냥꾼 케리몬이 다가와 공손히 말했다. 동맹 성사에 기쁜 퍼킨스 남작이 주머니에서 한가득 금화를 꺼내 건네주었다.

“자네도 고생했네. 자, 이건 수고비야.”

“아이쿠, 뭘 이렇게나 많이…….”

“하하, 오늘은 기쁜 날 아닌가. 가져가게.”

“감사합니다. 그럼 저는 이만.”

금화를 받은 케리몬이 숲 속으로 사라졌다. 흐뭇한 시선으로 지켜본 퍼킨스 남작이 소리쳤다.

“자자, 어서 갑시다! 오늘은 파티를 열어야겠습니다! 하하하!”

“왔군, 케리몬.”

“예, 대장님.”

세이첸 영지의 유일한 골동품 가게 지하에서 사냥꾼 케리몬과 세이렌 왕국 부활 조직 대장인 로슈마하가 만났다. 케리몬 역시 부활 조직의 일원이었다.

“상황은?”

“드워프와 동맹을 맺었습니다.”

“음.”

일이 어렵게 되었다. 세이첸 영지의 전신인 세이렌 왕국 시절, 드워프와의 관계는 좋다고 말할 수 없었다. 좋은 사이였다면 왕국이 멸망할 리 없었다. 강한 힘을 가진 드워프들이 도왔다면 왕국이 무너질 리 없었을 테니.

그 당시에도 드워프들은 인간을 배척했다. 세이렌 왕국도 드워프들이 만든 무구에 욕심은 있었지만 크게 필요로 하지 않았기에 억지로 동맹을 맺을 이유를 찾지 못했다.

그런 드워프들이 제국과 동맹을 맺었다니 조직으로서는 상당한 타격이 아닐 수 없었다.

"하지만 영지에 있는 드워프 마을하고만 동맹을 맺었을 뿐 다른 드워프 마을과는 상관이 없습니다."

"그래도 힘든 건 마찬가지다. 안 그래도 강한 제국 기사들이 드워프가 만든 무구들을 입는다고 생각해 봐라."

"으음!"

대륙에서 가장 강한 군사력을 가진 크라이드 제국. 거기에다 그들이 신의 대장장이라고 불리는 드워프들이 만든 무기를 가진다면… 그야말로 끔찍한 일이었다.

"정보다!"

"네? 정보라니……?"

"우리에게 필요한 것은 정보다. 우리의 힘은 제국에 비할 바가 아니다. 그러니 정보를 이용해 최대한 약점을 찔러야 한다."

"하면 어찌하실 생각이십니까?"

"지금보다 성에 더 많은 세작을 침투시켜야겠다. 시종과 시녀, 말먹잇꾼이라도 상관없다. 될 수 있는 대로 많이 집어

넣어 빈틈을 찾아라.”

“예!”

케리몬이 크게 복명하며 사라졌다. 암흑 속에 홀로 남은 로슈마하.

“왕국 부활 따위는 이제 어찌 되어도 상관없다. 저 간악한 제국을 이길 방도가 없다. 하지만 이대로 물러설 수는 없지. 최소한 류센 왕자라도 죽여서 복수를 하고 말 것이다!”

로슈마하의 두 눈은 벌겋게 물들었다. 어릴 적 보았던 왕국이 불타는 장면이 파노라마처럼 스쳐 갔다.

드워프와 동맹을 맺은 후 영지는 크게 바빠졌다. 드워프가 필요로 하는 물건들. 예를 들어 마법 물품이라든지 각종 생활용품, 드워프들이 만들지 못하는 물건들이 영주성 안에 한가득 모였다.

유베리스 황제가 적극 지원하여 각종 물건을 금세 가져올 수 있었다.

이걸 가지고 드워프들이 만든 무구들과 기타 장식품하고 교환하면 되는 것이다.

이 모든 걸 퍼킨스 남작이 주도하였기에 류센으로서는 딱히 할 일이 없었다.

“이제 때가 왔군. 드디어 동정을 뗄 수 있게 되었다.”

류센은 두 주먹을 불끈 쥐었다. 벌써부터 두 눈에 눈물이 가득 고였다.

지옥 같았던 전생의 삼십 년. 제국 왕자로 환생했지만 꼭 동정을 떼려고 하면 사고가 터져 여전히 숫총각으로 남아 있었다.

"크윽! 그동안의 시련은 다 엘프 아가씨를 만나기 위해서였어!"

황궁에서 지내던 시절. 그놈의 '내성 출신'이라는 이상한 제도 때문에 시녀 한 명 제대로 건드려 보지 못하고, 밖에 나와서 한번 해볼까 했더니 이상한 놈들한테 걸려 죽을 뻔하지 않나. 정말 눈물 없이는 들을 수 없는 역경의 세월이었다.

"오십 년 동안 총각으로 살아온 사람의 마음을 너희들이 알아?!"

류센은 하늘, 아니, 천장을 보며 소리쳤다. 그만큼 가슴에 쌓인 것이 많았다.

똑똑똑.

"왕자님, 발자크입니다."

"들어오세요."

류센은 얼른 두 손을 내리며 근엄한 표정을 지었다. 발자크 백작이 들어오고 공손히 허리를 숙인 채 말했다.

"준비가 다 끝났습니다."

"그래요? 그럼 갈까요? 호호호."

"왕자님, 입가에 침은 좀…….."

"아, 흠흠! 어서 갑시다."

드워프와 동맹을 맺고 엘프와도 동맹을 맺기 위해 길을 나서는 류센. 과연 이번에는 정말로 총각 딱지를 뗄 수 있을까.

깊은 숲 속. 다른 숲과는 다르게 나무가 더욱 싱그러운 숲. 바로 엘프의 영역이었다.

숲의 파수꾼인 엘프들이 모여 사는 곳. 오늘도 엘프 트리엔은 영역 입구를 지키고 있었다.

트리엔의 마음은 심란했다. 류센이 다녀간 후, 류센이 했던 말을 한 자도 빼놓지 않고 그대로 마을에 전했다.

그 결과 마을은 크게 동요했다.

인간을 다시금 믿을 수 있을까.

태초 신에게서 탄생할 때부터 만물을 사랑하도록 만들어진 엘프.

신의 기대를 저버리지 않고 엘프들은 모든 이를 사랑했다. 하다못해 몬스터로 불리는 종족까지. 하지만 인간이 배신했다.

만물을 사랑하는 마음이 이젠 더 이상 엘프들에게는 존재하지 않았다.

엘프 마을도 드워프 마을처럼 의견이 두 부류로 나눠졌다.

대륙적으로 엘프들의 수는 점점 줄어들고 있었다. 성지(聖地)에 있는 생명수(生命樹)에서는 더 이상 엘프들이 탄생하지 않았다. 엘프들은 조금씩 멸망의 길로 접어들고 있는 것이다.

인간과 교류하여 다시금 종족을 번성시켜야 한다는 목소리가 힘을 얻고 있었다. 하지만 인간을 쉽게 믿을 수 없었다. 오히려 엘프족의 멸망을 앞당길지도 모른다는 우려 역시 무시할 수 없었다. 의견을 두고 싸우는 엘프들. 트리엔 역시 마음이 갈팡질팡했다.

만물을 사랑하는 마음이 사라진 엘프들은 그저 아름답게 생긴 인간일 따름이었다.

"왔군."

시원한 바람이 귓가에 스쳤다. 나무가 말했다, 인간이 왔다고. 숲이 말했다, 엘프들의 마음에 돌을 던진 인간이 왔다고.

"류센이라고 했던가. 류센, 그는 과연 믿을 수 있는 인간인가?"

트리엔의 몸이 사라졌다.

"오! 왔다, 왔어!"

류센은 손으로 입가를 훔쳤다. 또 저번처럼 침을 흘리면 곤란했다. 다행히 침은 흐르지 않았고, 류센은 옷매새무새를 단정히 했다. 오늘 아침엔 우유로 목욕을 했다. 새하얀 피부가 햇빛 아래 빛났다.

"또 보게 되는군요, 류센 왕자님."

"오! 제 이름을 기억해 주시다니, 이거 영광입니다. 한데 그쪽 이름은 어떻게 되시는지……."

나뭇가지에 표표히 서 있는 트리엔을 보며 류센이 반색했다. 저번에도 봤지만 역시 환상적인 몸매였다. 도도하고 지적인 얼굴 역시 아름다웠다. 역시 드워프들과는 비교조차 할 수 없었다.

"저는 트리엔이라고 해요."

"트리엔. 역시 얼굴처럼 예쁜 이름이군요. 헤헤."

"흠흠, 왕자님. 웃음이 좀 헤픈 것 같습니다."

"당신은 좀 신경 끄세요. 이번에도 초치면 가만두지 않겠습니다."

류센은 발자크 백작을 보며 눈살을 찌푸렸다. 저번처럼 엘프를 죽이니 살리니 칼을 휘두르면 소드 마스터고 뭐고 간에 다시는 그 짓(?) 못하게 허리를 분질러 줄 작정이었다. 남자의 생명은 뭐니 뭐니 해도 허리니까.

"동맹을 하기 위해 오셨나요?"

"네, 그렇습니다."

류셴은 긴장했다. 저번처럼 문전박대당하면 또다시 숫총각으로 살아야 한다. 저 무표정한 트리엔이 어떤 생각을 가지고 있는지 도무지 알 수가 없었다. 머리를 굴려서 어떻게든 설득해야만 한다.

류셴이 묘안을 짜내기 위해 끙끙대고 있는데 트리엔이 무미건조한 음성으로 말했다.

"들어오세요. 마을에서 장로님께서 기다리고 계십니다."

"오옷! 정말입니까? 그냥 들어가도 됩니까?"

"예, 저번에 오셨을 때 하신 말씀을 전해드렸더니 한번 만나 뵙고 싶답니다."

"으하하! 잘 결정하셨습니다. 저희와 동맹을 맺게 되면 엘프들에게도 좋은 일입니다. 절대로 엘프 여러분께 해가 되는 일은 없을 겁니다."

류셴은 기뻐서 입이 함지박만 하게 벌어졌다. 하지만 트리엔은 여전히 고저 없는 음성으로 말했다.

"아직 결정된 게 아닙니다. 류셴님께서 어떻게 하시느냐에 따라 결정되겠지요. 어쩌면… 적이 될지도 모릅니다. 죽을지도 모르는 일입니다."

"허억!"

류센은 기겁했다. 다 끝난 줄 알았더니 사지(死地)가 될 수
도 있다니. 진실인지 트리엔의 눈가에는 살기가 어렸다. 엘프
들의 마음을 뒤흔든 류센을 죽여 다시금 마음의 안정을 얻으
려는 것이었다. 마을에 있는 몇몇 엘프들 역시 그런 생각을
가지고 있었다.

스릉.

"왕자님의 손가락 하나라도 다친다면 그 길로 엘프들은 멸
망할 것이다."

발자크 백작이 검을 뽑아 들며 위협적으로 말했다. 단순한
위협이 아니었다. 실제로 제국의 군사력이면 얼마 남지 않은
엘프족 따위는 금세 멸족시킬 수 있었다.

"후욱! 후욱! 죄송합니다. 못난 모습을 보였군요. 그러한
일은 없을 겁니다."

트리엔은 호흡을 골랐다. 순간이지만 사특한 감정이 마음
을 흔들었다. 엘프로서는 있을 수 없는 일. 놀란 마음을 진정
시켰다.

발자크 백작은 이상한 듯 트리엔을 바라보았다.

"정말인가?"

"네, 엘프의 명예를 걸고 약속합니다."

엘프는 약속을 목숨 걸고 지킨다는 사실을 발자크 백작은
알고 있었다.

검을 집어넣었지만 여전히 경각심을 가진 채 트리엔의 뒤를 따랐다.

그런 발자크 백작 뒤를 류센이 조심스레 따라갔다.

'절대로 죽을 수 없어! 아니, 죽더라고 그건 좀 한 번 해보고 죽자! 젠장, 이거 정말 한 번 하기 더럽게 힘드네.'

류센을 투덜거리며 발걸음을 재촉했다.

류센은 계속되는 신기한 현상에 정신을 차릴 수가 없었다.

엘프의 마을로 오는 길은 신비로웠다.

분명 발 디딜 틈도 없는 우거진 수풀이 가득한 길이었건만 트리엔이 앞장서자 놀랍게도 나무와 풀이 저절로 움직여 길을 만들어주었다.

특히나 마을로 들어선 순간 류센의 정신은 날아갈 듯했다.

여기도 미녀, 저기도 미녀, 전후좌우, 사방팔방 둘러보아도 하나같이 늘씬한 엘프 미녀들이 즐비했다.

게다가 마치 갑옷처럼 옷으로 몸을 꼼꼼히 감싼 트리엔과는 다르게 마을에 있는 엘프들은 초미니 치마에다 가슴 굴곡이 훤히 보이는 옷 하나만 달랑 입고 있었다.

미녀 아닌 엘프가 없고 디자이너들이 감동할 몸매들만 소유한 엘프들.

류센의 눈동자가 찢어질 듯 커졌다. 어느 곳에 눈을 두어도 입이 쫙 찢어지도록 벌어졌다.

어지간한 일로는 놀라지 않는 발자크 백작 역시 두 눈이 휘둥그레졌고, 나이를 한참 먹은 퍼킨스 남작 역시 벌게진 얼굴을 감추기에 급급했다.

"소, 소문이 사실이군요."

"소문이라뇨?"

얼굴을 감춘 채 더듬거리는 퍼킨스 남작을 보며 발자크 백작이 반문했다.

"엘프들의 성비가 극도로 불균형하다고 들었는데, 정말 하나같이 여자 엘프들밖에 없군요."

아닌 게 아니라 정말로 주변에 보이는 엘프들은 모두 여성 엘프였다.

여성 엘프 열 명당 남성 엘프 한 명. 10:1의 성비 균형이었다.

"왜 그렇지요?"

"글쎄요, 학자들의 연구로는 엘프의 여신인 엘프라도님께서 남성을 싫어하기 때문이라고 하는데, 뭐, 믿거나 말거나지요. 엘프도 모르는 일을 어찌 알겠습니까."

퍼킨스 남작과 발자크 백작이 두런두런 대화를 나누며 마을을 구경했다.

류센은 그 말을 듣고 한탄할 수밖에 없었다.

'차라리 엘프 남자로 환생시켜 주지.'

그랬다면 여성 엘프 열 명과 기본(?)으로 결혼할 수 있지 않은가. 이깟 머리 아픈 왕자보다는 훨씬 나았다.

류센은 아쉬운 듯 한숨을 쉬며 투덜거렸다.

"남자 엘프들은 좋겠군요. 이런 미녀들을 열 명이나 데리고 살 수 있다니……."

퍼킨스 남작이 류센의 말을 듣고 살포시 미소를 지었다.

"엘프들은 결혼을 하지 않습니다. 생명수라고 불리는 곳에서 태어나지요. 엘프들은 평생을 숲을 가꾸다가 죽습니다."

"헉! 결혼을 하지 않는다고요? 그 생명수라는 것이 뭡니까?"

류센은 깜짝 놀랐다. 이런 미녀들이 죽을 때까지 독수공방해야 한다는 사실이 너무나 안타까웠다. 인간보다 수명이 긴 엘프들. 어쩌면 자신의 50년 동정은 이들에게 우스운 일일지도 몰랐다.

"음, 어떻게 설명해야 하나. 굳이 말하자면 거대한 나무입니다. 그 나무의 열매에서 엘프들이 탄생합니다. 이 땅의 모든 생명의 어머니라고 할 수 있는 나무지요."

"오! 그 생명수는 어디 있습니까?"

"엘프의 성지에 있습니다."

류센은 결심했다, 그 성지라는 곳에 가보기로.

'열매 몇 개만 팔라고 해야지. 으흐흐! 어렵게 꼬실 필요 없이 데려다 키운 다음에… 큭큭!'

류센은 상상의 나래를 펼쳤다. 미녀 엘프들의 시중을 받으며 즐거운 생활을 영위하고 싶었다.

"장로님, 인간들을 데리고 왔습니다."

어느새 마을 중심부로 들어선 류센 일행. 트리엔은 어깨에 걸린 활을 내려놓으며 한쪽 무릎을 굽힌 채 공손히 허리를 숙였다.

"오, 왔는가, 트리엔."

엘프 마을의 장로 포쉬니안도 다른 엘프들과 다르지 않았다. 고령의 나이에도 불구하고 여전히 탱탱한 피부와 아름다운 미모를 간직하고 있었다. 미(美)를 축복받은 엘프 종족다웠다. 주변에는 호위로 보이는 남자 엘프도 몇몇 보였다.

장로라는 말에 발자크 백작과 퍼킨스 남작은 번쩍 정신을 차렸다. 드워프만큼은 아니더라도 엘프족 역시 유능한 종족으로서 동맹을 맺어둘 필요성이 있었다.

"오호! 저기 있는 남자 아이가 크라이드 제국의 왕자인가요?"

"컥!"

포쉬니안의 손짓에 고개를 돌린 발자크 백작은 뒷목을 움켜쥐었다. 어느새 한쪽 구석에서 엘프들과 농담을 하며 작업(?)을 걸고 있는 류센. 망신도 이런 망신이 없었다. 발자크 백작은 화난 표정으로 다가갔다.

"왕자님, 이게 무슨 추태입니까?!"

"추태라니요? 앞으로 동맹을 맺고 친하게 지낼 터인데 미리미리 안면을 터놓는 게 좋은 거 아니겠습니까?"

"끄응! 장로님이 오셨으니 인사부터 하시지요."

순진한 표정으로 반문하는 류센을 보며 발자크 백작은 말리길 포기했다.

"하하! 안녕하십니까, 장로님? 저는 크라이드 제국의 왕자 류센이라고 합니다."

"호호호! 제 딸들에게 관심이 많으신가 보군요."

"딸? 엘프는 결혼을 하지 않는다고 들었는데요?"

"호호호! 생명수에서 태어나 마을로 오면 그때부턴 마을 장로의 딸이 되는 것이지요."

"아, 그렇군요. 장모님, 아니, 장로님!"

"호호, 이상한 소리를 하는군요. 왕자라면 상당히 진지한 인물일 줄 알았는데 농담도 잘하고 넉살이 아주 좋고. 화이어프론의 말처럼 정말 재미난 인간으로군요."

포쉬니안은 류센의 행동이 재밌는지 연신 웃음을 터뜨렸다.

"어? 화이어프론이라면 드워프 마을의 장로가 아닙니까?

드워프와 엘프는 서로 사이가 안 좋다고 들었는데……."

옆에서 듣고 있던 퍼킨스 남작이 중얼거렸다. 포쉬니안은 여전히 상큼한 미소를 그린 채 그의 의문을 풀어주었다.

"사이가 나쁜 건 맞지만 같은 영지에서 수백 년을 함께 지내왔는데 서로 모른 척하고 살 수는 없지요. 원래는 그대들을 만나지 않을 생각이었는데 화이어프론이 한번 만나보라고 해서 이렇게 된 겁니다."

"정말 현명한 결정이십니다, 포쉬니안님."

퍼킨스 남작은 가슴을 쓸어내렸다. 하지만 아직 안심할 단계는 아니었다. 조심스레 동맹을 제의하는 퍼킨스 남작.

"동맹이라……. 우리는 인간들에게 줄 것이 별로 없는데……."

"저희 역시 엘프 여러분께 드릴 것이 별로 없습니다."

엘프는 뛰어난 정원사이자 최고의 레인저 실력을 가졌지만 자급자족이 가능하고 태생적으로 욕심이 별로 없는 종족이다. 육류를 먹지 않으며 약간의 물과 과일 정도면 충분히 배를 채울 수 있으며 다른 생필품은 숲에서 나오는 것으로도 충분했다.

엘프는 인간에게, 인간은 엘프에게 서로 주고받을 것이 그다지 많지 않았다.

그랬기에 동맹을 맺으면 좋지만 맺지 못한다 하더라도 딱히 아쉬울 것도 없었다.

그저 오랜 기간 서로 간의 반목을 타파하자는 의미에서 동맹을 제의한 것이다.

"반드시 동맹을 맺어야 합니다. 엘프들에게 조금이나마 도움이 되는 것은 모조리 해드리겠습니다. 이번 동맹은 인간과 엘프의 해묵은 감정을 깨뜨리는 데 중요한 구심점이 될 것입니다."

동맹의 뜻이 시들해지자 위기감을 느낀 류센이 목에 핏대를 세우며 말했다.

그 모습에 포쉬니안의 입술이 장난스럽게 벌어졌다.

"왕자께서는 제 딸들을 보니 어떠신가요?"

"예, 예? 그, 그게 무슨 말씀이신지……. 험험."

이마에 한 방울 땀이 흐르고 등에 식은땀이 맺혔다. 류센은 벌게진 얼굴로 헛기침을 터뜨렸다.

스르륵 몸을 움직여 팔로 류센의 목을 감싸 안는 포쉬니안. 그녀의 부드러운 가슴이 류센의 옆구리에 찰싹 안겨들었다.

"우리 아이들이 참으로 아름답지요? 안 그래요, 왕자님?"

"험험, 그거야 그렇지만……."

류센의 얼굴은 터질 듯이 붉어졌다. 옆구리에서 느껴지는 뭉클한 그 무언가가 연신 눌러와 가슴이 쿵쾅거렸다. 구경하고 있던 다른 엘프들은 고개를 갸웃거렸다. 애초 남자 엘프를 보아도 별다른 감정이 없는 엘프들은 포쉬니안의 행동이 이상하게 느껴질 따름이었다.

화이어프론만큼이나 오래 산 포쉬니안. 그 어떤 엘프보다 인간에 대해 잘 알고 있었다. 류센의 속마음 정도는 훤히 보였다. 하지만 나쁘다는 느낌은 그다지 들지 않았다. 그저 재밌을 뿐.

"호호호! 왕자님이 그리 원하신다면 동맹을 맺기로 하지요. 호호호!"

류센을 안은 팔을 풀며 웃음을 터뜨리는 포쉬니안. 얼마나 웃는지 눈가에 눈물이 고일 정도였다.

"하하, 뭐, 가, 감사합니다. 하하하!"

창피한 미음이지만 어찌 되었건 동맹을 맺었다. 이제 엘프와 친구가 된 것이다.

'호호호, 뭔가 이상하지만 아무튼 동맹을 맺었다. 이제 저 예쁜 것들은 몽땅 내 거닷!'

순진한 표정으로 포쉬니안과 류센을 번갈아 보고 있는 엘프들. 류센의 눈동자는 먹이를 노리는 독수리처럼 매섭게 빛났다.

"아! 기분 좋다!"

커다란 욕조에 찬물을 한 가득 받아 몸을 담그니 시원한 느낌에 청량한 기분이 들었다. 류센은 개구쟁이처럼 욕조를 헤엄치며 장난을 쳤다.

지금 류센의 기분은 날아갈 듯했다.

모든 일이 뜻대로 술술 풀려갔다. 최대 난제였던 이종족들과의 동맹도 깔끔하게 마무리 지었다. 특히 드워프와의 동맹은 귀족들에게 점수를 따서 카센 왕자보다 한발 앞서게 되었다. 류센은 앞으로 남은 기간 동안 그 문제를 고심해야만 했다.

개인적으로는 곤란했지만 제국의 입장에서는 크나큰 성과였다. 제국의 왕자로 태어나 지금껏 아무것도 하지 못했는데 무언가 선물을 했다는 생각에 일단 류센은 드워프와의 동맹을 인정하기로 생각했다.

드워프 문제는 그렇다 치고, 류센은 엘프 생각에 몸이 후끈 달아올랐다.

"앞으로 인간과의 교류는 트리엔이 전담할 겁니다. 그녀와 상의하세요."

엘프와의 동맹이 성사된 후 엘프 장로 포쉬니안이 했던 말이 류센의 귓가에 울렸다.

류센의 입가가 함지박만 하게 벌어졌다.

"우히힛! 트리엔, 넌 이제 내 거야!"

결정했다. 드디어 결심했다. 기어코 만나고야 말았다, 자신의 첫 경험 상대자를. 류센은 트리엔의 환상적인 몸매를 상상했다.

엘프 트리엔이라면 오십 년간 지켜왔던(?) 자신의 동정을 줄 수 있다고 생각했다.

류센이 미성년자 관람 불가 상상에 빠져 있을 때 문이 열리는 소리와 함께 누군가가 욕실에 들어왔다.

"응? 누구?"

류센은 의아한 표정을 지었다. 발자크 백작인가, 아니면 퍼킨스 남작? 그렇게 생각할 때 그 의문의 정체가 밝혀지는 음성이 들렸다.

"왕자님, 목욕 시중을 하려고 왔습니다."

"커억!"

류센의 두 눈이 휘둥그레졌다. 놀랍게도 아리따운 여자가 들어온 것이다. 그것도 타올 한 장으로 아슬아슬하게 몸을 가린 채.

"저… 누, 누구신지……?"

그녀의 파격적인 차림새에 류센은 얼굴을 붉힌 채 물었다. 그녀는 살포시 미소를 지었다.

"저는 영주성의 시녀 리니안이라고 합니다. 왕자님의 시중을 들 수 있게 되어 영광이옵니다."

　영주성의 시녀 리니안. 그녀는 참으로 아름다웠다. 시원한 이마와 오뚝한 콧날에 요염한 입술을 가져 이지적인 외모지만 살짝 들어간 보조개가 귀여운 느낌을 주었다. 사슴 같은 목덜미에 가느다란 팔, 타월을 뚫고 나올 듯 풍만한 가슴에 비해 개미처럼 잘록한 허리, 게다가 늘씬하게 뻗은 각선미까지.

　섹시하면서도 귀엽고 요염한 분위기를 주는 동시에 청순한 모습이 보였다.

　류센이 보기에 지금까지 보아온 여자 중에서 단연코 리니안이 최고로 아름다웠다.

　"꿀꺽."

　류센은 자신도 모르게 마른침을 삼켰다. 리니안은 예의 뇌쇄적인 미소를 지으며 다가왔다.

　"등 밀어드릴까요?"

　"어? 아… 음……."

　리니안이 가까이 다가오자 타월 사이로 그녀의 가슴 굴곡이 훤히 보였다. 벌게진 얼굴을 감추기 위해 몸을 돌린 류센. 리니안은 허락의 뜻으로 알고 류센의 등에다 손을 가져다 대었다.

　슥슥슥.

　류센의 등을 매끄럽게 닦고 있는 리니안. 그러는 와중에 가끔씩 그녀의 가슴이 등에 살짝 닿았다 떨어지곤 했다.

욕탕의 물이 왠지 뜨거워졌다고 느낀 류센은 머쓱한 기분에 말문을 열었다.

"누가 보내서 왔지?"

류센이 생각하기에 이런 선물(?)을 할 사람이 없었다. 발자크 백작은 말할 필요도 없는 답답한 무인이었고, 퍼킨스 남작 역시 이런 뇌물 같은 걸 할 사람이 아니었다.

아주 어릴 적에야 황궁의 시녀들이 목욕을 시켜주기도 했지만 어느 정도 자란 후에는 혼자서 목욕을 했다.

게으름, 또는 나태함을 경시하는 크라이드 가문에서 혼자 할 수 있는 건 누구의 도움도 거절했다.

"누가 보내서라니요? 목욕 시중은 원래 시녀들의 몫입니다만……"

"아, 그, 그런가?"

리니안이 의아한 듯 반문했다. 류센은 엉겁결에 고개를 끄덕였다.

'헤이라스 백작! 이 변태 늙은이 같으니라고!'

류센은 이곳 세이첸의 원래 영주였던 헤이라스 백작이 이런 호사를 누렸다고 생각하니 열불이 솟구쳤다. 이 좋은 걸 그동안 혼자 즐겼다니, 당장 황도에 올라가 따지고 싶은 심정이었다.

"왕자님, 혹여 저의 시중이 마음에 안 드시는지……"

"아, 아냐! 절대 그렇지 않아!"

"휴, 다행입니다. 왕자님의 필요하시다면 다른 시중도 들겠습니다."

"내가 필요한 시중?"

"네, 무엇이든 명만 내려주십시오. 저는 왕자님의 시중을 들 수 있게 되어 영광이라 생각합니다."

한쪽 무릎을 굽힌 채 다소곳이 고개를 조아리는 리니안. 류센의 눈동자는 그녀의 가슴 사이에 고정되어 있었다.

'으아! 황실 시녀들과는 다르구나. 역시 이래야 시녀답지.'

류센은 감격에 겨워했다. 황실 시녀들은 대부분 내성 출신이기 때문에 함부로 건드릴 수가 없었다. 거의 가족 같은 느낌의 시종과 시녀들이기 때문이다. 그렇다고 다른 시녀들이나 혹은 다른 여자들 역시 쉽게 볼 수는 없었다. 황실 명예라는 것에 얽매여 항상 겸허한 자세로 일관해야만 했다.

류센의 뜨거운 눈동자를 느꼈는지 리니안은 살포시 눈을 감은 채 말했다.

"필요하시다면… 제 몸이라도……."

아무리 신분이 천한 시녀라지만 여자의 몸으로서 더 이상 말을 잇지 못하고 부끄러워하는 리니안. 뜻대로 하라는 듯 무방비한 자세를 보였다.

'해도 될까?'

류센은 손으로 리니안의 머리카락을 만졌다. 매끄러운 머릿결이 느껴졌다. 그리고 손을 좀 더 아래로 가져가 그녀의 조각 같은 얼굴을 쓸었다. 새하얗고 부드러운 피부. 손을 좀 더 아래로 내렸다. 이제 그녀의 가슴이 가까이 다가왔다. 리니안의 어깨가 살며시 떨렸다. 그 모습이 오히려 청순하게 느껴져 남자라면 당장이라도 덮치고 싶은 욕망이 들었다.

'지금까지 보아온 여자 중에서 가장 아름답다. 인간 중에서.'

류센은 그렇게 생각하며 리니안의 떨리는 어깨를 툭툭 치며 말했다.

"눈 감고서 뭐 해? 앞으로 시중이 필요하면 언제든지 부를 테니 준비하라고. 목욕 시중, 고마웠어."

류센은 그렇게 말하며 욕실을 나갔다. 리니안은 멍한 표정으로 홀로 남았다.

혼자 남은 리니안. 그녀의 표정이 점점 일그러졌다.

"빌어먹을! 과연 보통이 아니군. 류센 왕자, 나의 미모가 통하지 않다니……."

아름다운 모습과는 다르게 섬뜩한 음성. 리니안은 몸을 감싸고 있던 타월을 풀었다. 그러자 그녀의 요염한 몸매가 드러났다. 예상대로 풍만한 가슴에 잘록한 허리, 그리고 시퍼런 날이 선 단검까지.

"아직 기회는 있다. 다음에는 반드시 죽인다!"

리니안은 타월로 단검을 감춘 채 욕실을 나섰다.

옷을 갈아 입고 집무실에 도착한 류센을 퍼킨스 남작이 반겼다.

"어서 오십시오, 왕자님. 엘프족과 교환할 품목을 한번 보아주십시오."

퍼킨스 남작은 엘프들에게 필요한 물건을 골라 만든 서류를 류센에게 보여주었다. 하지만 그런 것에 별 관심이 없는 류센은 심드렁한 표정으로 대충 서류를 넘기며 말했다.

"헤이라스 백작이 그런 취미가 있는 줄 몰랐습니다."

"네? 그게 무슨 말씀이신지……."

류센의 엉뚱한 말에 고개를 갸웃거리는 퍼킨스 남작. 류센은 서류를 내려놓으며 말했다.

"에이, 왜 이러십니까. 다 아시면서."

"아, 알다니요? 뭐가……."

"자꾸 모른 척하실 겁니까. 리니안이라고 목욕 시중 드는 아가씨 있지 않습니까?"

류센의 말에 퍼킨스 남작은 잠시 생각에 잠겼다. 성의 집사이지만 시녀들의 이름까지 외우고 다니지는 않았다.

"아! 리니안 말씀이시군요. 얼마 전에 시녀로 받은 아가씨. 한데 리니안이 왜요?"

"어라? 남작은 진짜 모르십니까?"

여전히 모르쇠로 일관하는 퍼킨스 남작을 보고 류센은 의아함을 느꼈다. 퍼킨스 남작이 반문했다.

"리니안이 무슨 실수라도 했나요?"

"아니, 뭐, 목욕 시중을 하겠다고 들어왔기에… 옛날부터 그래 왔다고 하던데……."

"목욕 시중요? 허허, 정말 옛날에는 시녀들이 그런 걸 하긴 했지만 요즘은 하지 않는걸요."

"예에?!"

류센은 놀라 입이 커다랗게 벌어졌다. 그럼 리니안은 왜 자청해서 시중을 들려고 했단 말인가. 퍼킨스 남작이 허허 웃으며 말했다.

"아마도 왕자님께 잘 보이려고 그런 모양이지요. 제가 따로 교육을 시키겠습니다. 앞으로 그런 일은 없을 겁니다. 그럼 저는 이만."

류센이 어이없어하는 사이 퍼킨스 남작은 사라지고 없었다.

"어, 잠깐. 따로 교육시킬 필요는 없는데. 크악! 그냥 할 걸 그랬나? 아까워라!"

류센은 머리를 부여잡고 몸부림쳤다. 아까 욕실에서 리니안과 하려고 했다. 그러나 엘프 트리엔이 생각났다. 리니안이 예쁘지만 그건 어디까지나 인간 기준이고, 엘프에 비하면 아직 모자람이 있었다.

일단 트리엔과 첫 경험을 치른 다음 리니안하고 할 계획으로 멋있게 나왔지만 여지없이 틀어졌다. 정말 미치고 환장할 노릇이 아닐 수 없었다.

"이렇게 된 이상 트리엔과는 반드시 하고 만다!"

두 마리 토끼 중 한 마리는 놓쳤다. 남은 한 마리마저 놓칠 수는 없었다.

로슈마하 폰 세이렌.

20년 전에 멸망한 세이렌 왕국의 마지막 남은 왕족이었다. 어릴 적부터 총명함이 드러나 왕국의 기대를 모았던 로슈마하. 하지만 그는 비련의 왕자였다.

그의 나이 서른에 크라이드 제국의 침공을 받았다. 왕세자 신분으로서 한 명의 기사로서 용감하게 전쟁터로 달려갔다. 왕국을 지키겠다는 신념 아래 목숨을 걸고 싸움에 임했다.

그러나 대륙을 아우르는 제국의 강대함에는 이겨낼 수 없었다.

세이렌 왕국은 망하고야 말았다. 제국의 병사들에게 처참하게 짓밟혔다.

수많은 기사들과 병사들이 왕국을 지키다 목숨을 잃었다.

아름다운 보석과 장식품은 제국에게 강탈당했고, 여자들은 제국 병사들에게 겁탈당했다.

제국의 공포는 세이렌 가문까지 손을 뻗쳤다.

세이렌 국왕은 치욕스럽게도 국민들이 보는 앞에서 죽임을 당했고, 왕후와 공주들은 제국 병사들에게 윤간을 당한 뒤 노예로 끌려갔다.

하지만 그들의 희생 덕분에 로슈마하는 도망칠 수 있었다.

부모와 형제, 누이들이 온몸을 바쳐 제국을 막은 덕분에 목숨을 이어 나갈 수 있었다.

"반드시 살아야 한다, 로슈마하! 살아서… 살아서 복수를 해다오!"

그들은 피를 토하며 소리쳤다. 로슈마하라면 반드시 자신들의 복수를 해줄 것이라 믿었다. 더 나아가 왕국을 재건하리라 믿었다.

"끄아아악!!"

로슈마하는 찢어질 듯한 비명을 지르며 벌떡 일어났다. 온몸이 땀범벅이었다.

"헉헉헉! 꾸, 꿈이었구나."

거칠게 침대에서 내려온 로슈마하는 말라 버린 입술로 물을 마셨다. 무너지는 왕국을 등지고 도망친 이후 이따금씩 나타나는 악몽. 그때의 지옥 같았던 장면들이 꿈속에서 생생히 재현되었다. 특히 어머니와 누이들이 강간당하는 장면이 가장 로슈마하를 괴롭혔다.

"대, 대장님, 괜찮으십니까?"

비명 소리를 듣고 달려온 부하들. 수십 번도 더 들었지만 여전히 적응하기 힘들 만큼 공포스런 비명이었다.

"괜찮아. 배고픈데 뭐라도 좀 내어다오."

로슈마하 역시 한두 번 있는 일이 아닌지라 금세 정신을 차릴 수 있었다.

잠시 휴식을 취하는 사이 식사가 준비되었다. 딱딱한 흑빵에 희멀건 수프. 이것이 식사의 전부였다.

세이렌 왕국 부활 조직의 재정 상황이 크게 악화되다 보니 식량 조달도 여의치 않았다. 조직의 대장에게는 좀 더 좋은 음식을 제공할 수 있지만 로슈마하는 사양하고 일반 대원들과 똑같이 식사를 하였다.

"큭큭큭, 이게 한 나라 왕자의 식사인가?"

로슈마하는 허무했다. 대원들의 사기 진작을 위해서라지만 왕자인 자신이 이런 음식을 먹다니. 하지만 현실은 냉혹했다. 찬란했던 세이렌 왕국은 이제 존재하지 않았다. 더 이상 자신은 왕자가 아니었다.

쾅!

식욕이 사라진 로슈마하는 식탁을 내려치며 울분을 터뜨렸다.

"죽인다! 반드시 복수하고야 말겠다! 류센 크라이드! 넌 내 손에 죽는다!"

영주성에 수많은 세작이 침투되었다. 그 한 명 한 명이 조직에서 공을 들여 만든 어쌔신들이다. 한순간이라도 빈틈이 보이면 여지없이 칼을 찔러 넣을 수 있는 고수들이었다. 로슈마하는 그들이 성공하리라 믿어 의심치 않았다.

류센은 엘프들에게 가져갈 품목들을 살폈다. 드워프와 거래할 품목이 더욱 중요하지만 보지도 않고 승인란에 싸인해 버렸다. 그런 못생긴 종족의 일은 자신이 알 바가 아니었기 때문이다.

"꽃씨라고? 이건 바늘이네. 이게 다 뭐야."

엘프들이 필요로 하는 건 상상을 뛰어넘는 것들이었다. 꽃의 씨앗이라든지, 옷을 수선하는 바늘과 채소 종류.

인간 세상에서는 정말 흔해빠진 물건들이었다.

"엘프들은 꽃을 가꾸는 걸 좋아합니다. 여기 있는 꽃씨들은 엘프족이 키우는 꽃 중에서 없는 것들이지요. 에, 또… 바늘 같은 경우에는 별 볼일 없어 보여도 옷을 고치는 데 꼭 필요한 물건이지요. 채소 역시 키우거나 자신들이 먹기 위해 부탁한 것입니다. 그리고 이것은……."

옆에서 퍼킨스 남작이 물건들을 하나하나 집으며 설명했다. 의아한 듯 되묻는 류센.

"아니, 뭐, 돈을 원한다든지, 여자들이 많으니깐 예쁜 옷이나 보석 같은 건 바라지 않나요?"

"왕자님, 엘프는 물론 드워프도 돈은 바라지 않습니다. 어차피 인간 세상에서나 쓰일 돈이니 그들에게는 필요치 않지요. 그리고 옷이라든지 보석 같은 것 역시 필요없습니다. 그들은 인간처럼 욕심이 있는 종족이 아닙니다. 그저 자연에 순응하며 살아가는 종족들이지요. 자신들이 꼭 필요로 하는 것 외에는 어떤 것도 욕심을 내지 않습니다."

류센의 고개가 끄덕여졌다. 자신의 말을 이해한 줄 안 퍼킨스 남작이 다시금 바쁘게 움직이며 일꾼들을 지휘했다. 그의 지휘에 따라 물건들이 차곡차곡 정리되었다.

'끄응! 이거 엘프에 대해 공부를 좀 해야겠는데.'

엘프는 그저 예쁜 종족이라고만 생각했지 더 깊이는 생각지 않았다. 엘프에 대해 연구를 해야 트리엔을 어떻게 공략하던가 하지 이대로는 곤란했다.

류센은 트리엔에게 점수를 따기 위해 몰래 준비해 둔 귀고리가 쓸모없을 거란 생각에 아쉬워졌다.

그렇게 류센이 투덜거리며 물건이 쌓인 곳을 지나는 순간, 퍼킨스 남작의 다급한 음성이 들렸다.

"왕자님! 위험……!"

얼마나 급했으면 말을 다 잇지 못할 정도의 다급함. 류센이 놀라 뒤를 돌아보았다. 하지만 퍼킨스 남작의 모습은 보이지 않았다. 그저 집채만 한 크기의 무언가가 자신에게 떨어지고 있는 것이 보일 뿐이었다.

"헉!"

경악도 잠시, 깔리게 된다면 성치 못할 것이다. 류센은 주먹에 힘을 실었다. 마나 홀에 정제된 순수한 마나가 주먹 끝으로 모아졌다. 촉박한 시간에 충분한 마나를 모으지 못했지만 류센은 적은 마나를 극대화시키기 위해 한 점으로 모았다. 자신에게 떨어지는 덩어리의 중심부에다 그 힘을 작렬시켰다. 류센은 어릴 적부터 소드 마스터에게 혹독한 수련을 받은 기사였다.

"으하합!"

쿠쿵!

"와, 왕자님!"

퍼킨스 남작이 기겁한 채 달려왔다. 어느샌가 발자크 백작 역시 장내에 모습을 드러냈다. 발자크 백작은 극도로 흥분한 상태였다. 영지에 처음 왔을 때에는 경계심을 가진 채 류센을 지근거리에서 호위했지만 이종족들과의 동맹이 체결되고 영지 내에 불순 세력들이 보이지 않자 마음을 놓았다. 귀찮다고 잔소리를 늘어놓는 류센의 부탁에 근래에는 특별한 경우가 아닌 이상 호위를 하지 않았다.

그런데 이런 갑작스런 사고라니……. 혹여나 류센이 죽기라도 한다면 황제의 진노를 피할 길이 없었다.

"뭣들 하느냐! 어서 짐들을 치워라!"

류센을 파묻은 것의 정체는 드워프 마을로 가는 물건들이었다. 각종 철과 쇠 같은 무거운 것들. 한데 쌓아놓고 혹여나 무너질까 봐 줄로 꽁꽁 묶어놓기까지 했는데 어찌 된 영문인지 무너지고 말았다.

여하튼 무겁다 보니 힘 좋은 일꾼들이 여럿 달라붙어야 겨우 짐 하나를 들 수 있었다. 그러다 보니 일의 진척이 느렸다.

조바심이 난 발자크 백작은 답답한 듯 소리쳤다.

"에잇! 모두 비켜랏!"

소매를 걷어붙인 채 현장에 나타난 발자크 백작. 자신의 웅혼한 마나를 온몸에 돌렸다.

그리고 기합성을 지르며 물건을 들기 시작했다. 놀랍게도 한 손으로 물건 하나씩을 척척 들어 옮긴 발자크 백작. 과연 소드 마스터라 불릴 만했다.

"와, 왕자님, 괜찮으십니까?"

"끄으응!"

몇 개의 짐을 치우자 류센의 모습이 드러났다. 여기저기 옷이 찢어지고 몸에 피멍이 생겼지만 생명에는 지장이 없어 보였다.

카이로스 후작의 혹독한 수련이 헛되지 않았는지 류센은 자신에게 정면으로 덮쳐 오는 물건을 박살 낸 탓에 치명상은 입지 않았다.

"다행입니다, 왕자님. 곧 치료해 드리겠습니다. 이봐, 신관, 마법사, 치료사들을 빨리 데려와라!"

자신의 지휘하던 곳에서 류센이 사고를 당하자 전전긍긍하고 있던 퍼킨스 남작이 반색하며 소리쳤다. 지시를 받은 사람들이 허둥거리며 바삐 움직였다.

"아야야! 하마터면 또 총각귀신으로 죽을 뻔했네. 아이구, 아파라."

류센이 앓는 소리를 흘리며 몸을 살폈다. 몸 곳곳에 시퍼런 피멍이 보였다. 아프지 않은 곳이 없었다. 그 고통으로 눈물이 핑 돌 지경이었다.

"왕자님, 오늘은 쉬십시오. 엘프 마을은 다른 사람을 보내도록 하겠습니다."

발자크 백작이 걱정스런 표정으로 류센을 살피며 말했다. 오늘 엘프 마을에 물건을 보낼 사람은 류센이었다. 다른 이를 보내도 상관이 없지만, 트리엔이 보고 싶은 류센이 부득불 우겨 자신이 가기로 결정한 것이다. 하지만 방금 사고로 다친 류센을 발자크 백작이 순순히 보내줄 리 없었다.

"어, 잠깐. 나 안 아파. 이 정도야 가뿐하지. 하하하! 아야야!"

기겁한 류센이 벌떡 일어나 자신은 아무렇지 않다고 보이려 했으나 온몸이 삐거덕거리며 찌릿한 고통이 등줄을 타고 오르자 비명을 지를 수밖에 없었다.

"안 됩니다. 치료가 우선입니다."

절대로 허락할 수 없다는 발자크 백작의 단호한 음성. 류센의 얼굴은 우거지상이 되었다.

"크아악! 누구야?! 나와! 나오란 말이야! 왜 자꾸 내 인생에 태클을 거는 거야! 좀 제발!"

"무슨 이상한 소리를 하십니까? 혹여 머리를 다치신 거 아닙니까?"

"당신은 좀 빠져! 당신이 오면 될 일도 안 돼! 크아악! 트리엔이 날 기다리고 있는데……."

어떻게든 빠져나가려고 발버둥 치는 류센. 그를 붙잡고 있는 발자크 백작의 묵직한 손아귀. 류센은 절망에 빠질 수밖에 없었다. 트리엔의 아름다운 몸매가 아스라이 보이다 사라져 갔다.

"자자, 얼른들 치우라고. 쉬고 있을 틈이 없어."

대충 사고가 정리되자 퍼킨스 남작은 다시 일꾼들을 재촉하였다.

열심히 짐을 나르는 일꾼들. 그중 한 남자가 짐을 어깨에 실으며 투덜거렸다.

"칫! 아깝군. 하지만 아직 기회는 있다."

"너, 무슨 소리를 하는 거야?"

옆에 있던 동료가 의아한 표정으로 물었다. 하지만 그 남자는 순진한 표정으로 고개를 흔들 뿐이었다.

류센을 치료하기 위해 영지 내 치료사와 치유 마법사, 신관들이 대거 영주성으로 들어왔다.

발자크 백작은 기사들을 소집해 실력이 가장 뛰어난 몇몇 기사를 뽑아 류센을 호위하게 했다. 그리고 자신은 남은 기사들과 함께 성을 나섰다.

'누군가 줄을 끊었다!'

발자크 백작의 표정이 진중해졌다. 보통 사람이 보면 그저 힘없이 끊어진 것 같지만 오랜 기간 검술을 연마해 온 자신이 보기에는 상당한 실력을 가진 존재가 의도적으로 줄을 끊었다는 걸 알 수 있었다.

하지만 류센을 비롯한 다른 영지 내 사람들에게는 알리지 않았다.

확실한 증거를 찾기 전까진 괜한 분란을 만들 필요가 없었기 때문이다.

그러나 정체를 알 수 없는 의문의 세력이 류센을 노리고 있다는 걸 예상할 수 있었다.

발자크 백작은 자신을 따라 나온 기사들에게 무언가 지시를 내렸다. 지시를 받은 기사들은 고개를 끄덕이며 하나둘 자리를 떠났다. 발자크 백작 역시 그 자리에서 사라졌다.

"류센 왕자님은 오시지 않았나요?"

마을에 인간들이 도착했다. 트리엔은 류센이 보이지 않자 의아한 표정으로 두리번거렸다. 항상 자신을 이상한 눈빛으로 바라보던 인간의 왕자. 왠지 끈적끈적한 느낌을 주는 눈빛이지만 재밌는 인간이라는 생각이 들었다.

"네, 트리엔님. 왕자님께서는 다쳐서 오시지 못했습니다."

"예? 그가 다쳤다고요?"

"하하, 조금 사고가 있어서요."

트리엔의 표정이 침울해졌다. 하지만 인간들은 알지 못했다. 워낙 미미한 변화라 알아차리기 힘들었기 때문이다.

'헛! 내, 내가 지금 누구를 걱정하는 거지?

자신이 인간을 걱정하다니……. 여태껏 인간은 이 세상에서 사라져야 할 종족이라 생각했는데 겨우 두 번 만난 인간을 걱정하는 자신이 이상했다. 알 수 없는 감정이 마음을 흔들었다.

"그가 걱정되느냐?"

"자, 장로님!"

뒤에서 불쑥 엘프 장로 포쉬니안이 나타났다. 트리엔은 급히 고개를 숙였다.

"인간은 정말 신기한 종족이지. 악하면서도 선하지. 착한 인간이 있는가 하면 나쁜 인간들도 있지. 강하면서도 약하고 약하면서도 강한 면모를 보이는 인간. 개개인의 힘은 약하지만 모이면 강한 종족들. 우리들이 살지 못하는 폭열의 사막이나 혹한의 얼음 지역에도 인간들은 존재하지. 정말 알면 알수록 신기하고 재밌는 종족들이 바로 인간이야."

"……."

트리엔은 고개를 숙인 채 묵묵히 포쉬니안의 말을 경청했다. 젊어 보이는 외모지만 그녀는 마을 최고의 어른인 장로였으며 가장 많은 지혜를 가진 엘프이기도 했다.

"트리엔, 너는 류센이라는 인간을 처음 보았을 때부터 이미 그에게 관심이 생겼구나."

"아, 아닙니다. 절대 그럴 리가 없습니다."

트리엔은 당황하며 허둥거렸다. 처음 류센을 보았을 때 관심은커녕 그를 죽이려고까지 했다. 자신은 인간을 싫어하니까.

"왜 싫어하지? 인간이 너에게 무슨 나쁜 짓이라도 했나?"

또 트리엔의 마음을 읽었는지 포쉬니안은 그녀에게 다가서며 물었다.

트리엔은 생각했다. 자신이 왜 인간을 싫어하는지……. 포쉬니안의 말처럼 인간은 자신에게 무언가 해코지를 한 적이 없다. 이미 태어나기 전부터 인간과 엘프족하고는 교류가 끊어졌으니까. 어릴 적부터 그저 인간이 나쁘다고 교육을 받으며 자라왔기 때문에 나쁘다고 생각했을 따름이다.

고정관념이 머릿속에 박혀 있었던 것이다.

"하지만 류센을 보고 틀리다고 생각했지? 그 인간은 결코 너에게 나쁜 짓을 하지 않을 사람이라는 걸 깨달았지? 그가 너에게 관심을 보일 때마다 겉으로는 시큰둥했지만 마음이 기뻤지? 내 말이 맞지 않나?"

"저는… 저는……."

트리엔은 류센과 처음 만났던 날을 회상했다. 류센의 말 한마디 한마디가 자신의 마음에 닿아 자그마한 파문을 일으켰다. 작은 파문은 점점 커져만 갔고, 자신은 처음 느껴본 감정을 수습하지 못한 채 고민에 빠졌다.

포쉬니안이 혼란에 빠진 트리엔을 보며 미소를 지으며 말했다.

"가라. 가서 보아라. 보고 느껴라. 생각해라. 과연 인간이란 종족을 믿을 수가 있는지 그를 보고 판단해라. 우리 엘프족이 인간들과 함께 어울려 살 수 있는지 보고 결정해라. 엘프족의 미래를 이끌어갈 나의 아이여."

포쉬니안의 말에 트리엔은 마음속의 혼란을 잠재울 수 있었다. 그녀는 싱긋 웃었다.

"네, 알겠습니다, 장로님. 제 눈으로 인간을 판단하겠어요."

포쉬니안은 신뢰가 듬뿍 담긴 눈길로 자신의 딸 트리엔을 바라보았다.

인간 일행을 따라 마을을 떠나는 트리엔. 처음으로 마을을 떠나는 그녀의 어깨는 가늘게 떨리고 있었다.

"트리엔, 그대에게 신의 가호가 있기를……."

포쉬니안은 두 손 모아 간절히 기도했다.

점점 자신들의 영역을 잃어가고 있는 엘프족. 정체성을 잃은 엘프들에게 희망찬 미래는 존재하지 않았다. 비단 엘프족뿐만이 아니었다. 드워프족을 비롯한 수인족과 호비트족, 요정족 같은 여러 이종족들이 인간들에게 밀려 자신들의 터전을 잃어갔다. 이렇게 가다간 얼마 지나지 않아 대륙에는 인간들 외에는 다른 종족은 보이지 않을 수도 있었다.

현명한 엘프족의 장로 포쉬니안이 그걸 가장 먼저 깨달았을 뿐이다.

영지의 유일한 골동품 가게에 지하 공간이 있는 줄은 아무도 알지 못했다. 골동품 가게의 주인인 페라스는 영지 내에서 가장 연장자였고, 박학다식하여 영지민들의 존경을 받고 있었다. 그런 그가 부활 조직의 일원이라는 사실은 누구도 눈치채지 못했다. 그 음습한 기운이 감도는 지하 공간. 이곳은 세이렌 왕국 부활 조직의 비밀 본부였다.

본부의 가장 심처인 로슈마하의 방에서 굉음이 들렸다.

쾅!

"또 실패냐?!"

"죄, 죄송합니다."

로슈마하의 부하 중 한 명인 보르던은 대장의 분노에 두려운 듯 눈을 질끈 감았다. 방금 로슈마하의 주먹질에 책상 하나가 산산조각이 나버렸다.

보르던은 이미 십 년 전부터 영주성의 병사로 근무하며 성내의 여러 정보를 수집해 로슈마하에게 전달해 오고 있었다. 영지 내에서는 성실한 병사로 소문났지만 사실은 세이렌 왕국 부활 조직의 일원이었다.

"그놈들을 키우는 데 엄청난 자금과 시간을 쏟아 부었다. 한데 왜 죽이지 못하는 것이냐! 류센 놈이 익스퍼트 급 기사라는 건 알고 있었지만 그놈들 역시 만만치 않은 실력자들이다. 한데 왜 못 죽이는 거야?!"

불같이 화를 내는 로슈마하를 보며 보르던은 두려웠지만 자신이 모은 정보를 토대로 설명하기 시작했다.

"대장님이 보낸 어쌔신들이 상당한 실력자라는 건 잘 알지만, 류센 왕자 역시 보통이 아닙니다. 리니안의 미인계도 통하지 않으며 카턴의 계획도 실패했습니다. 그렇다고 정면으로 덤벼들 수는 없는 노릇입니다. 류센 근처에는 제국의 기사들이 항시 포진되어 있고 소드 마스터인 발자크 백작 때문에 정면대결은 승산이 없습니다."

"그걸 누가 몰라! 영주성의 병력 상황은 다 알고 있잖아! 어떤 수단을 써서라도 그걸 피하든지 막든지 해야지!"

"저… 그게 쉽지가 않습니다."

"그걸 누가 몰… 끄응! 아무튼 수단과 방법을 가리지 말라고!"

"예, 예!"

"나가봐."

보르던이 나가고 로슈마하는 생각에 잠겼다. 죽여야 할 류센은 문제될 것이 없었다. 상당한 실력을 가졌지만, 자신이 보기에는 아직 애송이에 불과했다. 정작 문제는 류센 주변의 인물들이었다. 왕자 호위라 그런지 소드 마스터인 발자크 백작을 비롯한 기사들 하나하나가 절정의 검술 실력을 가지고 있었다.

"게다가 발자크 놈이 뭔가 눈치를 챈 것 같은데… 앞으로 더욱 힘들겠군."

예전과는 다르게 류센 주변을 철통처럼 지키고 있는 기사들. 보르던의 정보로는 류센이 화장실 갈 때도 따라다닌다고 했다. 그리고 영지에서 예전과는 다르게 무장한 기사들이 순찰을 돌고 있어 함부로 움직일 수도 없었다.

로슈마하는 지끈거리는 머리를 부여잡았다. 이제는 운에 맡기는 수밖에 없었다.

치료사들은 약을 달여다 먹이고 약초를 몸에다 덕지덕지 붙였다. 그것도 모자라 붕대로 온몸을 칭칭 감았다. 치료 마법사들과 신관들은 연신 주문을 외우며 치유에 힘을 쏟았다.

이렇듯 왕자인 류센이 다치자 수많은 사람들이 달라붙어 치료에 열을 올리고 있었다.

"그만들 하라고! 이 정도로는 안 죽어!"

냄새나는 남자들이 자신의 주변에서 떨어질 생각을 하지 않자 류센은 결국 솟아오르는 짜증을 터뜨렸다. 어여쁜 트리엔은 어디 가고 남정네들만 득실대고 있느니 짜증이 안 날 수가 없었다.

"왕자님, 계속 치료를 받으셔야 합니다."

"됐어. 이게 몇 시간째야. 겨우 멍 몇 개 든 걸 가지고 안 죽는다고!"

류센은 침대에서 일어났다. 만류하는 사람들을 제쳐 두고 붕대를 훌훌 풀며 투덜거렸다. 여러 가지 약초로 인해 퀴퀴한 냄새가 코를 찔렀다. 다시금 짜증이 솟구친 류센이 인상을 찌푸리며 욕실로 향했다.

"오늘은 정말 재수 옴 붙은 날이군. 아침에는 리니안을 놓치고, 오후에는 트리엔을 만나기는커녕 죽을 뻔하지 않나. 에효, 내 팔짜가 이렇지, 뭐."

류센은 깊은 한숨을 쉬었다. 이러다가 또 총각으로 죽지 않을까 하는 우울한 상상에 빠졌다. 자신은 항상 노력하는데 언제나 결정적인 순간에 번번이 실패의 쓴 잔을 마셔야만 했다.

"왕자님, 안에 계십니까?"

퍼킨스 남작의 음성이 문밖에서 들렸다. 류센은 짜증 섞인 음성으로 소리쳤다.

"치료 안 받는다니까요! 이젠 아무렇지도 않아요!"

"그게 아닙니다. 엘프 트리엔이 찾아왔습니다요. 어서 나와보십시오."

"으잉? 트리엔이… 설, 설마?"

류센은 대충 몸을 닦고 후다닥 밖으로 나왔다. 밖은 어느덧 하루 해가 지고 휘영청 보름달이 떠오르고 있었다.

"헉! 지, 진짜네."

엘프 마을로 떠났다가 돌아온 일행 중에 트리엔의 모습이 보였다. 류센은 믿을 수가 없다는 듯 손으로 두 눈을 비볐다.

"다쳤다고 들었는데 괜찮으신 것 같군요. 다행입니다, 류센 왕자님."

"트리엔!"

류센이 달려가 트리엔의 손을 붙잡으며 반가워했다. 그녀를 보자 하루 종일 짜증스러웠던 마음이 씻은 듯 사라졌다.

류센의 과도한 환대에 트리엔은 잠시 당황했으나 곧 정신을 차렸다. 그녀는 살포시 미소를 지은 채 말했다.

"환영해 주서서 감사해요. 잠시 이곳에 머물렀으면 하는데, 부탁드려도 되겠는지요?"

달빛 아래 드러난 트리엔의 미소. 마치 달의 여신이 강림한 듯 신비롭고 아름다웠다. 류센은 잠시 그녀의 미소에 넋이 나갔다가 돌아왔다.

"그럼요. 얼마든지 머무르셔도 됩니다. 하하하하!"

쾌재를 부르짖는 류센. 이제 침대로 데려가기만 하면 모든 준비는 끝났다. 승리(?)를 확신한 류센의 낭랑한 웃음소리가 밤하늘을 가득 메웠다.

　하지만 이번에도 운명의 신이 류셴을 가만 내버려 둘지 알 수가 없었다. 구석에서 류셴과 트리엔을 지켜보는 보르던의 눈빛이 사이하게 번뜩였다.

Chapter 7
마각을 드러낸 로슈마하

류센은 아침 일찍 일어나 목욕재계를 하고 마음을 정갈하게 가다듬었다. 최신 유행하는 옷을 꺼내 입고 오랜만에 향수도 듬뿍 발랐다.

"좋아! 완벽해!"

거울에 비친 자신의 모습에 만족한 류센은 들뜬 마음으로 걸음을 옮겼다.

오늘은 역사적인 날이다. 50년간 기다리고 고대하던 그날 이 마침내 오고야 말았다.

"트리엔 양, 일어나셨나요?"

"아, 왕자님. 아침부터 무슨 일이시죠?"

옥구슬 굴러가는 듯한 아름다운 목소리. 문을 열고 나온 트리엔이 류센을 맞이했다. 화장기 없는 맨얼굴의 그녀가 아침 햇살 아래 싱그러운 느낌을 주었다.

류센의 입이 함지박만 하게 벌어졌다. 역시 꿈이 아니었다. 트리엔이 이곳에 있었다. 아름다운 트리엔의 모습을 매일 볼 수 있게 되었다는 사실이 너무나도 기뻤다.

"하하, 아니, 뭐, 아침이나 함께 먹자고요."

"아! 그럴까요? 신경 써주서서 감사합니다. 류센 왕자님은 정말 친철하시군요."

"하하, 뭐, 이 정도 가지고. 하하!"

트리엔이 고마운 듯 살짝 미소를 짓자 류센의 얼굴은 금세 빨개졌고, 겸연쩍은 듯 손사래를 쳤다.

류센과 트리엔이 식당에 도착하자 이미 기다란 식탁 위에 음식이 풍성히 준비되어 있었다. 발자크 백작과 퍼킨스 남작을 비롯해 몇몇 기사들과 귀족들이 류센을 기다리고 있었다.

"어서 오십시오, 왕자님. 트리엔님도 잘 쉬셨는지요?"

"네, 여러분의 성의에 깊이 감사하고 있습니다."

"하하, 트리엔 양. 너무 신경 쓰지 않아도 됩니다. 자자, 이쪽으로 앉으세요."

류센이 의자를 손수 빼주며 말하자 트리엔은 잠시 멈칫했지만 곧 자연스레 자리에 앉았다.

　예전과는 다르게 트리엔이 나긋나긋하게 행동하자, 류센은 왠지 일이 쉽게 풀릴 것 같다는 생각이 들었다.

　희희낙락하며 식사를 하는 류센. 옆에 있는 트리엔은 자신의 앞에 놓인 음식을 보고 기겁한 채 말했다.

　"저는 고기를 먹지 않습니다. 과일이나 채소를 주세요."

　트리엔의 앞에는 잘 익은 오리구이가 놓여져 있었다. 성의 집사인 퍼킨스 남작이 송구한 표정으로 사과했다. 시녀들을 시켜 과일과 채소 종류의 음식을 만들어 오라고 지시했다.

　"엘프들이 원래 고기를 먹지 않는 걸 알지만 그래도 먹어 두는 게 몸을 위해 좀 낫지 않을까요?"

　"아닙니디. 저희 엘프들은 약간의 과일과 채소로도 충분히 영양분을 섭취합니다."

　류센의 물음에 트리엔은 고개를 살며시 저으며 말했다. 하지만 류센은 여전히 의문스러웠다.

　'몸매는 그렇다 치고, 과일과 채소만으로 저런 큰 가슴을 만들 수가 있나?'

　류센은 엘프는 신기한 종족이라고 생각했다.

　"그건 그렇고, 트리엔 양은 이제 뭐 하실 생각입니까?"

　"글쎄요, 딱히 계획한 것은 없습니다만……."

　트리엔의 말에 류센은 기쁜 마음을 감추며 말했다.

“인간에 대해 배우고 싶다고 하지 않으셨습니까?”

“네, 저는 인간에 대해 알고 싶어요.”

“그럼 식사를 끝낸 후에 저와 영지 구경을 나가도록 할까요?”

“…네, 좋아요.”

잠시 고민하더니 고개를 끄덕인 트리엔. 류센은 속으로 쾌재를 불렀다.

‘앗싸! 데이트다! 계획대로 되고 있구나!’

류센이 밤새 고민한 계획. 어떡하면 트리엔과 그렇고 그런 일(?)을 할 수 있을까 날이 새도록 고민했다. 다행히 트리엔은 인간에 대해 공부를 하고 싶다는 말이 떠올라 지금의 계획이 만들어졌다.

‘데이트를 하면서 나의 매력을 한껏 보여준 다음, 저녁때 야경이 좋은 식당에서 식사를 한 뒤 분위기 좋은 술집에서 트리엔과 술을 마시면서 방심한 그녀에게 다가간 다음, 크흐흑! 기어코 그날이 오고야 말았구나!’

류센은 눈물을 흘리지 않을 수가 없었다. 그 모진 고통의 시간들. 차마 말할 수 없었던 인고의 세월. 오늘에서야 보상받게 되었다.

“왕자님, 어디 아프세요? 왜 갑자기 눈물을…….”

걱정스런 표정의 트리엔의 얼굴이 눈앞에 불쑥 나타났다.

질겁한 류센이 얼른 소매로 눈 주위를 닦았다.

'음, 나도 모르게 진짜 눈물을 흘렸구나.'

"으하하하! 아, 아픈 게 아닙니다. 에또… 아, 그래! 고, 고 춧가루가 눈에 들어가서 그런 겁니다. 하하하!"

손사래를 치며 변명을 늘어놓는 류센. 트리엔이 의아한 듯 고개를 갸웃거렸다. 갖가지 변명을 하며 트리엔을 이해시키기에 바쁜 류센. 이런 날 정말로 아프게 된다면, 그래서 그녀와 데이트를 하지 못하게 된다면 정말 화병이 날지도 몰랐다.

천신만고 끝에 겨우 트리엔을 이해시키고 데이트—영지 구경—를 하게 된 류센. 이제야 한숨을 돌릴 수 있게 되었다. 하지만 류센의 첫 경험(?)을 방해하는 세력은 여전히 존재했다.

"안 됩니다, 왕자님! 지금 영지 내에서 불순 세력들이 감지되었습니다. 혹시 모를 불의의 사태에 대비하여 성 밖으로 나가시면 안 됩니다."

발자크 백작이 벌떡 일어나 류센을 말렸다. 그는 어제 있었던 류센의 사고와 기사들을 풀어 끌어 모은 정보를 가지고 영지 안에 불순한 세력이 있다는 걸 간파했다. 그는 전쟁터를 누벼온 자신의 감각이 절대 틀리지 않다고 확신했다.

'저걸 그냥 콱! 으이구! 소드 마스터만 아니었으면……'

류센은 들고 있던 포크를 집어 던지고 싶은 욕구를 꾹꾹 눌러 참았다. 어제도 그러더니 오늘도 이런 식으로 자신의 길을 막았다.

"거, 말도 안 되는 소리 하지 마십시오. 제가 여기 온 지 얼마 되지는 않았지만 평화롭고 살기 좋은 영지인데 왜 이상한 소리를 하십니까?"

류셴은 트리엔만 없었다면 당장 달려들어 알고 있는 욕을 총동원해 퍼부어주었겠지만 이미지 관리상 최대한 순화해서 말했다.

그러나 발자크 백작은 고개를 흔들며 진중한 표정을 고수했다. 단 하루의 조사였고, 아직 확실한 증거는 없었다. 하지만 느낌이 좋지 않았다. 무언가 싸늘한 기운이 등줄기를 타고 올랐다.

"조금만 기다려 주십시오. 반드시 밝혀 보이겠습니다."

어떻게든 불순 세력을 파헤쳐 류셴을 지키겠다는 결연한 의지를 보이는 발자크 백작. 류셴이 그런 그의 마음을 이해할 리가 없었다. 이미 머릿속엔 트리엔으로 가득 찼기 때문이다.

"그깟 놈들 나타나면 백작께서 잡으면 될 거 아닙니까. 잘됐네. 오히려 내가 돌아다니면 그놈들이 나타날지 모르니……."

"와, 왕자님, 아직 그놈들이 어떤 힘을 가졌는지 알 수가 없습니다. 좀 더 정보를 모은 다음에……."

"아아! 됐습니다. 저 또한 내 한 몸 지킬 수 있는 실력이고,

소드 마스터인 백작님과 여러 기사들이 있지 않습니까. 엘프족인 트리엔 양이 보는 앞에서 이게 무슨 추태입니까. 크라이드 제국의 왕자가 두려워서 밖을 못 나간다니, 다른 나라에서 알면 비웃을 겁니다!"

"소, 송구합니다. 다 제 잘못입니다. 하지만 조금만 기다려주신다면……."

"기다리지 말고 나가서 잡으면 될 거 아닙니까?"

"왕자님, 그건 너무 위험합니다. 혹여 왕자님께 불상사라도 생긴다면 큰일입니다."

"저는 걱정하지 마시라니까요. 백작께서 지켜주시면 될 일 아닙니까. 이상한 소리 그만 하시고 어서 나갈 채비나 하세요."

"끄응! 아, 알겠습니다."

더 이상 류센의 고집을 꺾을 수 없다는 걸 깨달은 발자크 백작은 앓는 소리를 내며 수락할 수밖에 없었다.

"류센 왕자님, 무슨 말씀을 하시는 거죠? 불순 세력이라니? 인간들은 서로 싸우고 죽이기도 한다던데 정말입니까?"

트리엔은 믿을 수 없다는 듯 눈을 크게 떴다. 엘프들은 서로 싸우지 않는다. 삼백 년을 살면서 엘프들끼리 싸웠다는 소리는 들어본 적이 없었다. 하지만 인간들은 서로 싸운다고 들었다. 어떻게 같은 종족끼리 서로 싸우고 죽일 수 있는지 이해할 수가 없었다.

"아, 아닙니다. 별일 아니에요. 뭐, 이상한 놈들이 몇 명 있는 것 같은데 금방 해결될 겁니다. 하하하."

류센은 당황한 듯 고개를 휘저었다. 이러다 트리엔이 데이트를 거부한다면 큰일이었다. 류센이 발자크 백작을 힐끔 노려보며 트리엔을 달래기에 바빴다.

그런 류센의 모습에 발자크 백작은 한숨을 쉬었지만 이미 결정된 사안이었다. 한숨만 쉰다고 문제가 해결될 리 없다는 걸 잘 아는 그는 마음을 굳게 먹었다.

'그래, 감히 누가 우리 크라이드 제국을 건들겠어? 보이기만 하면 묵사발을 내주마!'

발자크 백작은 투지를 일깨웠다. 오랜만에 전투다운 전투를 할 것 같다는 예감이 들었다.

"기사들을 소집해라! 확실히 무장을 하고 나오라고 해!"

발자크 백작의 호쾌한 음성이 성안을 가득 메웠다. 성에 거주하는 모든 사람들이 바쁘게 움직였다. 병사 보르던 역시 바쁘게 움직였다.

로슈마하는 어지럽게 방 안을 왔다 갔다 했다. 침착성을 잃은 듯 안절부절못하는 모습이었다. 보르던이 가져다준 정보는 엄청난 것이었다.

'발자크 백작이 눈치를 챘다!'

안 그래도 점점 줄어만 가는 조직에 치명적인 타격이, 아니, 어쩌면 회생 불가능할지도 몰랐다. 조직의 존립 여부가 판가름날 정도로 크나큰 위기였다.

로슈마하는 고민에 빠질 수밖에 없었다. 여기가 조직원을 제외하고는 아무도 모르는 비밀 기지라고는 하지만 제국의 기사들이 여기저기 들쑤시고 다니면 걸리는 건 시간문제였다. 얼마 남지 않은 조직을 이끌고 도망갈 것이냐, 아니면 계란으로 바위 치기지만 사생결단을 낼 것이냐를 결정해야만 했다.

로슈마하의 이마에 식은땀이 맺혔다. 수많은 생각이 머릿속을 헤집었다.

"빌어먹을! 어차피 이대로 간다면 조직은 자멸한다. 이렇게 된 거 죽기 아니면 살기다!"

로슈마하는 결정을 내렸다. 구차한 삶을 연명하기에는 자존심이 용납하지 않았다. 조직의 사활을 걸고 한번 도박을 해 보기로 결심했다. 비록 희박한 가능성의 도박이지만.

결심을 내린 로슈마하의 눈빛이 살기로 희번덕였다.

"나참, 이게 뭐냐고……."

사람들이 슬금슬금 피한다. 두려운 표정으로 하나둘 도망가기에 바빴다. 상점은 전부 문을 닫았고 거리는 황량한 바람만이 불어닥쳤다.

류센은 기가 막혔다. 아무리 기사들이 중무장을 한 채 나타났다고는 하지만 무슨 죄를 지은 사람처럼 도망치는 영지민들을 보고 어이가 없었다.

"어이, 백작 나으리. 거 기사들은 좀 돌려보내지? 사람들이 무서워하잖아."

"안 됩니다. 기사들을 돌려보내시려면 왕자님도 함께 가시지요."

"크악!"

류센은 더 이상 참지 못하고 발자크 백작에게 달려들었다. 그러나 소드 마스터인 그를 이길 재간이 있을 리 없었다. 그렇다고 명령 운운해도 호위라는 명목으로 꿈쩍도 하지 않는 발자크 백작.

'에효, 이 상황에서 무슨 분위기가 나겠냐.'

트리엔을 힐끔 쳐다보며 한숨을 푹 쉬는 류센. 도무지 방법이 생각나지 않았다.

'그냥 오늘은 포기할까? 오늘만 날이 아닌데. 헉! 안 돼. 죽어도 포기 못하지. 한 번 포기하게 되면 영원히 포기하게 될지도 몰라. 하지만 방법이 없잖아?'

류센이 머리를 부여잡고 끙끙거리며 묘수를 강구해 봤지

만 뾰족한 수가 보이지 않았다. 그때 발자크 백작이 슬며시 다가와 말했다.

"왕자님, 그만 돌아가시지요. 그놈들을 잡은 연후에 영지 구경을 하셔도 되지 않습니까?"

"아, 진짜! 그 이상한 놈들이 있기는 있는 겁니까? 혹여 있다면 며칠 만에 다 잡을 수 있습니까?"

류센이 짜증 섞인 음성으로 소리쳤다. 아닌 밤중에 오우거도 아니고 어느 날 갑자기 나타나 불순 세력이 있으니 조심하라. 뭐, 이것까지는 이해한다 치더라도 왜 하필 오늘이란 말인가.

발자크 백작은 류센의 물음에 자신이 없는 듯 더듬거렸다.

"분명 그놈들이 있기는 한데… 글쎄요. 금방 잡기에는 좀…….."

어둠 속에서 암약하는 세력을 쉽게 잡기란 요원한 일. 게다가 조용히 처리해도 힘든 일을 이렇게 보란 듯이 돌아다니면 더 깊은 곳으로 숨어버릴지도 몰랐다.

"그냥 돌아갈까요? 발자크님의 말씀대로라면 정말 위험할지 모르겠는데요."

트리엔은 걱정스런 표정이었다. 그녀는 류센을 죽이려는 인간이 있다는 사실에 경악을 금치 못하고 있었다.

아무튼 트리엔의 말에 반색한 발자크 백작. 하지만 류센은 결사 반대였다. 작심하고 나왔건만 허무하게 돌아갈 순 없었다.

"하하하, 거 무슨 섭섭한 말을 하십니까. 우리 크라이드 제국은 악의 무리를 절대 무서워하지 않습니다. 그놈들이 나타나면 오히려 반가운 일이지요. 백작님, 안 그렇습니까? 명색이 소드 마스터이신데."

"물론입니다. 제국의 기사들은 두려움 따위는 모릅니다. 하지만 왕자님께 행여나 불상사가 생길까 심려가 돼서 드리는 말씀입니다."

"제가 왕자이기도 하지만 저 역시 제국의 기사 중 한 명입니다. 엇! 저기 문을 연 가게가 있네. 가서 목이나 축입시다. 어서어서……."

더 이상 돌아가자는 말을 하지 못하게 후다닥 달려가는 류센. 발자크 백작은 한숨을 쉬며 뒤를 쫓았다.

"오늘은 장사를 하지 않습… 히익!"

식당 문을 닫기 위해 한창 분주하게 움직이던 존스는 식당으로 들어오는 일단의 무리를 보다가 기겁했다.

"아저씨, 우리가 뭐 사람 잡아먹나? 왜 하나같이 도망가고 가게 문을 닫는 거야?!"

"와, 왕자님."

존스는 자신 앞에 서 있는 류센을 보고 황급히 고개를 조아렸다. 그의 등이 축축하게 젖어 있는 것이 굉장히 두려워하고 있음을 보여줬다.

"말해봐. 왜 숨는 건데?"

트리엔과 로맨틱한 데이트를 즐기려던 류센은 사람들이 모두 도망가거나 숨어버리자 화를 참지 못하고 윽박질렀다. 자신들을 괴물 보듯 하는 행태를 이해하지 못했다.

"그, 그것이……."

존스는 이유를 말하지 못한 채 벌벌 떨기만 했다. 주변의 무장을 한 기사들을 힐끔 훔쳐보며 눈치를 살폈다.

"아마도 옛날 일이 생각나서 그렇겠지요."

류센의 뒤를 따라온 발자크 백작이 말했다. 류센은 의아한 표정으로 그를 바라보았다. 그 모습에 처연한 한숨을 내쉬며 말하는 발자크 백작. 왠지 얼굴이 우울해 보였다.

"이십 년 전의 일이 생각나서 그렇지 않을까 생각됩니다."

"이십 년 전의 일?"

류센은 여전히 이해를 못한 듯 고개를 갸웃거렸다. 하지만 존스는 자라처럼 목을 움츠리며 부들부들 몸을 떨었다.

"히이익! 사, 살려주십시오!"

"당신은 아마 이십 년 전의 전쟁을 눈으로 보았겠지. 그때의 기억이 살아나서 그런가? 그래서 사람들이 도망을 치는 건가? 또 너희들을 죽일까 봐서?"

"사, 살려주십시오!"

발자크 백작이 존스를 노려보며 말했다. 존스는 그야말로 공포에 질린 표정으로 죄지은 양 무릎을 끓은 채 두 손을 싹싹 빌었다.

"어이, 아저씨. 왜 그래? 우리가 사람을 죽인대? 아무런 일도 아니니까 장사해."

류센은 기가 막히다는 듯 말했다. 20년 전의 전쟁은 전쟁이고 지금은 평화롭지 않은가. 발자크 백작의 쓸데없는 걱정 때문에 기사들이 중무장을 한 것뿐이지 실제 아무 일도 아니었다.

"그게 쉽지는 않을 겁니다. 그때 전쟁에서 제국 기사들이 사람을 참 많이도 죽였으니까요. 특히 저항이 심했던 세이렌 왕국을 그야말로 무자비하게 죽였지요. 본보기를 보인다는 명목 아래……."

그 당시 젊은 나이로 전쟁에 참여한 발자크 백작은 그때의 참혹했던 일들이 생생히 기억났다. 황제의 명 아래 사람을 죽여도 죄책감을 느끼지 않았고, 오히려 제국을 거역하는 반도(叛徒)들이라 여겨 잔인하게 죽였다. 어른, 아이 할 것 없이. 당시의 기억은 개인적으로 잊고 싶은 일이었다.

"음……."

류센은 볼을 붉적이며 겸연쩍어했다. 전쟁의 참담함은 잘 알고 있었다. 책으로 전쟁의 잔악성을 익히 알고 있었다. 그러나 실제로 전쟁을 겪어본 적이 없었다. 게다가 이곳의 주민들이 크라이드 제국의 칼 아래 죽어갔다는 사실에 왠지 모르게 죄스러운 느낌이 들었다.

"주민들은 기사들이 중무장을 하고 나오자 그때의 기억이 떠올라 서둘러 도망친 겁니다. 아마도 또다시 자신들을 죽일까 두려웠던 것이겠지요."

"아! 그러니까 기사들을 모두 돌려보내라니깐! 그때는 그 때고 지금은 평화롭잖아! 명령이다! 기사들을 모두 돌려보내!"

류센은 사람들이 그런 고통을 겪는지 몰랐던 탓에 애꿎은 발자크 백작만 탓했다.

씩씩기리는 류센을 가만히 바라보던 발자크 백작. 잠시 고민하더니 안 되겠다는 듯 고개를 가로저었다.

"죄송합니다. 그 명령은 받들 수가 없습니다. 언제 불순한 놈들이……"

"불순한 세력은 무슨 얼어죽을! 백작도 봐서 알 거 아닌가! 사람들이 도망치잖아! 이런 사람들이 무슨 짓을 한다는 거야! 잔말 말고 기사들을 돌려보내! 그동안은 참았지만 더 이상 내 명령을 거역한다면 황실 모독으로 간주하겠다!"

류센은 오랜만에 진심으로 화가 났다. 아직도 몸을 움츠린 채 벌벌 떨고 있는 존스. 주변 건물에서 커튼 사이로 사람들이 이곳을 바라보고 있었다. 한결같이 두려운 표정들, 울고 있는 아이들. 그걸 더 이상 지켜보고 있을 수가 없었다.

"휴, 알겠습니다. 하지만 모두는 안 됩니다. 저하고 몇몇 기사들로 왕자님을 호위하도록 하지요. 저로서는 최대한 양보한 겁니다."

류센의 표정에서 완강한 고집을 느낀 발자크 백작은 한숨을 쉬며 한발 물러섰다. 사실 자신도 이곳 주민들에게 좀 미안하기도 했고, 소드 마스터인 자신이 있다면 큰일은 없을 거라 판단했다.

그리하여 발자크 백작을 비롯한 다섯 명의 기사만 남고 나머지 기사들은 모두 성으로 돌려보냈다. 물론 남은 기사들은 발자크 백작을 제외하고 최고의 실력을 가진 기사들이었다.

그제야 굳은 표정이 풀린 류센. 엎드려 있는 존스를 손수 일으켜 세워주며 말했다.

"아저씨, 이젠 아무 일도 없을 겁니다. 저의 명예를 걸고 약속드립니다. 그러니 안심하고 장사하세요."

"가, 감사합니다, 왕자님."

"목이 타는데 음료수 좀 주시겠습니까? 아, 트리엔 양. 과일 주스 괜찮겠지요?"

"저야 감사하지요."

류센의 활기찬 음성. 트리엔은 묘한 눈빛으로 그를 바라보며 대답했다.

　상황이 일단락되고 무겁게 가라앉았던 분위기가 평소처럼 돌아왔다. 류센과 트리엔이 한 탁자에 마주 앉았고, 발자크 백작과 다섯 명의 기사들이 옆자리를 차지하고 있었다.

　존스가 음료수를 가져왔다. 그러자 갑자기 발자크 백작이 일어나 류센에게 가져갈 음료수를 자신이 가져가는 게 아닌가. 그의 행동에 의아함을 느낀 류센이 물었다.

　"무슨 짓입니까?"

　발자크 백작은 대답없이 조금 마셔보더니 눈을 감고 맛을 음미하는 듯한 행동을 취했다.

　"독이 없습니다. 안심하고 드십시오."

　"캬! 이 사람이 정말 의심병 걸렸나? 그리고 당신이 입 댄 걸 나보고 지금 마시라고?!"

　"의, 의심병이라니요? 저는 그저 매사 조심하자는 뜻으로……"

　류센은 혀를 찼다. 과연 소드 마스터가 맞는지 의심이 들었다. 존스에게 새로 음료수를 요청하였다. 남자가 입을 댄 음료수는 마실 수가 없었다. 트리엔의 입이 닿은 거라면 또 몰라도.

　궁상맞은 표정으로 자리에 앉는 발자크 백작. 류센은 그런 그를 내버려 두고 창밖을 둘러보았다. 많은 기사들이 돌아가서인지 평소만은 못하지만 그래도 제법 사람들이 거리를 돌아다니고 있었다.

다행이란 생각에 류센은 기쁜 표정을 지었다. 그 모습을 지켜보던 트리엔이 살포시 웃으며 말했다.

"역시 류센 왕자님은 착한 인간이군요."

"네, 네? 제가요?"

"예. 책에서 읽은 적이 있어요. 남을 배려할 줄 아는 인간은 착하다고요. 믿을 수 있는 인간이라고 들었어요."

"하하하! 뭐 이 정도는 기본이지요. 저만 믿으세요. 하하!"

뭐가 어떻게 돌아가는지 모르겠지만 트리엔으로부터 점수는 확실히 땄다. 류센은 그것에 만족하지 않고 슬며시 그녀의 손등을 만지작거렸다.

"제가 손점 봐드릴까요?"

참으로 고전적인 수법. 보통의 여자에게 이런 수법을 썼다간 비웃음만 살 게 뻔했다. 하지만 상대는 보통 여자가 아닌 엘프였다.

"어머, 점도 볼 줄 아세요?"

별 의심 없이 손을 맡기는 트리엔. 류센은 좋아라 그녀의 손을 주물렀다.

"피부가 정말 부드럽군요."

"그런가요? 근데 피부가 부드러운 게 좋은 건가요?"

"……"

엘프는 미용에 신경을 쓰지 않는가? 자신의 말이 칭찬인지 모르고 고개만 갸우뚱거리는 트리엔. 류센은 잠시 멍한 표정이었지만 다시금 용기를 내어 작업에 들어갔다.

"그, 그럼요. 피부가 부드러워서 남자들한테 인기 많겠네요. 얼굴도 예쁘시고 몸매도 좋으시고. 하하!"

"그런 게 남자들한테 인기가 있나요? 왜 그런 거죠? 저희 마을의 엘프들은 전부 저같이 생겼는걸요."

"……."

류센은 할 말을 잃었다. 예쁘다고 칭찬해도 이해를 하지 못하니 달콤한 단어들이 필요치 않았다. 원래 엘프라는 종족은 연애의 감정 같은 건 모르기 때문이다. 결혼도 하지 않으며 서로의 사생활에 관심조차 없다. 그저 나무를 기르고 꽃을 가꾸는 데 시간을 할애할 뿐이었다.

'크아악! 이거 어떡하지? 말이 통해야 작업이 먹히지.'

"왜 그러시죠? 인간 여자들은 이런 말을 들으면 좋아하나요?"

정말 할 말이 막막했다. 이건 숫제 인형을 데려다 말하는 것과 같았다. 류센은 이해할 수 없다는 듯 물었다.

"트리엔은 지금까지 남자와 사겨본 적이 없습니까?"

"남자와 사귄다고요? 아! 사귄다. 저 알아요. 친구가 된다는 뜻이죠? 책에서 읽어본 적이 있어요. 음… 저희 마을에는 남자 엘프가 몇 명 없어서 사겨본 적이 없는걸요."

"……."

류센은 밤새 고심하며 만든 작업 문구를 모두 머릿속에서 삭제시켰다. 그런 게 통할 상대가 아니었기 때문이다. 트리엔을 보는 눈빛에는 막막함이 가득했다.

'이걸 어째. 그냥 덮쳐?'

"역시 뭔가 다른가요? 저는 책에서 읽은 지식밖에 없어서. 류센 왕자님이 좀 가르쳐 주세요."

'허걱! 이건 웬 떡이냐.'

류센은 얼씨구나 쾌재를 불렀다. 잘만 하면 고생하지 않고 그렇고 그런 짓(?)을 할 수 있을지도 몰랐다.

"험험, 그럼 몇 가지 물어보겠습니다. 혹시나 기분 나쁘시더라도 이해해 주세요. 이건 어디까지나 인간을 배우기 위해 나온 트리엔 양을 위해서입니다."

"네, 하지만 왕자님이 저에게 기분 나쁜 짓을 하리라고는 생각되지 않는데요. 왕자님은 착한 인간이시잖아요."

"어험! 어허험! 무, 물론이죠."

'그런 순진한 표정으로 보지 말라고. 괜히 양심의 가책이 느껴지잖아.'

류센은 왠지 자신이 어린 양 한 마리를 타락의 길로 인도하는 악마처럼 느껴졌다.

"험험, 저 혹시 그럼… 키스는 해보셨나요?"

조심스레 말을 꺼내고 눈을 질끈 감은 류셴. 당장이라도 '이 변태! 라는 소리와 함께 따귀를 맞아도 할 말이 없었다. 하지만 아까도 말했지만 상대는 보통 여자가 아니었다.

"키스요? 아! 서로 좋아하는 사람끼리 입을 맞추는 행동이죠? 해본 적이 없어요. 하지만 책에서는 키스하게 되면 기분이 좋다고 하던데, 왕자님은 해보셨어요?"

"으하하! 저, 저도 아직……."

"그렇군요."

성격이 대담한 건지 아니면 정말 모르는 건지 얼굴색 하나 변하지 않은 채 말하는 트리엔. 오히려 류셴의 얼굴이 빨개졌다.

"어? 왕자님, 어디 아프세요? 얼굴이……."

"아, 아무것도 아닙니다. 그럼 그건 해보셨는지요?"

"그거?"

"네, 그거."

"그게 뭐죠?"

"……."

이걸 어떻게 설명하나. 류셴은 잠시 고민해 보았지만 방법이 없었다. 그저 난감할 따름이었다. 그러다 문득 깨달은 것이 있었다.

'아, 맞아. 키스도 안 해본 사람이 그걸(?) 했을 리가 없지. 으이구, 이 바보!'

"어? 왕자님, 왜 그러세요? 손으로 왜 머리를 때리는 거죠? 그것도 무슨 의미가 있는 행동인가요?"

"으헉! 아, 아닙니다. 절대 그럴 리가 없잖아요?"

"으음, 역시 인간은 이해하기 힘든 종족이군요. 책에서 본 것과는 많이 다르네요."

어떻게든 작업을 걸려고 노력하는 류센의 행동을 트리엔은 이해하고 배우려고 했다. 그야말로 황당하기 그지없는 행동. 하지만 그녀의 괴이한 행동은 끝이 아니었다.

"왕자님, 우리 키스해 볼까요?"

"으갸갹!"

쿠당탕!

류센은 저도 모르게 의자에서 미끄러지고 말았다. 발자크 백작이 놀라 달려온 건 당연지사.

"왕자님! 무슨 일이십니까? 습격입니까?!"

"습격은, 무슨 헛소리를 하십니까? 당신은 좀 빠지라고, 제발! 저리 가!"

류센이 벌떡 일어나 발자크 백작을 밀어냈다. 무슨 해충 보듯이 손을 훼훼 저었다. 나름 류센을 지키려고 온 발자크 백작은 억울한 듯 투덜거리며 돌아갔다.

"키, 키스를 하자고요?"

류센이 믿을 수 없다는 듯 되물었다. 트리엔은 자신의 말을 번복할 생각이 없는지 고개를 끄덕였다.

"네, 아시다시피 저는 인간을 배우려고 왔습니다. 서로 좋아하는 사람끼리 하는 키스를 해보고 싶습니다. 왜 기분이 좋아지는지 알고 싶습니다. 왕자님은 착한 인간. 왕자님이 좋습니다. 왕자님은 제가 싫으신가요?"

"아, 아니요. 절대로 그럴 리가 없습니다. 저, 저도 트리엔 양을 좋아합니다."

"그럼 해요."

"으허허허."

이런 행운이 자신에게 찾아오다니. 류센은 볼을 꼬집어보고 싶었다. 하지만 또 트리엔이 물어올까 봐 꾹 참았다. 정말이지, 순진하기 짝이 없는 엘프가 아닐 수 없었다.

50년 묵은 총각보다 300년 묵은 처녀가 더욱 적극적인 기묘한 상황이 연출되었다. 뭐, 둘 다 외모는 젊지만.

아무튼 류센은 얼굴을 붉힌 채 트리엔을 바라보았다. 그녀의 앵두 같은 붉은 입술을 보았다. 그 입술을 훔치고 싶다는 욕망을 솟아올랐다.

'하지만 참자!'

류센은 50년간 참아온 정신력으로 욕망에서 벗어나려고

했다. 딱히 순진한 트리엔을 속이는 게 마음에 걸려서가 아니
었다. 그러기에는 홀로 지낸 지난 세월이 아까웠다. 당장이라
도 덮치고 싶은 마음이 굴뚝처럼 솟았다.

'망할 발자크 백작! 하여간 저 인간 때문에 되는 일이 없
어! 저것들이 딸려 나오지 않았다면 지금쯤 트리엔의 부드러
운 입술을 맛볼 수 있었을 텐데…….'

조금 떨어진 곳에서 자신을 지켜보고 있는 발자크 백작과
다섯 명의 기사. 그들의 눈이 무서웠기 때문이다. 아무리 자
신이 급해도 누가 보는 앞에서 첫 키스는 사절이었다.

"트리엔 양, 원래 키스는 밤에 하는 것입니다."

"네? 밤에 해야 한다고요? 왜 그렇죠? 책에서는 그런 말이
없었는데."

"워, 원래 그런 거예요. 책에서는 안 나오겠지만 아무도 없
는 밤에 해야 더 좋은 겁니다. 이, 이따가 밤에 제 방으로 오
세요. 더 좋은 걸 가르쳐 드리겠습니다."

"더 좋은 거요? 음, 알겠습니다. 열심히 배울게요."

대충 얼버무려 간신히 트리엔을 이해시킨 류센. 겨우 한숨
돌릴 수 있게 되었다.

'으흐흐, 그래, 지금은 참자. 이따 밤에 좋은 걸 가르쳐 주
지. 으흐흐, 드디어 그날이 오고야 말았구나. 으캬캬캭!'

"앗! 왕자님 입가에 침이 흐르네요. 배고프세요?"

“……”

정말이지, 대책없는 아가씨가 아닐 수 없었다.

류셴의 명령으로 대부분의 기사들이 돌아갔다. 그로 인해
거리는 평소처럼 많은 사람들이 오갔다. 상점도 대부분 문을
다시 열었다.

“준비는?”

“완벽합니다.”

류셴이 있는 식당 맞은편 건물 옥상에서 로슈마하가 류셴
의 일거수일투족을 낱낱이 살펴보고 있었다.

“이제 넌 죽은 목숨이다. 기사들을 돌려보낸 것이 실수였
다. 시작해!”

“예!”

로슈마하의 옆에 있던 사내가 복명을 한 뒤 부리나케 달려
갔다.

식당 안으로 누군가가 들어왔다. 비쩍 마른 몸매를 가져 힘
이 없어 보이는 남자였다. 존스가 반색한 채 다가갔다.

“이 녀석, 어딜 갔다 이제 들어오는 거야?”

“죄송해요, 아버지.”

들어온 남자는 존스의 아들이었다. 경계심을 가진 채 지켜

보던 발자크 백작이 의심을 풀었다.

"당신 아들인가? 허허, 식당 주인 아들이 이렇게 마르다니……."

"소, 송구하옵니다, 나으리."

"아니, 뭐, 나한테 미안할 일이 있나. 아들 밥 좀 많이 먹이고 운동 좀 시켜야겠어."

"예, 예. 이 녀석, 왕자님께서 오셨으니 인사드리거라."

"예? 왕자님께서요?!"

존스의 아들은 호들갑을 떨며 류센에게 다가갔다. 발자크 백작은 따라갈까 하다가 저런 비실거리는 몸으로 무슨 짓을 할까 싶어 그냥 지켜보기로 했다. 또 따라갔다가 류센에게 야단맞고 싶지 않은 것도 이유였다.

"왕자님, 제 아들입니다."

"만나 뵙게 돼서 영광입니다, 왕자님. 저는 디안이라고 합니다."

디안이 황급히 고개를 숙였다. 머리가 땅에 닿을 정도로 열심히 숙였다. 비쩍 마른 몸매의 디안이 연신 인사를 하자 류센은 보기에 안쓰러워 그의 어깨를 툭툭 치며 말했다.

"그만하면 됐어. 발자크 백작 말처럼 밥 좀 많이 먹어야겠구먼. 남자가 이래서 어디 힘을 쓰겠나?"

디안이 여전히 고개를 숙인 채 말했다.

"예, 왕자님. 하지만 제가 힘이 약해도 사람 한 명 정도는 쉽게 죽일 수 있습니다."

"뭐?"

류센이 순간 이해를 못하고 의아해하는 찰나, 한줄기 섬광이 눈앞에서 터졌다.

슈팍!

"으악!"

"와, 왕자님!"

"죽어랏!"

"마, 막아랏!"

식당은 금방 아수라장이 되었다. 류센이 가슴을 움켜쥔 채 쓰러지고 있었고, 트리엔은 놀라 소리를 질렀다. 디안의 검이 지나간 자리에 존스가 소매에 감춰둔 단검을 뽑아 찔러갔다. 그 모습을 본 발자크 백작이 기겁하며 달려왔다.

콰앙! 퍽!

생사의 위기에 처한 류센. 그러나 재빨리 몸을 굴려 존스의 검을 피했다. 존스의 검이 바닥에 꽂혀 굉음이 울렸다. 류센은 검을 뽑기 위해 안간힘을 쓰는 존스의 옆구리를 사정없이 걷어찼다.

"크헉! 이, 이게 무슨 짓이냐?!"

간신히 한숨 돌린 류센이 소리쳤다. 가슴에서 피가 흘러나

오고 있었지만 그래도 뼈는 상하지 않았다. 그저 피부가 크게 벌어져 피가 좀 많이 흐를 뿐이었다. 순간적인 상황에서 최선을 다해 공격을 피한 탓이다. 류센 역시 왕자이기 전에 한 명의 실력있는 기사였다.

"이놈들! 살려두지 않겠다!"

류센의 상태가 당장 위급하지 않다는 걸 깨달은 발자크 백작은 몸을 돌려 존스와 디안에게 공격을 퍼부었다.

"쳇, 아깝군. 하지만 언젠가는 네놈의 목숨을 가져가겠다! 당장 이 땅에서 물러가라, 더러운 제국 놈들아!"

존스와 디안은 그렇게 소리치며 식당을 벗어났다. 발자크 백작과 함께 있던 다섯 명의 기사가 그 뒤를 쫓으려고 움직였다.

"멈춰! 보통 상대가 아니다! 내가 뒤쫓겠다! 너희들은 왕자님을 지켜라!"

"알겠습니다!"

발자크 백작은 잠시지만 그들과 검을 맞대본 결과 고도로 훈련된 실력자라는 걸 간파했다. 게다가 벌써 저 멀리 도망치는 엄청난 스피드. 괜히 기사들을 보내 함정에 걸려 놓치기라도 한다면 큰일이었다. 소드 마스터인 자신만이 상대할 수 있다고 판단했다.

"놓치지 않겠다! 반드시 잡아 네놈들의 배후를 알아야겠다!"

발자크 백작은 온몸에 마나를 돌렸다. 다리에 힘을 주고 힘껏 땅을 박차자 몸이 앞으로 쭉쭉 뻗어갔다.

"헉헉! 이게 무슨 일이야."

류센이 가슴을 움켜쥔 채 자리에 주저앉았다. 정말 눈 깜빡할 사이에 모든 일이 끝나 버렸다. 자신이 공격받고 피하고 도망가는 놈들의 뒤를 쫓는 발자크 백작까지. 단 한순간에 끝나 버린 상황이었다. 어찌 되었건 겨우 한숨 돌릴 수 있게 되었다.

"왕자님, 괜찮으십니까?"

기사 한 명이 다가와 물었다. 류센은 인상을 찌푸린 채 말했다.

"넌 이게 괜찮아 보이냐?"

"죄, 죄송합니다. 곧 신관이나 치료사를 데려오겠습니다."

"왕자님, 제가 한번 치료해 봐도 될까요?"

"트, 트리엔, 마법을 쓰실 줄 아시나요?"

얼굴에 걱정스런 표정이 가득한 트리엔이 다가왔다. 류센이 고개를 끄덕이자 그녀는 부드러운 손을 류센의 상처 부위에 가져갔다.

"만물을 사랑하는 대지의 여신이여, 지금 여기 그대의 자식이 고통을 받고 있습니다. 저에게 치유할 힘을 주시옵소서.

힐링(Healing)!"

트리엔은 힐링 마법을 펼쳤다. 그녀의 마법 실력이 상당한지 류센의 상처가 서서히 아물기 시작하더니 종내에는 아무렇지 않은 듯 새살이 보였다.

"오! 대단합니다, 트리엔 양. 이 정도의 마법 실력이라니……."

류센은 상처가 완벽하게 낫자 크게 놀라워했다. 이제껏 트리엔의 무력(武力)을 대단치 않게 보았다. 등에 메고 다니는 활로 보아 궁술에나 조금 조예가 있을까 생각했다. '여자는 약하다' 라는 고정관념 때문이었다.

"이것저것 배우느라 그리 대단한 실력은 아닙니다."

"이것저것 배웠다고요?"

"네, 마법과 궁술, 그리고 정령술과 검술까지 익히느라 깊게는 배우지 못했습니다."

"……."

이거 덮치려다가 맞아 죽는 거 아니야?

류센은 오늘 밤의 계획을 진지하게 재검토해 볼 필요성을 느꼈다.

"다행입니다, 왕자님. 조금만 기다려 주십시오. 제가 기사들을 데리고 오겠습니다."

다행히도 불순 세력의 음모는 막을 수가 있었지만, 왕자인 류센이 습격받게 된 대형 사고였다. 기사 한 명이 성에 알리기 위해 식당 문을 나섰다.

"크아악!"

"헉! 뭐, 뭐야!"

류센이 기겁한 채 비명이 들려온 쪽으로 고개를 돌렸다. 그곳은 이제 막 기사가 나간 식당 문이었다. 소식을 알리기 위해 나갔던 기사가 피를 흘리며 쓰러져 있었다. 그 앞에는 한 명의 남자가 피가 흐르는 검을 들고 있었다.

"큭큭큭! 만나게 되어 영광이오, 류센 왕자."

"누, 누구냐?!"

류센은 그 남자에게서 쏘아지는 짙은 살기를 느꼈다. 소름이 오싹 돋을 정도로 공포를 느꼈다.

"나? 세이렌 왕국의 마지막 왕자 로슈마하 폰 세이렌이다."

기사를 죽인 남자의 정체는 바로 세이렌 왕국 부활 조직 대장 로슈마하였다. 로슈마하는 뭐가 그리 기쁜지 연신 웃음을 그칠 줄을 몰랐다.

"네놈들이었구나, 발자크 백작이 말하던 불순한 세력이란 게."

류센은 마나를 돌려 떨리는 몸을 달랬다. 로슈마하를 노려보며 중얼거렸다.

"불순 세력? 하! 누가 불순 세력이라는 거지? 내가? 웃기지 마라. 이곳은 세이렌 왕국의 땅이다. 네놈이야말로 이 땅에서 사라져야 할 불순 세력이다."

"홍! 피차 헛소리 그만 하자. 날 죽이려고 왔나?"

"그렇다. 큭큭큭."

로슈마하는 웃었다. 어두컴컴한 지하에서 복수의 칼을 간 지 20년. 이제야 비명에 죽어간 사람들의 복수를 할 수 있게 되었다. 어찌 기쁘지 않을 수가 있겠는가.

"훗, 미쳤군. 너 혼자서 뭘 어떻게 하겠다는 거지?"

웃고 있는 그를 보며 류센은 한껏 비웃음이 담긴 음성으로 말했다. 실제로 식당 안에는 로슈마하밖에 보이지 않았다. 제국 기사를 간단히 죽인 걸로 보아 상당한 실력자인 걸 감안하더라도 이곳엔 아직 네 명의 기사가 남아 있었다. 여차하면 류센까지 끼어들 수도 있었다. 게다가 트리엔도 무시할 수 없었다.

"나 혼자라고? 으하하! 재밌군. 류센 왕자, 창밖을 한 번 봐라. 큭큭큭."

류센은 설마하는 심정으로 밖을 내다보았다. 거리에는 수많은 사람들이 있었다. 그들은 전부 이쪽을 바라보고 있었다. 겉으로는 평화로워 보이지만 언뜻언뜻 번쩍이는 검날이 보였다 사라지곤 했다. 식당은 완벽히 포위된 상태였다.

"크윽!"

류센이 분한 듯 침음성을 흘렸다. 이대로라면 목숨을 보장 받기 어려워 보였다. 그런 류센을 조롱하듯 로슈마하가 말했다.

"이번 작전의 가장 큰 걸림돌은 역시 발자크 백작이었지. 소드 마스터한테는 아무리 많은 수를 동원해도 이길 수가 없거든. 우린 어떻게든 그를 떼어낼 필요성을 느꼈다. 그래서 존스와 디안이 투입됐지. 그들은 소드 마스터는 아니지만 우리 조직의 1, 2위를 다투는 실력자. 도망치면서 상대하면 최소한 시간은 벌어주리라 생각했지. 뭐, 약간의 운이 따라야 하는 계획이지만 다행히 신께서 우리 편인지 순순히 넘어와 주더군. 하하하!"

로슈마하는 자신의 계획이 맞아떨어져 기쁜지 연신 웃음을 터뜨렸다. 류센은 그저 분개한 표정으로 주먹을 꽉 쥐었다.

"웃지 마라. 우리가 순순히 당할 것 같으냐?!"

"후후, 나로서도 순순히 당해주지 않았으면 좋겠군. 반항을 하면 할수록 오히려 기쁘지. 최대한 고통을 주다가 서서히 죽여주마."

류센을 바라보는 로슈마하의 눈빛이 섬뜩하게 변했다. 식당으로 수십의 인물이 검을 든 채 들어오고 있었다.

“멈추세요!”

암울한 분위기를 깨는 낭랑한 음성. 엘프 트리엔이었다.

“엘프, 꺼져라! 너희와 적이 되고 싶은 마음은 없다!”

로슈마하는 트리엔이 기분 나쁘다는 듯한 말투로 내뱉었다. 류센과 함께 있는 모습이 마음에 들지 않았다. 죽이고 싶지만 엘프족과 척을 질 수는 없는 노릇.

하지만 트리엔이 순순히 물러날 리 없었다. 그녀는 이해할 수 없다는 듯 말했다.

“왜 싸우는 거죠? 같은 인간들끼리?”

“시끄럽다! 방해한다면 죽이겠다! 너희 엘프들이 도와줬다면 우리 왕국이 망할 리가 없었다! 왜 왕국이 망할 때는 도와주지 않다가 제국이 들어서자 꼬리를 흔드는 거지? 엘프들도 제국의 힘이 두려운 것이냐?”

“말씀이 심하시군요. 우리 엘프들이 두려워하는 건 없습니다. 인간을 도와줘야 할 의무 따위도 없습니다.”

“그럼 지금은 뭐지? 왜 류센 왕자와 함께 있는 것이냐? 인간들과는 절대 만나지 않겠다더니, 다 거짓말이었나?”

“그때는 그랬어요. 인간은 상종하지 못할 종족이라 생각했지요. 하지만 지금은 생각이 변했어요. 인간을 만나보기로 결정했어요.”

로슈마하는 트리엔의 말을 듣고 기가 막힐 수밖에 없었다.

전쟁 막바지, 왕국의 위기를 구하기 위해 여러 차례 엘프족에게 도움을 청했다. 하지만 번번이 거절당했다. 인간들의 일에 끼어들지 않겠다는 답변만 들었을 뿐이다.

로슈마하는 그때의 기억이 새록새록 솟아났다. 그 참담했던 치욕을. 무릎 꿇고 애원해도 들은 척도 안 한 엘프들의 모습을.

"거짓말하지 마라! 네년들이 도와줬다면 우리 왕국이, 아버지가 처참하게 찢겨 죽었을 리 없고, 어머니와 누이동생들이 간살(姦殺)당했을 리가 없다. 하! 이제 와서 생각이 변했다고?! 인간이 좋다고?! 지금 장난하나?! 왜 이제 와서 인간을 만나겠다는 거지? 그때 만나줬으면, 우리에게 도움을 줬으면 안 됐었나, 이 빌어먹을 엘프 년아!"

로슈마하의 눈에 피눈물이 맺혔다. 잊고 싶었던 기억들이 떠올랐다. 불타오르는 왕국과 그 아래 죽어간 사람들. 차가운 모습이지만 따스한 손을 가진 아버지. 다정다감한 어머니. 귀여운 동생들이 차디찬 바닥 아래서 모진 고통을 당했다. 그걸 지켜볼 수밖에 없었던 무력(無力)한 자신. 20년간 지하에서 숨죽이며 살아온 치욕 같은 세월. 오로지 복수를 하기 위해 살아온 인생이었다.

"…당신, 너무나 불쌍하군요."

트리엔은 처연한 눈빛으로 로슈마하를 쏠어보았다. 그의

눈물에서 처절했던 지난날의 시간이 보이는 듯했다.

"동정하지 마라! 가증스런 엘프 같으니라고! 이해한다는
듯이 말하지 말란 말이다! 더 이상 말은 필요 없다! 방해하면
죽인다!"

로슈마하는 피가 뚝뚝 흐르는 검을 든 채 다가왔다. 그의
눈동자는 붉게 충혈되어 있고, 기괴한 미소가 입가에 걸렸다.
완전히 악마처럼 변해 버렸다. 뒤에는 악마의 부하들이 따라
오고 있었다.

『류센 크라이드 전기』 2권에 계속…

카론

사자의 아들로 태어났지만 신이 허락한 그의 운명은 숲 속의 사냥꾼.
어머니의 죽음과 함께 시작된 세상으로의 발걸음.
욕망에 찌든 배신자들의 음모에 카론은 피눈물을 흘리며 맹세하였다.

"내게 주어진 비정한 운명을 송두리째 부서뜨리고 전진할 것이다.
나를 이리 만든 놈들의 심장에 분노의 검을 꽂아 승리의 포효를 터뜨릴 것이다!'

사랑하는 이들과의 약속을 위하여!
내 무너지지 않는 불멸의 자존심을 위하여!
그리고 나를 비정한 사내로 만든 모든 존재들에 복수하기 위하여!
마법의 총아 마병갑과 함께 만들어가는 처절한 영웅의 일대기.
그의 이름을 사람들은 이리 말하였다.
"위대한 운명의 사냥꾼 카론!' 이라고……

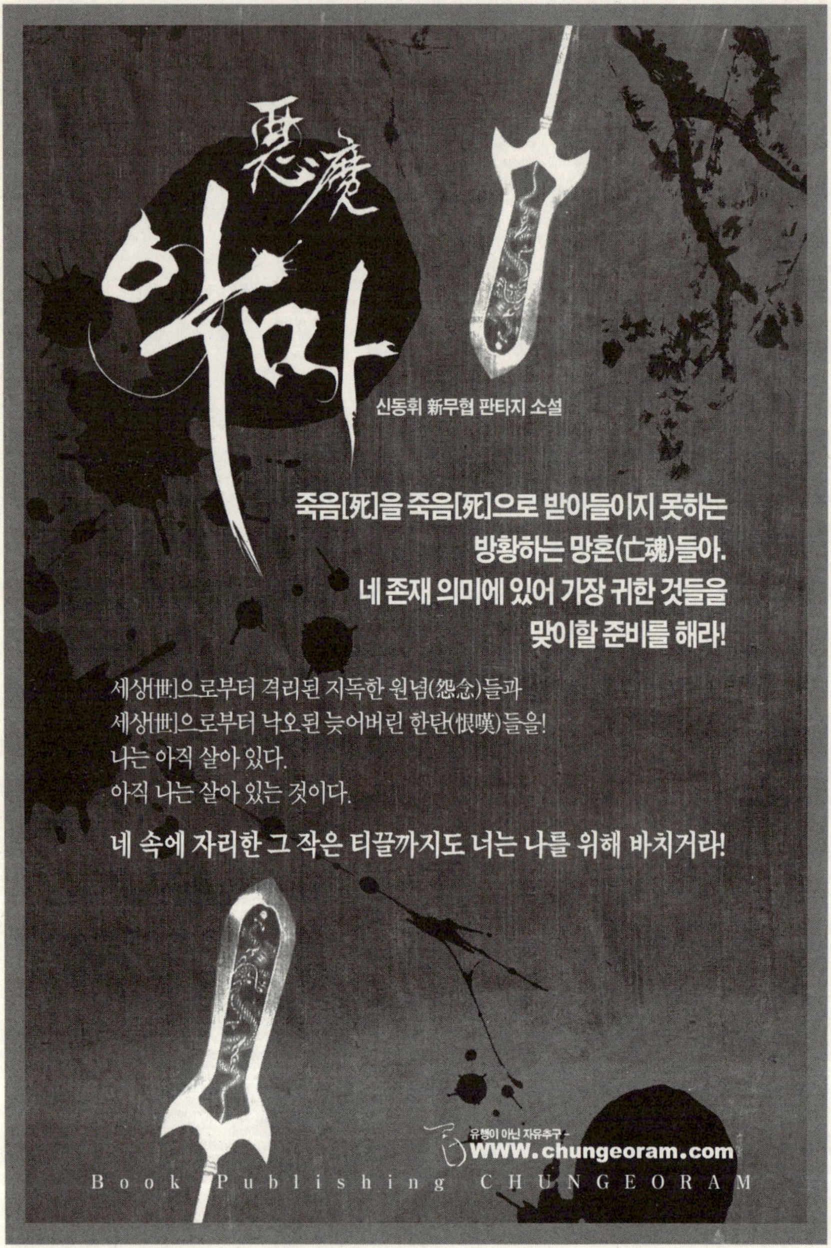

惡魔 악마

신동휘 新무협 판타지 소설

죽음[死]을 죽음[死]으로 받아들이지 못하는
방황하는 망혼(亡魂)들아.
네 존재 의미에 있어 가장 귀한 것들을
맞이할 준비를 해라!

세상[世]으로부터 격리된 지독한 원념(怨念)들과
세상[世]으로부터 낙오된 늦어버린 한탄(恨嘆)들을!
나는 아직 살아 있다.
아직 나는 살아 있는 것이다.

네 속에 자리한 그 작은 티끌까지도 너는 나를 위해 바치거라!

Golden Key

박이수 소설

황금열쇠

「달의 아이」, 「붉은 소금성」의 작가 박이수.
그가 또 하나의 기대작 「황금열쇠」로 나타났다.

우연한 만남이란 단어는 그들에겐 존재하지 않았다.
얽혀 있는 사람들… 그리고 피할 수 없는 운명의 굴레!

뒤틀려 버린 운명의 주인공 세이엔 가이스카 리베 폰 라시에…
한순간 인생이 뒤바뀐 불운의 주인공 듀이 델쾨!
그리고… 유일하게 그녀를 기억하는 단 한 사람 이샤무딘!

이제 운명의 주사위는 던져졌다.
엇갈린 운명 속에 모든 사건은 하나로 연결된다!
황금열쇠를 차지하기 위한 그들의 위험한 모험이 지금 시작된다.

유행이 아닌 자유추구 -
WWW.chungeoram.com

Book Publishing CHUNGEORAM

무사 곽우

『무정지로』, 『십삼월무』, 『화산진도』의
작가 참마도, 그가 돌아왔다!!

새롭게 시작되는 그의 네 번째 강호 이야기!!

"힘이 있는 자가 없는 자를 돕는 것입니다.
또한 힘이 없다면 돕기 위해 노력이라도 하는 것입니다.
그것이 진정한 협 아니겠습니까?"
"호오……."
송완은 다시 봤다는 듯 곽우를 바라보았고 담고위는
무슨 케케묵은 보물단지 보는 듯한 얼굴을 만들었다.
송완은 살짝 킥킥거리며 웃다가 이내 곽우에게 말했다.
"틀렸다. 협이란 무공이 높은 자의 중얼거림일 뿐이야.
무공이 낮은 자는 그저 그 협을 바라만 보고 있어야 하는 것이지.
그래서 세상은 협사가 널렸고 그 협사의 주변엔 구더기들이 들끓고 있는 거야."

강호라는 세상 속에서 지금 한 사람이 그 눈을 뜨려 한다.
한 자루의 부러진 검과 함께 곽우라는 이름을 가지고……

운룡쟁천

조돈형 新무협 판타지 소설

팔룡전설을 아는가?

북녘 하늘을 밝히는 별의 정기를 받고 태어난 여덟 명의 기재가
한 시대에 나타나리니, 그들의 눈은 삼라만상(森羅萬象)을 살피고
지혜는 하늘에 닿고 웅심은 천하를 덮을 것이다.
그들이 화합을 한다면 더없이 평온한 세상을 이룰 것이나,
만약 그렇지 않다면 피의 광풍이 온 천하를 휩쓸 것이다.

혼란의 시대!! 모략과 음모가 극에 다다른 혼돈의 강호무림!!

이때 하늘이 안배해 놓은 이가 있었으니, 그의 이름 도극성이라……!!
도극성!! 그가 무림에 다시 모습을 드러내는 날,
팔룡전설은 그로 인해 깨질 것이고 새로운 전설이 탄생할 것이다!!

유행이 아닌 자유추구—
WWW.chungeoram.com
Book Publishing CHUNGEORAM